Die Gesundbeterin

Xaver Maria Gwaltinger ist im bayrischen Schwaben aufgewachsen und hat Germanistik, Theologie und Psychologie studiert und lange in Frankreich und Australien gelebt. Das Allgäu ist seine Heimat geblieben, vor allem wegen der Landschaft und der Sprache. Dort erholt er sich auf seiner Alm von seiner Tätigkeit in verschiedenen sozialen Feldern, indem er als Autor die Tiefen der Allgäuer Seele auslotet.

XAVER MARIA GWALTINGER

Die Gesundbeterin

Ein Emil-Bär-Krimi

ALLGÄU KRIMI

emons:

Bibliografische Information der Deutschen Nationalbibliothek
Die Deutsche Nationalbibliothek verzeichnet diese Publikation in der Deutschen Nationalbibliografie; detaillierte bibliografische Daten sind im Internet über http://dnb.d-nb.de abrufbar.

FSC
www.fsc.org
MIX
Papier aus verantwortungsvollen Quellen
FSC® C083411

Umschlagmotiv: Michael Zegers/LOOK-foto
Umschlaggestaltung: Tobias Doetsch
Gestaltung Innenteil: César Satz & Grafik GmbH, Köln
Lektorat: Carlos Westerkamp
Druck und Bindung: CPI – Clausen & Bosse, Leck
Printed in Germany 2015
ISBN 978-3-95451-662-9
Allgäu Krimi
Originalausgabe

Danke an Carlos Westerkamp, der »Die Gesundbeterin« gründlich, kritisch, scharfsinnig und kreativ in vertrauensvoller Zusammenarbeit lektorierte.

Blutrot

Die heilige Messe.

Die Kirche in Tal. Voll barock.

Ich sitze in den Männerreihen.

Hinten.

Vorne die Frauen.

Ganz vorne sitzen sie noch nicht. Die Ministranten. Die Ministrantinnen. Der Priester.

Gleich werden sie einmarschieren. Einziehen.

Die Orgel fängt an,

Großer Gott, wir loben dich …

und mir schießen die Tränen in die Augen.

Auch wenn sie den »Radetzky-Marsch« gespielt hätten, hätte ich geheult.

Orgel beutelt meine Tränendrüsen.

Meine Mutter heulte auch immer in der Kirche.

Deshalb wollte ich schon immer Clown werden.

Damit sie lacht.

Aber dazu hat es nicht gereicht.

Immerhin, ich wurde »Himmelskomiker«, wie die Gebildeten unter ihren Verächtern scherzen. Pfarrer. Inzwischen in Rente. Seit zwei Jahren.

Seit drei Jahren liegt sie in einem Pflegeheim, die Mutter. Schaut die Decke an. Redet ohne Ton.

Ich will an etwas Lustiges denken, aber es fällt mir nichts ein. Manchmal lächelt sie, wenn sie mich erkennt. Falls sie mich erkennt. Bin nicht sicher. Lächeln ist noch schlimmer als An-die-Decke-Schauen. Für mich.

Die ungeweinten Tränen brennen.

Ich blinzle, reibe mir die Augen, damit keiner das Wasser sieht.

Ich bereue es. Zutiefst.

Ich hätte es nicht tun sollen.

In die Kirche gehen.

In diese Kirche.

Vor zwei Jahren sah ich den Priester Theodor Amadagio am Kreuz erhängt hängen.

Vor einem Jahr sah ich den nächsten Geistlichen am Kreuz hängen.

Zum Glück hat sich heut keiner in der Kirche erhängt.

Der erste positive Gedanke!

Die Ministranten liefen ein.

Ach nein, wir sind ja nicht auf dem Fußballplatz. Da laufen sie ein. Die Ministranten zogen ein. Hübsche Buben. Schicke Mädchen. In Weiß und Rot. Dann der Priester. Gewandet wie ein Zauberer. Er schwang Weihrauch.

Es war schön. So schön.

Oh, wie bist du schön, oh, wie bist du schön …

Ich hatte vergessen, dass es noch etwas Schönes auf der Welt gab.

Nach dem zweiten Priestertod stürzte ich ab. Vor einem Jahr. Total.

Himbeergeist zum Frühstück.

Bier zu Mittag. Ohne Beilagen. Dafür drei Gänge. Vorspeise Schnaps. Hauptspeise Bier. Nachspeise Obst. Obstwasser. Der Vitamine wegen.

Am Abend sah ich an guten Tagen zwei Sonnen hinter den Hügeln am See untergehen, wenn ich vor meiner Alm saß. An schlechten Tagen sah ich den Abend nicht mehr.

Die Alm heißt Biselalm.

Ein altes Bauernhaus. Mit alten Zimmern. Unterm Dach hatte ich eines davon. Eingerichtet mit Restmöbeln der fünfziger Jahre. Dazu ein paar moderne Stücke: Regale von Ikea. Und das alles in tausendsiebzig Metern über dem Meeresspiegel. Mit Blick auf den See von Tal. Erhebend.

Die Nachbarn hörten auf, mir aus ihren Autos zuzuwinken, wenn sie an der Alm vorbeifuhren.

Die Wirtin vom »Schwarzen Adler« unten im Dorf sagte: »Jetzt langt's, schwing dich!«

Sie war beim Du angelangt.

Gäste im »Schwarzen Adler« rümpften die Nase und setzten sich weg. Weit weg. Von mir.

Die Wende kam vor drei Wochen.

Ich mühte mich zu Fuß in Serpentinen den steilen Weg von Tal am See zur Alm hoch, drei Kilometer hinauf auf tausendsiebzig Meter auf der schmalen Straße. Sie wechselte ständig die Richtung. Sie kam auf mich zu. Sie schlug mir ins Gesicht. Ich schloss die Augen. Schlafen. Nur noch schlafen.

Dann hörte ich eine Frauenstimme: »Du, da liegt einer, um Gott's willen, hams den umgefahren? Hat er einen Herzschlag? Hilf ihm doch!«

Ein Mann, vermutlich ihr Mann, kam näher, schnüffelte, sagte: »B'soffen ist sie, die besoffene Loas!« Das Schwein.

Er schob mich mit dem Fuß an den Straßenrand.

»Damit keiner die Loas überfahrt, die b'soffene!«

»Aber den kann man doch nicht so einfach liegen lassen!«

»Lass flacken, die b'soffene Loas!«

Dann war ich weg.

Ich wachte von der Morgenkälte auf.

Ein Köter schnupperte an mir herum. Er war drauf und dran, mich anzuschiffen. Das Erbrochene verscheuchte ihn.

Da hat es mir gelangt.

Die Ministranten saßen. Der Priester thronte.

Ich war trocken.

Seit drei Wochen.

Ein neues Leben beginnen. Das alte beenden. Tapfer.

Messe als Therapie.

»Halleluja! Halleluja! Halle-he-lu-jaaaahhhh!«

Die Gemeinde hatte sich erhoben. Jubilierte.

Seit einem Jahr war der neue Priester da.

Hochwürden Theopold.

Theopold Messner. Hundertfünfundachtzig geweihte Zentimeter vom Scheitel bis zur Sohle. Grau melierte Schläfen. Mitte vierzig.

Die Augen der Gläubigen strahlten. Vor allem der weiblichen.

Den Pfarrhaushalt besorgte die Messnerin Johanna. Johanna, die Witwe. Die Witwe des Adolf. Adolf, verstorben an Prostatakrebs. Sie lebte zusammen mit der Witwe Toni. Eigentlich Antonia. Die Witwe des Toni, Metzgermeister a. D. Anton, verstorben durch

Feuer. Oder so. So genau wusste das niemand, außer mir. Johanna und Toni. Im alten Pfarrhaus. Mit den Kindern, zwei Kleine und zwei Teenager. Eine saubere Sache. Toni und Johanna. Das Lesbenpaar. Und der Pfarrer. Da gab es nichts zu munkeln.

Ein neues Pfarrzentrum und ein Gemeindehaus für die Jugend und die Alten und die dazwischen war in Planung. Die Spenden flossen. Reichlich. Sprudelten.

»Da ist wieder ein Zug drin, in unserer Gemeinde«, sagten sie.

Ein neuer Priester ist wie ein neues Leben. Lalalalalaa …

»Hallelujahhhh …!«

Ich ließ mich gern anstecken von diesem Halleluja. Ich sang lauthals mit. Weil mich niemand heraushörte aus dem wuchtigen Allgäuer Gemeindegesang. Sie röhrten wie die Rinder vorm Melken.

Die Orgel schwieg.

Der Priester sprach.

»Im Namen Gottes, des Vaters, und des Sohnes und des Heiligen Geistes.«

Die Gemeinde echote: »Amen.«

Ich tat so, als wischte ich mir mit meinem Taschentuch den Schweiß von der Stirn. Ich wischte mir die Tränen weg.

Ich steckte das Taschentuch weg.

Das Taschentuch.

Es war wieder meins. Nach meinem Ausflug nach Australien. Vor zwei Jahren hatte ich damit die Organistin Olivia Obholzer verarztet. Sie war zusammengeklappt in der Kirche. Weil sie den Hochwürden Theodor Amadagio am Kreuz hängen gesehen hatte. Sie wurde dann weggeschafft. Ins Ausland. Das Taschentuch mit ihr. Ich holte es dort ab. Und erfuhr von ihr, wer den Pfarrer Theo Amadagio wirklich auf dem Gewissen hatte.

Das ist alles Geschichte, dachte ich, als ich es in meinen Trachtenjanker steckte, das Taschentuch.

Der Trachtenjanker war neu. Ich wollte den alten nicht mehr anziehen. Zu viele böse Erinnerungen.

Der neue war auch schöner. Ich hatte ihn gefunden, als ich die Schränke meiner Mutter durchschaute. Sie war ins Pflegeheim gekommen. Ich musste ihr Reihenhaus entmüllen. Vierzig Jahre Müll.

Da hing in ihrem Kleiderschrank mein Trachtenjanker. Hellgrau. Stehkragen grün. Hirschknochenknöpfe. Schick. Der Schick der siebziger Jahre. Damals waren Trachtenanzüge Mode. Ich kaufte mir einen zur Verlobung. Das Trachtenzeug war schnell wieder aus der Mode gekommen. Der Verlobungsjanker hing noch dadrin in ihrem Schrank.

Ich probierte ihn an. Er passte!

War ich stolz!

Die Jacke hatte gehalten. Die Ehe nicht. Die Jacke war ein Erfolg. Ich ein Versager. Ehe kaputt. Ich schuld.

Die Gemeinde sang schon wieder, ich war bei meinem Trachtenjanker hängen geblieben.

Danket, danket dem Herrn …

Wofür eigentlich?

Stimmt, alles hätte schlimmer kommen können. Schlimmer geht's immer. Und alles ist nun vorbei.

Der stattliche Pfarrer Theopold Messner trat ans Lesepult.

Vors Mikrofon.

Er predigte.

Er predigte frei.

Er hatte eine Stimme wie Harry Belafonte.

Rauchig wie Whisky. Zart wie Seide. Süffig wie Sangria.

Die Frauen lauschten. Mit offenen Lippen.

Die Männer lauschten. Mit trockenen Lippen. Im »Schwarzen Adler« wurden bereits die Bierwärmer gewärmt und die Schafkopfkarten zurechtgelegt.

Keine Panik. Hochwürden Theopold Messner predigte über alles Mögliche, aber nie über zehn Minuten.

Heute hatte er es mit den falschen Propheten. Den Psycho-Verführern. Den Kartenlegerinnen, den Hexen, den Gesundbeterinnen.

Eigentlich gab es davon nur eine. Und die spielte keine Rolle. Die Gesundbeterin. Irgendwo oben in einer Hütte hauste sie. Ab und zu. Man sprach nicht darüber. Die halbe Fußballmannschaft, nein, die ganze Fußballmannschaft ließ sich von ihr behandeln, was heißt behandeln, bebeten. Ich wusste es, weil ich sie eine Weile trainiert hatte, die Kerle. Halb verschämt hatte einer gesagt, mit seiner Bänderzerrung geht er zur Gesundbeterin. Ein anderer sagte: Ich auch, wegen meinem Muskelfaserriss. Ein Dritter sagte: Ich auch, wenn ich Depressionen hab. Alle sagten: Ich auch. Ich sagte: »He, glaubt ihr denn an so was?« Sie lachten. Der Mannschaftskapitän sagte: »Natürlich nicht. Aber es hilft.«

Pfarrer Theopold Messner, Originalton: »Schon im Alten Testament der Heiligen Schrift steht geschrieben, dass man nicht zu Zauberern und Wahrsagern und Geisterbeschwörern gehen darf. Das ist der Anfang vom Ende. Denn so spricht der Herr: *Ich bin der Herr, dein Gott, du sollst keine anderen Götter haben neben mir.*«

Die Frauen nickten.

Die Männer nickten.

Recht hat er.

Reden konnte er! Geschliffenes Hochdeutsch. Wie aus Hannover. Eben ein G'studierter. Dann wieder ganz »dahoim«, Allgäuerisch pur: »Trauts dene Scharlatanen itta! Ihr habts hier im Dorf einen tüchtigen Doktor. Ihr habts in Kempta eine erschdklassige Klinik. Seids doch net so deppert und lassts euch von den Scharlatanen versauen!«

Die Frauen nickten.

Die Männer nickten.

Ach, er war so volkstümlich. Er sprach aus ihren Herzen, er sprach mit ihrer Zunge, er sprach ihre Sprache, er sprach die Sprache ihrer Herzen!

Durch die Ministranten ging ein Ruck.

Ich sah es.

Sie erstarrten in ihrer Langeweile.

Münder öffneten sich.

Kiefer fielen hinab.

Durch die ersten Bänke ging ein Ruck.

Atem stand still.

»Wir aber wollen dem Herrn dienen. Er ist unser Arzt. Nicht diese Scharlatane, Hexen, Halsabschneider, Gesundbeterinnen. Darum lasst uns Gott loben. Wir singen die …«

Theopold Messner sprach weiter, aber ohne Ton. Wie ein Fisch ohne Wasser.

Als hätte man ihm den Ton abgedreht. War das Mikro kaputt?

Dann wankte er.
Ein Schatten verschwand hinter ihm.
Eine Tür schlug zu.
Er fiel mitsamt dem Lesepult wie in Zeitlupe vornüber auf sein Angesicht.
Das Mikrofon schlug auf dem Boden auf.
Es krachte laut.
Totenstille.
Das goldene Gewand färbte sich am Priesterrücken rot.
Blutrot.
Ein hysterischer Frauenschrei löste den Bann.
Männer stürzten nach vorne.
»Ein Doktor, ein Doktor, ist ein Doktor da?«
Etliche schauten auf mich.
Ich war Doktor.
Dr. Emil Bär.
Der falsche Doktor. Dr. phil. Nutzlos. Nicht mal gut genug für die letzte Ölung.

Tohuwabohu

In dem Augenblick öffnete sich die Kirchentür.

Der Arzt von Tal stand im Türrahmen.

Graues Gesicht, zerzauste Haare, speckige Lodenjacke. Er war einen Kopf kleiner als der Pfarrer.

Außerdem war er etwas spät für die Messe.

Hatte wohl noch einen Notfall zu versorgen gehabt.

Jetzt gleich der nächste.

Mit einem Blick hatte er die Lage erfasst. Er sprang zu dem gefallenen Priester hin, befahl noch im Laufen: »Notarzt, Kempten, Sanitäter!«

Männer zückten Handys, tippten hinein.

Einer wird schon durchkommen, dachte ich. Oder es kommen fünf Notarztwagen auf einmal.

Es war ein Riesenverhau. Alle standen um den Priester herum, der mit dem Gesicht nach unten dalag, der rote Fleck im Rücken seiner Robe wurde größer.

Der Landarzt drehte ihn auf den Rücken, öffnete ihm ein Auge, fühlte seinen Puls, drehte ihn auf die Seite.

»Damit er nicht erstickt, wenn er bricht«, erklärte er.

Tote erbrechen sich nicht.

Ich wusste, dass er tot war.

Die Art, wie der Arzt ihn anlangte, seine Bewegungen, sein Gesicht, seine Schultern – alles sagte nur eines: tot.

Ich wusste das. Ich habe über zwei Jahrzehnte Ärzte aus dem Reanimationsraum kommen sehen, vor dem die Angehörigen warteten. Ein Blick genügte, ein einziger Blick genügte. Ende. Aus.

Ich verließ das Tohuwabohu.

Stand auf dem kleinen Friedhof vor der Kirche.

Zündete mir eine Zigarette an.

Gauloises Blondes.

Ich begriff nicht, was passiert war. Ich hatte nichts gesehen, so gut wie nichts. Wie die Ministranten erstarrt waren. Sie mussten etwas gesehen haben. Wie die Starre auf die ersten Reihen übergriff.

Was ich gesehen hatte, war ein Schatten, der zur Tür huschte. Die Tür war nur drei Schritte vom Lesepult entfernt.

Gehört hatte ich, wie die Tür zuschlug. Es muss diese Tür gewesen sein. Die Tür zur Sakristei.

Und was war dazwischen passiert? Zwischen der Schockstarre der Ministranten und dem Vorwärtssturz des Priesters? Und dem Erscheinen des roten Flecks auf seinem Rücken.

Was war ihm zugestoßen? Eine Kugel? Hätte man gehört.

Ein Messer.

Jemand kommt zur Tür rein, schiebt dem Priester von hinten ein Messer zwischen die Rippen, verschwindet durch die Tür. Drei Sekunden. Höchstens vier.

Tiefer Zug. Oh Gott, bin ich froh, dass ich noch rauchen kann. Der Priester kann nimmer. Er lebt jetzt gesund. Er ist tot.

Hat er überhaupt geraucht?

Meine Schritte führten mich zum »Schwarzen Adler«. Fünfzig Meter schräg über der Straße.

Ein Bier. Ein kühles Bier. Die Erlösung. Ja …

Nein! Oh Gott, ich war ja trocken. Seit drei Wochen.

Nur ein Bier, ein einziges.

Ich wusste: Es bleibt nicht bei dem einzigen.

Der Durst war höllisch.

Und führe uns nicht in Versuchung …

Ich könnte ja trotzdem hingehen. Mineralwasser trinken.

Aber ich wollte jetzt niemanden sehen, wollte nicht das Geschmarre der Stammtischbrüder hören …

Die Sirene kam näher. Zweite Sirene.

Notarzt und Sanitäter.

Nicht schon wieder!

Vor zwei Jahren kamen sie. Pater Theodor Amadagio erhängt. Vor einem Jahr kamen sie. Der Nächste erhängt. Jetzt kamen sie. Pater Theopold Messner.

Wenigstens nicht erhängt.

Erstochen. Vermutlich.

Ich änderte meine Richtung.

Vom Bier zum Wasser. Vom »Schwarzen Adler« zum See von Tal.

Ich wollte nichts mit alldem zu tun haben. Mich nicht da reinziehen lassen. Von der Polizei. Von meiner Neugier.

Ich wollte ein neues Leben anfangen.

Ich wollte davonlaufen.

Ich lauf um den See rum! Dauert drei oder vier Stunden.

Ich dachte nicht daran, dass eine Rundtour immer am Anfang endet.

An der Kirche von Tal.

Schnakentanz

Ich ging den See-Rundweg. Gegen den Uhrzeigersinn. Wenn ich joggte, joggte ich immer im Uhrzeigersinn.

Aber ich war wild entschlossen, meinem Leben eine neue Richtung zu geben.

Nicht mehr saufen. Nicht mehr schnüffeln.

Nichts mehr.

Was aber dann?

Lesen? Hatte ich schon genug. Man kann nicht acht Stunden am Tag lesen.

Fernsehen? Ich hatte keinen Fernseher. Zu langweilig.

Nach dem Tod meines Geschäftspartners hatte ich nichts mehr zu tun. Als Rentner. Außer saufen. Sogar meine Kolumne »Kruzifix« im Kemptener Tagblatt hatten sie gestrichen. Sie sei nicht »positiv genug«. »Look at the bright side of things.« Die »bright side of things« war mir abhandengekommen. Oder der »Look«.

Ich schleppte mich den schottrigen Weg entlang.

Kaiserwetter.

Der Grünten, ein stolzer Berg, der »Wächter des Allgäus« genannt wird, glänzte wie auf einem Hochglanzprospekt in der Spätsommersonne und spiegelte sich im See. Der Narzisst!

Badegäste schleppten Klappliegen, Klapptische, Klappsonnenschirme heran. Picknickboxen. Es waren Kleinumzüge zum Ufer.

Jogger joggten.

Hunde zogen ihre Halter hinter sich her.

Familien radelten.

Frauen schimpften.

Angler angelten. Der Sex der alten Männer. Angeln. Siehe Paul Parin: »Die Leidenschaft des Jägers«.

Paare hielten Hände.

Segler segelten.

Ich schleppte.

Mich.

Dahin.

Allein.
Seit einem Jahren allein.
Allein im Ruhestand.
Vierzig Jahre Arbeit habe ich geschafft. Zwei Jahre Ruhestand haben mich geschafft.
Außer mir tat ich keinem leid.

Nach drei Stunden erschien der Kiosk vom Badeplatz.
Biertische.
Volle Weizengläser mit schneeweißen Schaumkronen standen vor runden Männerranzen.
Ein Königreich für ein Bier!
Nur eins! Ein einziges!
Ich kaufte mir einen Humpen Kaffee und eine Flasche Mineralwasser.
Zwei Stück Torte.
Setzte mich an eine Bierbank, auf die Kante, Blick zum See, sah die Kinder baden und hörte sie kreischen.
Ich fraß gegen meinen Durst. Torte. Bis mir schlecht war.
Das half. Gegen den Bierdurst.
Wankte weiter.
Hockte mich ins Ufergras.
Warf Steine ins Wasser.
Schlief ein.
Den Seinen gibt's der Herr im Schlaf.

Als ich die Bootsanlegestelle von Tal erreichte, war die Sonne am Untergehen. Die Badegäste schleppten ihr Zeug zurück in ihre Minivans. Dazu ihre Sonnenbrände.
Wie schön wäre jetzt ein Obstbrand!
Der Abendwind kam auf.
Ein Boot röhrte.
Wieso röhrt ein Boot, Motorboote sind doch verboten am See.
Es war die Wasserwacht.
Sirenen von Sanitätsautos zerstörten die zarte Vorabendstille.
Dann ein Hubschrauber.
Am Ufer gegenüber rotierte er hin und her.

Polizei.
Was suchen sie?
Was geht dich das an?
Jemand ertrunken?
Nach einer halben Stunde verzogen sich Polizei, Sanitätsauto, Hubschrauber.
Wohl Fehlalarm.
Ist eh wurscht.
Ruhe zog ein. Der See beruhigte sich. Die Schnaken tanzten in der Dämmerung. Meine Füße brannten. Ich blickte über den See.
Erschrak.
Was schwimmt da im Wasser?
Ein Haarschopf?
Ein Kleid?
Herzstolpern.
Meine Neugierde war größer als mein Schreck.
Ich watete ein paar Meter ins Wasser.
Atmete erleichtert auf.
An dem Haarschopf hing kein Kopf.
Ich fischte ihn aus dem Wasser:
Eine Perücke. Langes Haar, rötlich.
Ein Tuch wie ein Kopftuch. Rot-weiß kariert.
Ein Büstenhalter. Nicht kariert. Hautfarben.
Weiß Gott, warum ich das Zeug ausgewrungen, ins Tuch gewickelt und mitgenommen habe.
Einfach so.
Ich Depp!

BH

Die Alm leuchtete in der letzten Abendsonne.

Ich hockte mich auf die Bank. Das feuchte Bündel neben mir.

Die Perücke war ziemlich langhaarig, es müssen Haare vom Pferd gewesen sein, lang und fest, kastanienbraun. Gibt es kastanienbraune Pferde?

Ich probierte sie auf.

Passte. Wie angegossen.

Die Haare fielen mir bis auf die Schultern, die rotblonden Ponys verdeckten mir die Augen, mein Gesicht verschwand fast unter der Perücke.

Auch das Kopftuch passte. Rahmte mein Gesicht ein. Alte Allgäuerinnen und junge Türkinnen tragen Kopftuch. Nein, für eine junge Türkin hält mich niemand. Da hilft auch kein Kopftuch.

Der BH war für einen durchschnittlichen Busen konstruiert.

Ich legte ihn um, fummelte ihn mit beiden Händen zu, ungeübt, im Auffummeln hatte ich mehr Übung.

Schön war die Jugendzeit …

Ich rutschte den BH nach vorn, die Körbchen hingen lasch hinab.

»Da musst halt ein paar Geschirrtücher hineinschoppen!«

Ich zuckte zusammen. Schon wieder Herzstolpern.

»Gehst jetzt auf den andern Bahnsteig?«

Sie amüsierte sich köstlich. Auf meine Kosten.

Blöde Sau.

Meine Nachbarin.

Ich war verdattert.

Wurde rot unter meiner Perücke.

Stotterte: »Ich kann das erklären … das ist … habe ich gefunden … und jetzt …«

»Jetzt machst wohl eine Modenschau!«

Ich riss mir die Perücke vom Kopf.

Der BH-Verschluss war resistent. Ich hatte noch nie einen eigenen BH aufgemacht. Die anderen waren schon schwer genug.

»Ich helf dir«, sagte sie und öffnete den Verschluss.

Sie nahm den BH in die Hand. Befingerte ihn.

»65F.«

»Was 65F?«

»Körbchengröße. Größer als meiner.«

Ich schaute auf ihren Busen, nahm meinen Blick schnell wieder zurück, sagte: »Mir passt er.«

»Ja, wennst ihn ausstopfst, passt er. Aber warum willst du denn einen BH anziehen?«

»Wollt nur mal schauen … wie die Frau wohl ausgesehen hat, die zu dem BH und der Perücke gehört.«

Sie setzte sich neben mich. Ich erzählte ihr, wo ich das Zeug gefunden hatte. Im Wasser.

Sie sagte: »Vielleicht hat sich die Frau ertränkt.«

»Ja, könnt sein. Aber warum?«

»Frauen gehen dauernd ins Wasser. Vielleicht hats ein Kind kriegt.«

Ich widersprach: »Ach komm, heutzutag doch nicht mehr!«

Sie sagte, mit belegter Stimme: »Aber wenn dann die Väter verschwinden …? Aus lauter Verzweiflung … da hat sie sich eben umgebracht …«

»Mit Perücke!«

»Ja mei, vielleicht hat sie Chemotherapie gehabt, und die Haar sind ihr ausgefallen, und sie hat's nicht mehr gepackt.«

Ich stimmte ihr zu, sagte: »Da habe ich mich, wie ich noch im Krankenhaus war, immer gewundert: Für viele Frauen war nicht der Krebs das Schlimmste, sondern der Haarausfall.«

Wir schwiegen. Sie schüttelte den Kopf, sagte: »Und dann macht sie sich auch noch den BH auf … Also ich weiß nicht!«

»Da fällt mir ein, heut gegen Abend, da war doch ein Hubschrauber am See und die Sanitäter … Vielleicht haben die jemand gesucht?«

»Man weiß halt nix. Wer könnt denn was wissen?«

»Polizei vielleicht?«

»Die war heut früh schon da. Schon wieder ein Pfarrer in der Kirche tot.«

»Ja, eure Kirch, die hat so ein einnehmendes Wesen.«

»Dabei war er so beliebt … und so erfolgreich. Es ist wieder aufwärtsgegangen … unser Hochwürden … unser Theopold.«

»An was ist er denn gestorben?«

»Herzstillstand.«

»Das haben sie beim Letzten auch gesagt. Herzstillstand.«

»Wenn einer stirbt, steht das Herz immer still.«

»Schmarrn … Ja, stimmt. Aber wird was geredet?«

»Er hat am Buckel einen roten Fleck gehabt. Mehr weiß man nicht.«

»Lippenstift wird's wahrscheinlich nicht gewesen sein.«

»Hör auf. Man sagt, er muss erstochen worden sein. Von hinten. Aber wissen tut keiner was.«

»Das gibt's doch nicht. Mitten in der Messe, mitten im Altarraum, die Ministranten stehen rum.«

»Die waren alle unter Schock. Die haben Psychologen gebraucht … und Notfallseelsorger …«

War ich auch mal. Gott sei Dank nicht diesmal.

Nein, ich möchte nichts mit alledem zu tun haben.

Sagte: »Wenn die mit der Perücke ersoffen ist, wird man sie wohl vermissen.«

»Vielleicht.«

Vermisst wurde niemand. Von niemandem.

Bierwärmer

Einen Sonntag später ging ich in den »Schwarzen Adler«.

Nicht nach der Kirche, sondern anstatt.

Die Kartler droschen auf die Resopalplatte vom Stammtisch ein.

Biergläser mit Bierwärmern zitterten bei jedem Trumpf.

Dabei war das Bier schon ohne Bierwärmer warm genug für ein Fußbad.

Ich verdrückte mich in eine Ecke.

Die Wirtin mit der rostroten Mähne nahm mich nicht zur Kenntnis.

Die Maria. Mutter von drei Kindern.

Ich kam mir vor wie Luft.

Sie hasste Alkoholiker.

Ihr Mann war einer. Verschwunden.

Wahrscheinlich ihr Vater auch.

»So?«

Ich schreckte auf.

Sie stand vor mir.

Schaute auf mich herab.

Aus ihren Augen sprach es: »Du besoffene Loas!«

Ich sagte: »Wasser!«

»Wasser?«, sagte sie, herablassend wie ein Wasserfall.

Sie drehte sich um.

Ich rief ihr nach: »Aber mit Bierwärmer!«

Sie schaute kurz zurück, schaute, als hätte sie nicht recht gehört.

Sah den Funken in meinem Auge, und da glimmte ein Funken in ihren braunen Pupillen, ein unterdrücktes Lächeln belebte die Lippen. Kurz.

Humor.

Sie war also noch am Leben. Innen. In der Seele.

Die Schafkopfer klopften weiter.

Die Glocken läuteten.

Vaterunser.

»Kirch ist gleich aus«, sagte einer.

»Hams doch noch einen Hochwürden gefunden.«

»Aus Immenstadt?«

»Nein, aus Indien.«

»Kein Wunder, dass die Kirch immer leerer wird.«

»Wo es doch in letzter Zeit immer besser gegangen ist, mit dem Theopold Messner ... Die Kirch war in letzter Zeit jeden Sonntag so voll wie früher nur an Weihnachten ...«

»Das ist jetzt auch vorbei.«

»Weiß man eigentlich, was passiert ist?«

»In der Zeitung ist nur gestanden, er sei einem tragischen Unfall zum Opfer gefallen.«

»Prost ... Es hat dem Herrn gefallen ... Hahaha!«

Es fanden sich keine Lacher.

»Schelln-Sau!«, plärrte einer.

»Die Alte-Sau sticht!«

Und so weiter.

»Hier ist das Wasser.«

Die Wirtin stellte es vor mich hin auf einen Bierdeckel. Von der Aktienbrauerei Kaufbeuren. »Unser Allgäu – unser Aktienbier.«

Mein Aktienwasser.

»Es ist warm genug!«, sagte die Mutter Maria.

»Danke! ... Wie geht's denn den Mädle?«

»Welche Mädle?«

»Deine.«

»Wieso?«

»Habs halt schon länger nimmer gesehen.«

Sie blieb stehen, rannte nicht gleich weg wie sonst.

»Gut geht's ihnen, die Kleine ...«

Okay. Angebissen. Sie erzählte. Keine Ahnung, was. War mir auch wurscht. Frag eine Mutter nach ihren Kindern, und du hast gewonnen.

Ich horchte ihr zu, machte anerkennende Geräusche. Sagte dann so nebenbei wie möglich: »Weiß man eigentlich, was da vorgefallen ist letzten Sonntag in der Kirche ... mit dem Pfarrer ...?«

»Nein. Keiner weiß was. Die Polizei hat alle möglichen Leut ausgefragt. Keiner weiß was ...«

»Und du … was denkst du, was passiert ist?«

»Keine Ahnung.«

»Was wird denn so geredet?«

»Allerhand.«

»Was allerhand?«

»Ah … nix.«

Sie ging. Ließ mich vor meinem lauwarmen Wasser hocken. Sogar die Kohlensäurebläschen waren zu faul zum Aufsteigen.

Ich auch.

Schleppte mich auf dem steilen, furchigen Teerweg mit den platt gequetschten Kröten zur Alm hinauf.

Scheiß Knie.

Im linken Knie war etwas nicht in Ordnung. Schon länger.

Wahrscheinlich schon viel länger.

Aber jetzt, wo ich trocken war, spürte ich die ziehenden Schmerzen an der Innenseite.

Das Leben ist hart ohne Stoff. Nur mit Wasser. Wasser und Brot. Ich fand meine neue Nüchternheit nicht berauschend.

»Das Leben ist kein Gefühlsallgäu.« Neulich gelesen. Schwachsinn.

Das Allgäu ist wie ein wogendes Meer, in Grün erstarrt. Mächtige Wellen, auslaufende Hügel.

Aber das Allgäu ist voller Gefühle. Überwältigende Gefühle. Gewaltig. Mörderisch. Anmutig. Atemberaubend. Das Allgäu ist wie das Leben.

SS

Am nächsten Tag, Montag, fasste ich einen Entschluss. Einen gewaltigen.

Ich ging zum Arzt. Zum Arzt von Tal.

Im Dorf hieß er einfach »d'r Dokt'r«. Der Doktor.

Das letzte Mal, dass ich ihn gesehen hatte, war vor gut acht Tagen in der Kirche. Wie er den Priester zurückholen wollte. Aber der wollte nicht zurück.

Die Sprechstundenhilfe hatte einen weißen Kittel an.

Es war Johanna. Die Johanna vom Adolf, der an Prostatakrebs verstorben war.

Die Johanna vom Pfarrhaus.

Die Johanna mit der Toni. Das Lesbenpaar.

Sie kannte mich nicht.

Tat so.

Steril. Neutral. Abstinent.

Hätte Psychoanalytikerin werden sollen.

»Ihr Kärtle?«

Sie meinte wohl die Versicherungskarte. Sie siezte mich. Höchststrafe.

»Hab keins.«

»Dann können S' itta zum Doktor gehen.«

»Privat.«

Sprich nur ein Wort, so wird meine Seele gesund.

»Privat« war das Wort.

Sie lächelte, säuselte: »Natürlich ... der Herr Dr. Bär ... Der Herr Dr. Semmelweis ist gleich für Sie da!«

»Pressiert net!«

Eigentlich hätte ich ganz gern gewartet. Ich hatte sonst nichts vor, und so ein Tag auf der Alm ohne spirituelles Getränk ist eine Ewigkeit. Außerdem hätte ich vielleicht im Wartezimmer etwas erfahren von dem, was man so redet im Dorf, etwas von dem »allerhand«.

»Und die werte Adresse?«

»Die weißt du doch!«

»Nicht exakt, Herr Dr. Bär.«

Ich wurde fuchtig.

»Jetzt hör doch endlich auf mit dem Scheiß … als wär ich ein Fremder.«

»Für dein Patenkind bist du auch ein Fremder gewesen. Das ganze letzte Jahr. Nicht einmal an den Geburtstag hast dran denkt.«

»Ja, ich weiß, ich hab Scheiß gebaut … Und du weißt auch, warum …«

Ich war der Pate von ihrem jüngsten Kind Theo, aber nach dem Tod von meinem Geschäftspartner stürzte ich ab und konnte mich kaum mehr um mich selber kümmern.

»Weil du dich halb zu Tod gesoffen hast.«

Ich hätte mich am liebsten ganz zu Tod gesoffen.

»Ja, es tut mir auch leid, es war verkehrt von mir …«

Ein junger Mann, den ich von früher, vom Fußballspielen, kannte, kam aus dem Behandlungszimmer. Ich trainierte ihn und seine Mannschaft. Er übersah mich.

Tat weh.

Johanna, die Sprechstundenhilfe, verschwand ins Behandlungszimmer.

Im Wartezimmer wartete eine Handvoll Leute.

»Herr Dr. Bär.«

Johanna wieder.

»Bitte treten Sie ein. Der Herr Doktor erwartet Sie.«

Den Herrn Doktor kannte ich von seinem Auftritt in der Kirche. Als der Priester vom Lesepult gefallen war. Mit einem roten Fleck am Rücken.

Ich schätzte ihn auf sechzig oder so. Den Doktor. Dem Praxisschild nach war er auf den Namen Siegwart Semmelweis getauft. Kurz: SS.

Verbrauchtes Gesicht.

Tränensäcke unter den Augen.

Wacklige Hände.

Ich dachte: Er sollte mal zum Arzt gehen.

Generalsanierung.

Am besten zu einem, der sich mit Alkohol auskennt.

Man erkennt seinesgleichen.
»Wo fehlt's denn?«
Ich sagte: »Mein Knie. Links. Da stimmt was nicht.«
»Dann schaun wir's halt einmal an.«
Er sprach Allgäu. Oder Augsburg.
Meinesgleichen.
Ein Stethoskop hing um seinen Hals. Es war ein historisches Gerät, wahrscheinlich eines der ersten. Das Stethoskop wurde vor dreihundert Jahren erfunden. Seines sah wie dreihundert Jahre aus, aber gut erhalten. Wie neu. Gefiel mir. Er war wohl noch einer vom alten Schlag, vertraut mit der ärztlichen Diagnosefindung aus dem Mittelalter: abklopfen, abtasten, Puls fühlen, den Urin abschmecken. Das Stethoskop gehörte vor dreihundert Jahren zu den revolutionären Neuheiten der Medizin. Ersparte das mit dem Urin.
Sein Arztkittel hätte einen Waschgang für Kochwäsche gut vertragen.
Ich krempelte mein linkes Hosenbein hoch übers Knie.
»Nein. Die Hos müssen S' schon ausziehen.«
Zum Glück war Johanna nicht mehr im Zimmer.
Zum Glück hatte ich frische Socken und eine frische Unterhose an.
Alte Gewohnheit.
Damit sich meine Mama nicht für mich schämen muss.
Nicht noch mehr.
Sie war gut im Schämen. Für mich. Schon immer.
»Auf die Liege.«
Ich hievte mich widerwillig auf das Papiertuch auf der Kunstlederliege. Plastik eben. Kam mir vor wie ein Pommes zum Einwickeln.
Hygiene. State of the art. Nicht schlecht.
Er drückte an meinem linken Knie herum.
Bis ich »au« schrie.
Noch mal. Fester.
»Au!«
»Wie lang tut's denn schon weh?«
»Seit ungefähr sechs Wochen. Wird schlimmer.«

»Der Innenmeniskus, tät ich sagen.«

»Und was kann man da machen? Gibt's da keine Salbe dafür?«

»Gibt's schon. Aber die nützt nix. Der Meniskus schert sich einen Teufel um eine Salbe.«

»Was dann?«

»Neischauen.« Hineinsehen.

»Wie?«

Überflüssige Frage.

Überflüssige Antwort: »Arthroskopie.«

»Oh!«

»Kniespiegelung.«

Ich wusste, was eine Arthroskopie ist. Schon viele erlebt. Bei anderen. Routineeingriff. Pipifax. Kein Problem. Hatte ich immer den Patienten im Krankenhaus gesagt, als ich noch was zu sagen hatte. Als Klinikseelsorger. Früher. Jetzt bräuchte ich einen Seelsorger.

Ich bin ziemlich wehleidig. Nicht bei anderen. Bei mir.

Ich dachte, verhandeln kann nicht schaden, sagte: »Und eine Kernspin?«

»Kannst vergessen!«

Er duzte mich inzwischen. Tat mir gut. Dass er mich duzte. Und mit mir überhaupt redete: »Kernspin ist grad in Mode. Auch wenn's nix nützt. Wenn was isch, sieht man's. Dann muss man nei ins Knie. Wenn man nix sieht, muss man auch nei, damit man sieht, was drin isch. Also, Kernspin kannst vergessen. Aber wennst meinst, gehst nach Kempten zur Kernspin, die freuen sich, wenns ihr Spielzeug benützen können. Bringt Geld.«

»Also doch Arthroskopie?«

»Ja.«

»Aber … vielleicht … ich mein, es ist vielleicht lächerlich, aber von den Fußballern weiß ich, dass die immer zur Gesundbeterin gehen. Die schwören drauf.«

»Ich weiß. Die will auch von was leben. Außerdem gibt's die gar nimmer.«

»Isch sie in Rente gangen«?

»Keine Ahnung. Man sagt, sie ist ersoffen. Isch mir auch wurscht. I wois von nix … Also, ich schreib Ihnen jetzt eine Überweisung für eine Arthroskopie.«

Er war wieder beim Sie.

Langte mir die Überweisung rüber.

Ich zog meine Hose wieder an. Knöpfte mir mein Hosentürl zu. Gerade noch rechtzeitig, bevor die Johanna wieder reinkam.

»Die Johanna begleitet Sie hinaus«, sagte der Doktor. »Der Nächste bitte.«

Ich war wieder Luft für ihn.

Johanna rief ins Wartezimmer: »Der Nächste bitte«, und brachte mich zur Haustür.

Ist schon was wert, privat versichert zu sein.

»Pfüadi«, sagte sie.

»Pfüadi«, sagte ich, fragte im Gehen: »Weißt du was von der Gesundbeterin?«

»Was soll ich von der Gesundbeterin wissen?«, fuhr sie mich an.

»Hätt ja sein können.«

Warum kriegte sie feuchte Augen?

Ich schlich durch das Dorf.

Deprimiert. Wusste nicht, warum.

An der Bushaltestelle wartete ein Abfallkübel.

Ich zerriss meine Überweisung und warf die Schnipsel hinein.

Mein Knie zwickte.

Der Feind in meinem Körper.

»Zum Arsch …«

Ich wollte zum »Schwarzen Adler«. Ein Bier trinken.

Nur eins.

Keins!

Dann eben nicht.

Ich machte einen großen Bogen um den »Schwarzen Adler«.

Landete am Fußballplatz. Beim See.

Die Jugend trainierte.

Ich kannte sie noch alle.

Ich hatte sie alle trainiert.

Ein Jahr lang.

Bis ich abstürzte.

Sie saufen alle wie die Bürstenbinder.

Aber wer abstürzt, ist draußen.

Es lief schon die zweite Halbzeit, die Burschen wurden müde. Sie gingen mehr auf die Knochen als auf den Ball.

Der Rechtsaußen humpelte vom Platz. Er hatte eins draufgekriegt.

Zwei Kameraden stützten ihn. Er konnte mit dem rechten Fuß nicht mehr auftreten.

»Tut's weh?«, fragte ich.

Er schaute mich an.

Ich sagte: »Ja, ich weiß, blöde Frage.«

»Au …« Sein Gesicht sprach Schmerzbände.

»Der Doktor ist noch in der Praxis. Ich war grad da …«

»Der Doktor … kann mich …«

»Denn geh halt zur Gsundbeterin!«

»Isch nimmer da.«

»Was: Isch nimmer da?«

»Gibt's nimmer. Weg. Verschluckt.«

»Sie kann sich doch nicht einfach in Luft aufgelöst haben.«

»Ihre Hütte ist leer. Zu. Geschlossen.«

»Steht kein Zettel an der Tür? ›Betriebsurlaub‹ oder ›Wegen Krankheit geschlossen‹ oder so was?«

Er rieb seinen Knöchel. »Nix …«
»Dann muscht doch zum Doktor!«
»Zum Arsch muaß i!«
Ich verzog mich wieder.

Sangria

Wir saßen wieder auf der Bank vor der Alm.

Sonnenuntergang anschauen.

Ich und meine Nachbarin.

Früher hatte sie um die Zeit immer die Kühe von der Weide heim in den Stall getrieben, mit ihrem bauchfreien Top und dem Piercing am Bauchnabel. Nun hatte sie keine Kühe mehr zum Heimtreiben. Verkauft. Und ich hatte kein Bauchpiercing mehr zum Anschauen. Sie trug eine ordentliche Bluse. Bauch bedeckt.

Auch sonst war sie eher bedeckt. Gesprächsmäßig.

Ich erzählte ihr von meinem Knie und dass ich beim Doktor war und so weiter und sagte: »Ich hab gehört, die Gesundbeterin ist nicht mehr da.«

»So …«

»Weiß du was?«

»Woher soll ich was wissen?«

»Hätt ja sein können … Wie schaut sie denn überhaupt aus, die Gesundbeterin?«

»Ich habs schon länger nimmer gesehen.«

»Und wie hats da ausgeschaut, vor schon länger?«

»Wies halt immer ausgeschaut hat.«

Maulfaul war sie geworden, meine Nachbarin.

»Hat's wenigstens geholfen …?«

»Ja.«

»Bei was alles?«

»Bei den Fußballern …«

»Aber du bist ja keine Fußballerin …«

»Alle sind hingegangen zu ihr.«

»Dann müssten doch alle wissen, wie sie aussieht!«

»Dann frag halt alle.«

Ich dachte: Leck mich am Arsch, du zickige Kuh.

Sagte: »Schöner Sonnenuntergang heute. Darf ich dir noch nachschenken?«

»Ja, aber net zu viel.«

Ich schenkte ihr von dem süßen Fusel voll ein.

Sie mochte süßen Fusel.

Sangria.

Fruchtsaft mit eingebautem Rausch.

Und Kater. Gegen den hilft keine Gesundbeterin.

Ich hatte eine Flasche Chardonnay vor mir stehen.

»Chardonnay« stand auf dem Etikett.

Aus der guten alten Zeit.

Als ich jeden Abend eine Flasche Chardonnay oder zwei inhalierte.

Jetzt war Quellwasser drin.

Eine Flasche reichte leicht für zwei Abende.

Ohne dass ich mich gewaltsam zurückhalten musste.

»Der ist gut zum Salat-Anmachen«, hatte meine Nachbarin über den Chardonnay einst gesagt, beim Probieren, »nicht ganz so sauer wie der Essig.« Danach war sie zu Sangria übergegangen.

Ich fragte sie nach ihren Kindern.

»Ja, die Maja … und die Käsi …« Sie holte Luft und legte los.

Maja hatte ihren Namen nicht von der Jungfrau Maria, sondern von der Biene, und Käsi kam von Katherina, die hieß abgekürzt »Cathy«, und weil die Allgäuer mit dem englischen Tee-Ätsch auf Kriegsfuß stehen, war am Ende »Käsi« herausgekommen.

Die Sonne versank langsam hinter den Buckeln am Horizont. Die Flugzeuge malten lautlos rosarote Kondensstreifen an einen kitschig blauen Himmel. Die halbe Menschheit musste wohl in der Luft unterwegs sein, die einen von links nach rechts, die andern von rechts nach links. Wenn alle blieben, wo sie sind, bräuchte man keine Flieger.

Die Nachbarin erzählte immer noch von Maja und Käsi.

Ich sagte eher bleiläufig, als ich ihr Glas zum fünften Mal mit Fusel füllte: »Wenn die Kinder krank waren, waren die auch bei der Gesundbeterin?«

»Nein, die Gesundbeterin … Da sind eher die Frauen hingegangen … Und die ist ja auch erst die letzten paar Jahre da gewesen … aber … sie hat vielen geholfen … Wo soll man auch als Frau hingehen, wenn …«

Sie stockte.

Ich sah aus meinen Augenwinkeln, dass ihre Augen feucht wurden, eine Träne lief ihr über die Wange, sie nahm einen tiefen Schluck Sangria.

Ich sagte: »Was wohl mit ihr ist? Einfach nimmer da … Wird doch nicht …«

»Wird doch nicht was?«, raunzte sich mich an.

»Krank worden sein … oder in Rente gegangen … oder … verunglückt … Vielleicht sollte man sie bei der Polizei vermisst melden … Wie hat sie denn ausgesehen?«

»Unscheinbar.«

»Wie schaut unscheinbar aus?«

»Ach halt … Sie hat immer gleich ausgesehen. So eine Kutte hat sie angehabt, mit Kapuze drüber, wie ein Mönch, manchmal auch ein Kopftuch und lange Haare und eine dicke Hornbrille, eine altmodische …«

»Wie alt war sie denn?«

»Schwer zu sagen … Sie hat kein Alter gehabt … Sie war einfach eine Frau … im Mittelalter. Älter wie dreißig, aber sicher noch nicht achtzig.«

»Und die Hände, wie waren die Hände? An den Händen sieht man das Alter. Da hilft kein Botox. Hände sagen die Wahrheit. Übers Alter.«

»Ihre Hände hab ich nie gesehen.«

»Wieso nicht? War sie ein Contergan-Opfer?«

»Sie hat immer Handschuhe angehabt. So Arzthandschuhe … so wie Arztsocken, nur Handschuhe. Weiß.«

»Warum?«

»Keine Ahnung … Vielleicht haben alle Gesundbeterinnen Arzthandschuhe an. Berufskleidung.«

»Ja. Vielleicht. Priester haben ja auch ihre Gewänder an. Vielleicht waren es Gebetshandschuhe, extra zum Gesundbeten.«

»…«

»Und was hat sie denn gesundgebetet?«

»Was halt wehtut …«

Sie weinte still und trank still. Sie trank mehr, als sie weinte, aber je mehr sie weinte, desto mehr trank sie. Wie ein Durchlauferhitzer.

Warum?

Warum sie trank, war mir gleich. Zum Trinken braucht man keinen Grund.

Aber zum Weinen.

Verschlossen

Ich stand vor einer alten Holzhütte ziemlich weit oben am Hang, unter dem Hörnle, im Wald, verhockt.

War wandern.

Rentnerwandern.

Springen konnte ich nicht mehr mit meinem Knie. Die Allgäuer sagen springen, wenn sie laufen meinen.

Wie der Teufel will, war ich an der Hütte von der Gesundbeterin gelandet.

Meine Nachbarin hatte mir verraten, wo der geheime Ort lag, den alle im Dorf kannten.

Nur ich nicht.

Die Holzläden waren zugeklappt.

An der Tür hing ein Vorhängeschloss.

Ich rüttelte.

Nur rütteln.

Zu.

Eine Kette. Ein einfaches Schloss.

Hatte ich einen Bolzenschneider?

Im Keller von der Alm musste einer sein. In der Werkstatt. Da gab es jede Menge Werkzeug.

Warum nicht auch einen Bolzenschneider?

Hätte mich interessiert, wie sie gewohnt hat.

Oder wenigstens, wo sie praktiziert hat, die Gesundbeterin.

Die Unsichtbare. Lange Haare hatte sie gehabt. Und Handschuhe. Eine Kutte wie ein Mönch. Dicke Hornbrille. Alter: zwischen dreißig und achtzig.

Wo war sie?

Weg.

Ein Unfall?

Nein. Das sah alles zu geplant aus. Die geschlossenen Läden, das Vorhängeschloss.

Selbstmord? Im See ersoffen?

Aber warum schließt sie dann alles vorher ab?

Ich rüttelte noch mal am Schloss.

Sinnlos.

Humpelte an der Hütte vorbei.

Stockte.

Sah Reifenspuren im Gras und dann auf dem Waldweg.

Ziemlich frisch.

Es hatte die ganze Nacht geregnet. Sie mussten von heute Vormittag sein, sonst hätte sie der Regen aufgeweicht und weggeschwemmt.

Normale Autoreifen. Breit, aber kein Traktor. Scharfes Profil.

Wer war da an der Hütte der Gesundbeterin? Was wollte er? Oder sie. Man muss heutzutage ja immer doppelt denken. Wegen des Feminismus. Der Hut. Die Hütte. Der Schrank. Die Schranke. Die Dachrinne. Der Dachrinner. Die Fülle. Der Füller. Der Schlamper. Die Schlampe. Der Dichter. Die Dichtung. Die Gläubige. Der Gläubiger. Der Protestant. Die Prostata. Die Gesundbeterin. Der Gesundbeter.

Ich ging wieder talwärts.

Talwärts tat das Knie noch schlimmer weh.

Zurück zur Alm. Ausruhen.

Gruaba sagen sie hier im Allgäu.

Hahnkrähen

Schon von Weitem sah ich jemanden auf der Bank vor der Alm sitzen.

Ich ärgerte mich. Spürte keinen Knieschmerz mehr.

Unverschämt, einfach auf das Grundstück zu gehen. Privat. Mit einem Seil versperrt. Das Seil musste immer gespannt sein, damit die Kühe von den Anwesen aus der Nachbarschaft nicht auf den Hof liefen, sondern weiter auf die Weide oder zurück in ihren Stall. Die Kühe begreifen das. Aber dieses Rindvieh begriff nichts.

»Des isch privat«, sagte ich.

»Ich weiß«, sagte er.

»Und warum hockscht dann do?«

»Weil ich zum Dr. Bär will.«

»Warum?«

»Warum geht dich des was an?«

»Weil ich zufällig der Dr. Bär bin.«

»Ja so was – das isch ja was ganz was anders!«

Er stand sogar auf, streckte mir die Hand entgegen, sagte: »Metzger. Schorsch Metzger.«

»Ich hab aber kein Vieh zum Schlachten.«

Er lachte.

»Ich bin kein Metzger, ich heiß Metzger.«

Ich massierte meine rechte Hand. Dachte, wenn ich den Kernspin mach, lass ich gleich die Hand auch durchleuchten, sagte: »Dem Händedruck nach könnten S' auch a Metzger sein!«

»Ich bin Geistlicher. Diözese Kempten. Bistum Augsburg. Personalchef. Nachfolger vom Rössle.«

»Heiligs Blechle. Wie komm ich denn zu der zweifelhaften Ehre?«

»Ich hätt einen Job für Sie.«

»Net scho wieder!«

»Doch. Sie haben vor zwei Jahren den Fall Theo Amadagio zu unserer vollsten Zufriedenheit aufgeklärt. Und sehr diskret.«

Schwachsinn. Ich hatte ihnen eine Geschichte serviert, die plausibel war, aber die Wahrheit kannte nur ich. Und den Täter. Die Täterin. Schon wieder Feminismus!

Sagte: »Nein.«

»Warum nicht? Lassen S' mich doch wenigsten erklären!«

»Nein! Sie können erklären, bis Sie blau werden, es bleibt beim Nein.«

Welch ein Genuss. Ich war nicht mehr erpressbar. Leider. Letztes Mal hatten sie mich erpresst mit meinem schlampigen Verhältnis zu meiner verheirateten Geliebten. Es gab kein Verhältnis mehr. Ich hatte es versoffen.

»Ich oder deine Sauferei«, hatte sie gesagt.

»Das ist Erpressung!«

»Egal was es ist, entscheid dich. Ich oder deine Sauferei.«

Darauf hatte ich gesagt: »Natürlich du. Ich hör auf zu saufen. Kein Problem.«

Sie hatte mich geküsst, kurz, angeekelt gesagt: »Deine Fahne!«

»Ich hör ja auf …«

Eine Woche später tauchte ich wieder bei ihr auf, ihr Mann war auf Dienstreise. Sie sah mich an, kurzer Kuss.

»Pfefferminz!«, sagte sie. »Du hältst mich wohl für blöd. Fahne mit Pfefferminz. Du stinkst aus allen Knopflöchern nach Suff.«

»Aber …«

»Hau ab. Es ist aus.«

»Aber …«

»Aus«, hatte sie gesagt. Nicht geschrien. Ganz cool. Ganz sachlich. »Aus.«

Dann stürzte ich ab. Ein Jahr Suff. Dreihundertfünfundsechzig Tage Suff. Zweiundfünfzig Wochen. Sieben Tage die Woche. Vierundzwanzig Stunden am Tag: nichts als besoffen.

Es war meine Rettung. Ich war zu besoffen, um mich umzubringen.

Nun, im ersten Jahr meines neuen nüchternen Lebens, war ich nicht mehr erpressbar. Deshalb sagte ich noch mal: »Nein!«

Er ließ nicht locker. »Wir zahlen gut.«

»Mir wurscht!«, log ich, fragte: »Bloß interessehalber: Was ist denn bei euch ›gut‹?«

»Zehn Prozent.«

»Lächerlich. Zehn Prozent! Wenn schon, dann –«

»Wenn ich Sie wär, tät ich zuerst fragen: Zehn Prozent von was?«

»Egal von was, zehn Prozent ist immer zu wenig.«

»Es geht um Millionen.«

»Oh … Setzen Sie sich hin, ich hol uns ein Bier!«

Ich musste Zeit gewinnen. Wie viel ist zehn Prozent von »Millionen«?

Ich stieg in den Keller. Bierkeller.

Zehn Prozent von einer Million ist … der zehnte Teil …

Ich nahm einen Bierdeckel, kritzelte Zahlen, um sicher zu sein. Richtig. Hunderttausend Euro.

Ich stieg wieder rauf zur Sonne, hielt ihm eine Flasche Augustiner Edelstoff hin, behielt die Flasche Clausthaler für mich.

»Broschd!«

Heißt prost. Der Letzte, mit dem ich geprostet hatte, war seit einem Jahr tot.

»Ham Sie gesagt: MillioNEN?«

»Ja, MillioNEN.«

»Dann wären zehn Prozent ein paar HunderttausendER.«

»Ja.«

»Also wegen dem Geld mach ich's nicht.«

Ein Hahn krähte.

»Natürlich net! Uns geht's auch net bloß ums Geld. Wir wollen zwar das Geld, aber mehr noch wollen wir wissen, warum es verschwunden ist.«

»Jetzt bin ich doch a bissle neugierig geworden …«

»Vor drei Wochen ist doch hier der Pater Theopold Messner … ah … umgekommen.«

»Ermordet.«

»Ja, gut, ermordet. Erstochen. Das ist Sache der Polizei. Die arbeitet dran.«

»Hams schon eine heiße Spur?«

»Nicht direkt. Noch nicht. Sie sagen, sie ermitteln in alle Richtungen.«

»Also ham sie keine Ahnung, die von der Polizei.«

»Die finden das schon raus. Was uns interessiert: Diese Gemeinde in Tal, die war die einzige in der Diözese, die gewachsen ist. Gewaltig. Alle andern schrumpfen.«

»Sie sagen hier, der Pater Theopold Messner war so tüchtig.«

»Er war nicht nur tüchtig, er war charismatisch. Er hat die Leut angezogen …«

»Und ihnen das Geld aus der Tasche gezogen.«

»Nein. Sie haben gern gespendet. Und viel. Der Architekt hat schon Pläne für ein neues Gemeindezentrum vorgelegt. Auch uns. Mit allem Drum und Dran. Gruppenräume. Andachtsräume. Meditation. Seminarräume. Sogar Sauna.«

»Gemischt?«

»Was gemischt?«

»Gemischte Sauna?«

»Wieso ist das wichtig?«

»Ach, überhaupt net. Mir ist bloß ein Witz eingefallen. Wollen S' ihn hören?«

»Hm.«

Hm ist noch nicht nein. Es war der erste Witz, der mir seit zwei Jahren eingefallen war.

Ein Wunder!

Geld stinkt nicht. Es heilt.

»Also, der Papst …«

Mein Augsburger Nuntius verzog gequält sein Gesicht.

»Also der Papst war schlecht drauf, abgeschlafft. Seine Kardinäle haben sich Sorgen gemacht, dass er einen Burn-out kriegt, und gedacht: Wie können wir ihn wieder aufpäppeln? Einer hatte die Idee: Schicken wir ihn mal in die Sauna. Der Papst lässt sich überreden und geht mit seinen Kardinälen in die Sauna. Er ist so begeistert davon, dass er am nächsten Tag schon wieder in die Sauna will. Seine Kardinäle hüsteln. ›Das geht nicht, Eure Heiligkeit!‹ – ›Warum nicht?‹ – ›Weil heute gemischte Sauna ist!‹ – ›Ach‹, sagt der Papst, ›das macht mir doch nichts, wegen den paar Evangelischen!‹«

Der Augsburger Nuntius verkniff sich einen Lacher.

Er lächelte.

Nett von ihm.

Ich haute mir auf die Schenkel.

»Gut, was!«

»Ja … kenn ich schon.«

Scheiße.

Hätte er auch für sich behalten können.

»Aber das mit der Sauna, das ist ja nur die Soft-Version von der anderen Geschichte vom alten David.«

»Welche meinen Sie?«

»Wie der König David alt war, hat es ihn immer gefroren. Sie schleppten Decken heran und heizten ein, aber er war nicht warm zu kriegen. Da hat einer die Idee gehabt, ihm eine Jungfrau ins Bett zu legen, eine menschliche Wärmflasche. Und man glaubt es kaum: Da hat's ihn nicht mehr gefroren.«

»Ist das ein Witz?«

»Nein, die Wahrheit, nichts als die Wahrheit. Steht geschrieben in der Heiligen Schrift. Erster Könige eins.«

»Ist mir ganz entgangen.«

»Vielleicht haben S' grad Grippe g'habt, wie die G'schicht drankommen ist in der Vorlesung.«

»Ist ja auch nicht sehr bekannt, die Geschichte.«

»Klar, wäre ein bissle heikel, wenn man am Sonntag drüber predigen müsste. Obwohl in der Heiligen Schrift extra noch drinsteht, dass sie ihn nur gewärmt hat. Sonst sei da nix gelaufen.«

Schon lange nicht mehr so eine gute Unterhaltung gehabt. Ich setzte die Flasche an.

Alkoholfrei.

Oh Gott.

»Wie sind wir jetzt auf den David gekommen?«

»Weil es ihn gefroren hat, und zuerst war der Papst in der Sauna, und die Sauna war, weil im Gemeindezentrum eine Sauna hineingebaut werden sollte. Haben Sie gesagt.«

Wahnsinn, ich konnte wieder denken. Alkoholfrei.

»Ja, richtig, also da war so ein Fünf-Millionen-Projekt geplant. Und wir wissen, dass die Spenden reichlich geflossen sind. Und dann haben wir natürlich nachgeforscht, wie der Pater Theopold Messner, Gott hab ihn selig, gestorben ist …«

»Gestorben worden ist«, sagte ich, was er ignorierte.

»… da war nix da von dem ganzen Spendengeld.«

»Gar nix?«

»Kein Pfennig. Ah, Cent, null Komma nix.«

»Vielleicht auf einer anderen Bank. Hier ist ja nur die Kreissparkasse.«

»Wir haben alle Banken und Sparkassen von Kempten über Augsburg bis München ausgeforscht. Nix. Rein gar nix.«

»Dann hat er's mit in den Tod genommen!«

»Schmarrn.«

»Oder im Sparstrumpf unterm Bett.«

»Schmarrn. Wir haben alles durchsucht. Die Millionen sind weg.«

»Und wer soll sie finden?«

»Sie!«

»Warum ich?«

»Weil nix rauskommen soll. Sonst heißt es gleich wieder: Die Kirch ist nur hinterm Geld her und lässt es dann verschwinden. Ganz Tal tritt aus der Kirche aus und halb Kempten dazu, wenn sie erfahren, dass ihr Geld weg ist, das sie gespendet haben.«

»Und wenn ich die Geschichte verkauf? An den Spiegel. Focus. BILD. BUNTE. Super Illu … Bayernkurier … Sonntagsblatt …« Mir gingen die Ideen aus.

»Für fünfhunderttausend Euro oder mehr?«

»Hm. Ich mach mir nix aus Geld.«

Der Gockel aus der Nachbarschaft krähte schon wieder.

»Dann verkaufen Sie die Geschichte doch. Fünftausend Euro kriegen S' schon dafür.«

»Hm … so kann man's auch sehen.«

»Außerdem haben S' vielleicht was gutzumachen.«

»Was gutzumachen?«

Ich war alarmiert.

Was wusste er?

»Warum, wie kommen S' denn dadrauf?«

»Seit der Monsignore Rössle nimmer ist, saufen Sie sich zu Tod.«

»Hm … Stimmt. Bis vor sechs Wochen. Aber das hat mit nix was zu tun.«

»Auch nicht mit Rössle?«

»Nein.«

»Sagt Ihnen der Name Olivia Obholzer etwas?«

Ich dachte, mich trifft der Schlag. Tat so, als wüsste ich von nichts. Die Organistin. Mit meinem Taschentuch.

»Also?«

»Okay. Zehn Prozent. Und kein Wort mehr von Rössle und Obholzer.«

»Okay.«

Wir machten den Vertrag per Handschlag.

Unter Gaunern gilt immer noch ein ehrlicher Handschlag.

Zum dritten Mal krähte der Hahn, der depperte.

Ayurveda

Mein Knie schmerzte. Ich konnte kaum mehr bergab laufen.

Die Überweisung für die Arthroskopie hatte ich zerrissen und weggeschmissen.

Peinlich, jetzt wieder hinzugehen zum Doktor und zu sagen: »Ich hab Ihre Überweisung weggeschmissen, schreiben S' mir bitte eine neue.«

Außerdem wollte ich keine neue Überweisung. Ich wollte, dass mein altes Knie wieder geht.

Vielleicht sollte ich Johanna fragen. Ob sie das mit dem Doktor regeln kann.

Auf der anderen Seite, jetzt konnte ich kein kaputtes Knie und keine Arthroskopie und keine Krücken brauchen. Jetzt, wo ich so einen Auftrag an Land gezogen hatte. Der zweite in zwei Jahren.

Ich humpelte die Treppen hoch, ins Dachgeschoss.

Mich umziehen.

Auf dem Bett lag noch die Perücke mit den langen kastanienbraunen Rosshaaren, die ich aus dem See gefischt hatte. Daneben der BH, Körbchengröße 65F. Vermutlich das Outfit der Gesundbeterin, die verschwunden war. Ersoffen.

Ich hatte bis jetzt fast nichts von ihr erfahren. Sie war durchschnittlich alt gewesen, also alles zwischen dreißig und achtzig. Sie hat immer Handschuhe getragen. Sie hatte eine Kutte an, mit Kapuze, sodass sie einem Mönch gleichsah. Sie war beliebt gewesen bei den Fußballspielern und bei den Frauen, bei den jungen noch mehr als bei den alten. Sie war ein Geheimnis.

Ich warf die Perücke und den BH ins Eck.

Zog ein weißes Hemd mit Kragen an.

Trachtenjanker.

Schwarze Jeans.

Hochoffiziell.

Sah mich im Geiste schon in Kempten einen Armani kaufen.

Falls ich den Fall löste.

Und falls in Kempten ein Geschäft war, das Armani führte.

Als ich unten in Tal war, tat mein Knie so weh, dass ich humpelte.

Heiliger Meniskus!

Die Kirchturmuhr schlug viermal. Dann zehnmal.

Das Geschäftszentrum von Tal besteht aus zwei Hälften.

Die eine Hälfte ist ein Getränkemarkt. Bier. Limonade. Wasser. Die Basics. Ein paar Häuser weiter steht noch das »Kaufhaus«. Geöffnet von sieben bis zehn. Es gibt frische Semmeln, alte Konserven, Ansichtskarten von Tal und seinem See und die BILD-Zeitung, aber nur auf Vorbestellung.

Die andere Hälfte ist die Kreissparkasse.

Ich holte tief Luft und betrat die andere Hälfte.

Ich trat an den einzigen Schalter,

setzte mein Ex-Seelsorger-Lächeln auf,

wartete.

Wenn eine Frau hinter dem Schalter erschien, konnte ich mein Ex-Seelsorger-Lächeln aufbehalten.

Bei einem Mann musste ich mir ein anderes Lächeln ausdenken.

Business-like.

Von Mann zu Mann.

Eine Frau erschien.

Ich ließ mein Lächeln verstrahlen.

Ich schätzte sie auf gut vierzig oder so. Gut erhalten. Gut frisiert. Gut geformt. *Und siehe, es war sehr gut.* Genesis 1,31. Ein nettes G'schöpfle!

Ich lebte seit meinem Rauswurf bei meiner Ex-Geliebten in Augsburg zölibatär.

Heißt Suff und Pornos.

Von beidem hatte ich genug.

Also, da stand sie, aus einer anderen Welt.

Ihr Namensschild verriet: Frau Loible. Dass sie Frau war, sah ich. Wie sie wohl mit Vornamen hieß? Lydia? Lilly? Lolita?

»Ja bitte?«

Mein Lächeln gefror.

Ja bitte – mit dem Ton von: »Mach's kurz und verschwind schnell.«

»Grüß Gott«, sagte ich noch mal.

Ihr Busen wogte ungeduldig.

»Jaaa?«

Scheiße.

Wo blieb mein Charme?

Wahrscheinlich hatte ich ihn mit versoffen.

Nächstes Mal setze ich meine Perücke auf, die lange. Mit BH. Vielleicht hilft das.

»Ich wollt gern eine Einzahlung machen.«

»Ja?«

Sie war maulfaul!

»Sie wissen doch, die Kirche in Tal … Da wird doch das neue Gemeindezentrum gebaut und das Jugendzentrum … und das Gästehaus … mit Sauna … Die Pläne sind ja vielversprechend …«

»Ja?«

Sie war wohl in Tal zur Schule gegangen. Vor vierzig Jahren. Da hatte noch ein Wort für den Mittelschulabschluss gereicht. Ja.

»… und da hab ich mir denkt, da spend ich auch was für die Kirche, die tut ja so viel Gutes … und …«

Ich nestelte umständlich einen Hunderter heraus.

»… und jetzt möchte ich den Hunderter einzahlen auf das Konto von der Kirch …«

»Es gibt kein Konto mehr.«

»Ha???«

»Es gibt kein Konto mehr.«

»Ja, kann man dann gar nimmer spenden?«

»Nein.«

»Ja, warum?«

»Das Spendenkonto ist aufgelöst worden.«

»Von wem?«

»Datenschutz.«

»Vom Datenschutz?«

»Nein, nicht vom Datenschutz. Wegen dem Datenschutz darf ich niemand eine Auskunft geben.«

»Ja, wo soll ich denn meine hundert Euro dann spenden?«

»Beim Pfarrer. Bar.«

»Aber der ist doch …«, ich wollte sagen »erstochen worden«, sagte: »… entschlafen.«

»Dann halt bei der Vertretung … aus Kempten.«
»Ich hab denkt, aus Indien.«
»Wieso aus Indien?«
Hoppla, sie hatte ihre Sprache wiedergefunden.
»Weil der Pfarrer ein Inder ist.«
»Ein Inder?«
»Ja. Zuerst ham wir die Inder missioniert, und jetzt missionieren sie uns … und nehmen die ganzen Spenden fürs neue Gemeindezentrum in bar … hunderttausend …«
»Wieso hunderttausend? Sie ham doch gesagt hundert.«
»Ich wollt sagen hunderttausend. Man muss da ein bissle diskret sein bei solchene Summen.«
»Wo hams denn hunderttausend Euro für die Kirch her?«
»Es gibt da einen Spender, der will unbekannt bleiben. Anonym. Inkognito.«
Es wurmte sie sichtlich. Dass das Geld vielleicht nach Indien ging.
Ich sagte: »Mei, die in Indien freuen sich auch über ein neues Gemeindezentrum. Aber«, bohrte ich weiter, »wenn Sie mir sagen, warum und wieso ich auf kein Konto mehr einzahlen kann, sag ich Ihnen vielleicht, wo die Hunderttausend für die Kirch herkommen.«
»Wir haben alles auf ein Konto getan. Unter dem Namen vom Hauptsponsor. Und wie der Pfarrer … nicht mehr gewesen ist, da hat sich der Hauptsponsor zurückgezogen.«
»Mit dem Konto?«
»Er hat nur das Konto gelöscht …«
»Und den Namen von dem Sponsor verraten Sie mir natürlich nicht, oder? Dann könnt ich ja zu ihm hingehen und vorschlagen, dass ich meine Hunderttausend von meinem Sponsor draufleg, und wir bauen weiter an der Kirche und dem neuen Zentrum und so …«
»Nein. Alles gelöscht. Alles unter Datenschutz. Und jetzt ist Mittagszeit. Ich muss zusperren.«
Sie klimperte mit den Schlüsseln.
Ich steckte meine hundert Euro ein.
»Dann kriegt's halt der Inder«, sagte ich. »Ayurveda.«

»Was?«

»Ayurveda. Heißt pfüad Gott auf Indisch. Wir sollten uns dran gewöhnen, an die neue Sprach!«

Sie schüttelte den Kopf, sperrte ab.

Sie sah gut aus. Wohlproportioniert.

Aber ein verschlossenes Gemüt.

Datenschutz! Welche Daten die wohl schützt?

Placebo

Ich machte mich auf den Weg. Hoch zur Alm.

Mir grauste. Mein linkes Knie.

Ich ging an der Praxis vom Taler Doktor vorbei.

Läutete.

Der Türöffner summte.

Die Rezeption sah so ähnlich aus wie die Theke vom »Schwarzen Adler«. Noch nie habe ich jemand dran sitzen sehen. Es muss der gleiche Schreiner gewesen sein, der vom »Schwarzen Adler« und von der Rezeption. Dunkles Holz. Stabil wie ein Ochsenstall. Jenseits von Geschmack. Heute thronte hinter der Holzbarrikade Johanna. Die Mutter meines Patenkindes.

»Du schon wieder?«

»Ich hab mir's überlegt ... wegen der Arthroskopie ... Ich möchte vorher noch hineinschauen lassen.«

»Wo hinein?«

»Ins Knie.«

»Aber da schauens doch nei bei der Arthroskopie. Drum heißt's ja so.«

»Wie?«

»Arthroskopie ... ›Arthros‹ heiß Knie, und ›skopie‹ heißt neischauen. Griechisch. Sagt der Doktor.«

»G'scheiter Mann! Aber ich will, dass die zuerst mit dem Fernseher neischauen. Von außen. Ohne Bohren und Schneiden. Mit dem Kernspintomografen. Da sieht man alles ... und vielleicht wird's auch wieder von selber ... mit der Zeit ... Selbstheilungskräfte ...«

Sie schwieg. Schaute.

Ich sagte: »So was gibt's. Ich hab's in der Zeitung gelesen. In Finnland, da haben sie Leute mit Meniskusschmerzen operiert, und ein Jahr später ist es ihnen besser gegangen.«

»Und was hat das mit Selbstheilungskräften zu tun?«

»Das war erst die erste Hälfte von der Geschichte. Die Hälfte von den Leuten haben sie operiert am Meniskus. Bei der anderen

Hälfte haben sie nur eine Arthroskopie gemacht, aber nix am Meniskus operiert. Und jetzt kommt's: Denen ist es nach einem Jahr auch besser gegangen. Da schaust!«

»War halt Einbildung ...«

Jetzt spielte ich meinen Trumpf aus: »War keine Einbildung. Keiner hat nämlich gewusst, ob er zu den Operierten gehört oder nicht. Echt wissenschaftlich. Randomisiert. Placebo-kontrolliert. Doppelblind.«

»Ich hab denkt, es wär am Knie gewesen, der Eingriff, nicht am Aug.«

Hoffnungslos.

Sie war hartnäckig: »Also, wenn sie es nicht gewusst ham, hams halt denkt, sie sind operiert worden, und es ist ihnen besser gegangen, weil sie es denkt ham. Nix wie Einbildung.«

Ich sagte: »Das mein ich doch mit Selbstheilungskräften. Einbildung ist auch eine Kraft ... Placebo sagt man dazu. Wissenschaftlich.«

»Dann bild's dir halt ein. Wissenschaftlich.«

Ich sagte: »Da müsst ich dann ja auch eine Arthroskopie machen lassen ... Ich will halt einfach eine zweite Meinung.«

Sie sagte: »Schiss!«

Ich: »Ja, stimmt. Schiss.«

Schiss heißt Angst.

Ich war fünfundzwanzig Jahre Seelsorger im Krankenhaus und habe Leuten gut zugeredet, die Angst hatten. Vor so was Läppischem wie Kniespiegelung. Minimalinvasiv. »Da brauchen S' keine Angst haben.« Oder schlimmer: »Ich versteh, dass Sie da Angst haben.«

Einen Dreck hab ich verstanden.

Jetzt versteh ich. Angst. Weil ich's hab. Fünfundzwanzig Jahre lang keine Ahnung. Ich beschloss, es niemandem zu sagen, am Ende wollen sie fünfundzwanzig Jahre Gehalt von mir zurück. Macht dreihundertfünfundzwanzig Monatsgehälter, wenn man das Weihnachtsgeld dazuzählt. Nein, lieber nicht weiterrechnen.

Ich fragte die Johanna: »Kannst mir eine Überweisung besorgen? Kernspintomografie in Kempten.«

»Ich schau mal ... Der Doktor telefoniert schon seit zehn Minuten ...«

Nach fünf Minuten kam sie zurück.

»Hast Glück gehabt. Heut ist er gut drauf, unser Doktor. Er hat dir eine Überweisung ausgestellt und gleich noch auf der Orthopädie angerufen, er meint, der Chefarzt ist ein Spezi von ihm, da geht das leichter. Morgen Vormittag um zehn Uhr sollst da sein. Frisch gewaschen.«

»Bin ich immer.«

»Seit sechs Wochen.«

»Ja, ich weiß. Ist ja vorbei.«

»Hoffentlich für immer.«

Ich schritt den Weg zur Alm hinauf, langsam, schonte den linken Fuß, was dem rechten nicht guttat, aber meine Stimmung war gehoben, ich kam mir vor wie ein Held: Ich habe einen Termin gemacht. Mannhaft. Ruck, zuck. Und der Doktor war auch gut drauf. Vielleicht hat er ein paar Obstler zum Frühstück gehabt.

Kernspin

Kernspin. Klinikum Kempten. Radiologie. Wartebereich.

Zwei so junge Dinger erwarten mich.

Noch bin ich ganz locker.

Sie lassen mich warten.

Ein Rollstuhl wartet vor mir.

Der Patient hängt drin wie gekochtes Gemüse.

Den Kopf zur Seite gekippt, aus dem Mund tröpfelt Spucke.

Gut, dass ich noch nichts gegessen habe.

Vor Aufregung.

Ich komme mir neben dem Rollstuhl richtig gesund vor.

Ich hab's im Knie. Nicht im Kopf.

Glaub ich.

Ich bin so beschäftigt mit Lockersein, dass ich aufschrecke.

»Herr Bär?«

Ja, bin ich.

Ich soll die Hose ausziehen.

Muss.

Frage: »Die Socken auch?«

»Nein. Wir müssen ja bloß das Knie machen.«

Ich finde Hemd ohne Hose, aber mit Socken einfach lächerlich. Die Karikatur von einem Mannsbild.

Sie haben im Krankenhaus einen Arbeitskreis »Würdiges Sterben«. Sollten lieber einen Arbeitskreis »Würdiges Leben« machen. Dass man ihnen beibringt: wenn Hose runter, dann auch die Socken.

Noch fällt mir auf, dass das eine der beiden Mädel ziemlich viel Bauchspeck hat. Es quillt.

Wenn die ihre Hose auszieht, wie würdig schaut sie dann aus?

Da stehe ich, ohne Hose, mit Socken, ich kann nicht anders, Gott helfe mir.

Außerdem muss alles runter, was aus Metall ist.

Handy, Schlüssel, Gürtel, Kleingeld. Blitzventil für mein plattes Fahrrad. Ehering. Ich hab ihn immer noch an. Nicht, weil ich verheiratet bin, sondern weil ich mit Frauen nix mehr zu tun haben will. Geht bei mir immer schief.

Den Ehering vergesse ich abzustreifen. Die kleine Weiße mit dem Bauchspeck weist mich drauf hin.

Ach ja, natürlich.

Ich liege schon auf dem Rolltisch, da fällt mir ein, dass mein Kugelschreiber, Metall, noch in der Brusttasche vom Hemd steckt. Weißes Hemd.

Die kleine Weiße nimmt ihn und legt ihn zu dem andern Zeug in der Umkleide.

Ein schönes Kleidchen haben sie mir verpasst. Hinten offen. Gott, ich danke dir für meine Unterhose. Übrigens frisch. Und schwarz. Sicher ist sicher.

Ich lagere mich auf die Liege.

Verkehrt rum. Peinlich.

»Wir wollen das Knie sehen, nicht den Kopf«, sagt sie.

Dann nestelt sie mein linkes Knie zurecht.

»Nicht bewegen, nix bewegen!«

Den Herzmuskel kann ich nicht abstellen, die Lunge auch nicht. Kopfhörer kriege ich auf. Sind wir hier auf dem Flugplatz? Oder auf der Baustelle?

Ich musste zwei Seiten Fragen anticken. Habe alle mit Nein beantwortet. Durchgehend. Sicherheitshalber. Was ich unterschrieben habe, weiß ich nicht. Da hatte ich meine Hose noch an.

Sie gibt mit dann noch einen kleinen Ball in die Hand, so ein Ding, wie die Näherinnen früher hatten, um Kreidelinien auf den Stoff zu blasen. Wenn was ist, soll ich drücken, dann kommt sie rein.

Sagt sie. Mich retten. Meine Erlöserin.

Sie geht raus.

Ich bin allein in dem Raum, auf der Liege. Ich warte, bis ich in die Röhre geschoben werde. Nein, das halte ich nicht aus. Wenn ich da reinmuss in den Sarg, krieg ich die große PANIK. Ich werde einfach nicht reinfahren.

Ich, Dr. phil., Pfarrer a. D., Psychoanalytiker a. D., Seelsorger a. D., Ehemann a. D., Lover a. D., Marathon-Mann a. D.

Ich habe Titel die Masse. Lebenserfahrung die Masse.

Am meisten habe ich:

ANGST.

Muss an den vielen »a. D.«s liegen.

Nicht in den Sarg! Nein! Ich werde den Panikball drücken.

Abbrechen. Wenn die mich ganz in den Sarg schieben und dicht machen.

Das Gerät von Siemens fängt an wie ein Düsenjäger. Dazu sind sie also gut, die Kopfhörer. Außerdem kommt nach einer Ewigkeit eine Stimme darin, die sagt, noch zwölf Minuten dauert es, ich soll ruhig bleiben.

Es sieht also aus, als würden sie mich nicht in den Sarg schieben.

Ich halte mich starr und ruhig.

Ich habe Angst.

Vor:

Panik.

Wadenkrämpfen.

Herzinfarkt.

Pinkelnmüssen. Es wird kalt ohne Hose.

Mein Bauch blubbert. Nein, bitte nicht.

Ich erinnere mich bei dem Krach, wie ich als Bub unter der Eisenbahnführung durch bin und es kam ein Zug: Ich war kurz vor der Panik. Ich erinnere mich, wie ich von Lehrern und Vorgesetzten mit gefühlten hundertzwanzig Dezibel zusammengebrüllt wurde. Kettensägen, Presslufthämmer, Gewitterdonner zum Beispiel machen einen Krach von hundertzwanzig Dezibel.

Wenn ich das gewusst hätte, hätte ich mir den Kernspin erspart. Wie schaffen das die Leute, da ganz und gar reinzugehen in den Sarg? Lebendig begraben.

Ich zähle zur Beruhigung immer bis sechzig und dann wieder von vorn, für jeden Sechziger ein Finger. Wie lang, verdammt noch mal, sind zwanzig Minuten? Zwanzig Finger. Endlos.

Nein, ich werde nicht unter Narkose gehen. Lieber ein Leben lang hinken. Den Rest meines Lebens. Aber keine Narkose. Narkose ist Tod im Leben. So schlimm wie »Die Trennung der Liebenden«. Von Igor Caruso. Die Trennung der Liebenden ist der Tod im Leben. Meint Caruso, der Wiener Psychoanalytiker.

Und ich meine: die Narkose. Bei der Trennung kommt man vom Schmerz um, in der Narkose ohne Schmerz.

Nach gefühlten fünf Stunden warte ich auf irgendein Zeichen.

Warum macht ein Kernspin so viel Krach? Wie drei Panzer. Schon allein der Krach macht mich fertig.

Ging es einst so zu im Leib meiner Mutter? Im Uterus? In dem schallt es vielleicht auch so komisch, zu laut? Zurück in die Mutter? Urängste. Wie kriege ich mein Atmen zurecht? Der Rhythmus stimmt nicht überein mit dem Kernspingeräusch, dem Krach.

Mir wird glasklar: In der Panikattacke kristallisiert sich meine Ur-Angst: nie mehr zurück ins Gefängnis, nur raus hier – aus dem Uterus, aus der Beziehung, aus der Ehe, aus dem Institut. Sich nie ganz einlassen, denn das wäre der Panik-Tod.

Danke für die Selbsterkenntnis!

Es knistert in meinen Kopfhörern.

Ah, endlich, endlich sagt sie: Es ist vorbei, Sie haben es geschafft.

Sagt sie nicht.

Sie sagt: »Was wollen denn Sie … Herr …«

Schreit: »Nein! Nein!«

Mir bleibt das Herz stehen.

Dann ein Schlag, dumpf.

Ruhe.

Sendepause.

Rauschen.

Was war? Was ist?

Die Eisentür geht auf.

Ich atme wieder. Endlich. Die Erlösung.

»Fertig?«, frage ich.

Eine weiß vermummte Gestalt, mit Gesichtsmaske, tritt hinter mich.

Muss ein Arzt sein. Oder ein Pfleger.

Weiße Handschuhe.

Ich frage: »Kann ich aufstehen?«

Die weiße Gestalt steht hinter mir.

Schiebt mich ganz in die Röhre.

»Nein! Nicht, da krieg ich Panik …!«

Ich stecke nun voll drin.

»Neiiiiiiiinnn!«
Der Sarg schließt sich.
Das Licht geht aus.
Ich will raus, haue mir den Kopf an,
schnappe nach Luft,
sie ist weg.
Ein Regenbogen erscheint.
Kurz.
Nahtod, denke ich.
Dann denke ich nicht mehr.
Ich bin tot.

Spareribs

Nach dem Regenbogen kam das blaue Wunder.

»Es gibt sie also doch. Die Hölle. Ich bin drin.«

Dachte ich, bevor ich wieder wegrutschte.

Teufel mit roten Gesichtern keuchten und drückten mir den Brustkorb ein.

Immer wieder.

Hatte ich so viel gesündigt?

Ein Dutzend Mal, ja sicher.

Aber dauernd, in einem fort?

Für jede Sünde eine Brustkorbquetschung.

Ich hörte eine Stimme sagen: »Er kommt wieder.«

Ich kam wieder.

Zur Besinnung.

Das heißt: zu Schmerzen.

Ich wollte brüllen wie ein Ochs.

Aber meine Brust war kaputt, die Luft weg, die Lunge wahrscheinlich platt gequetscht wie die Kröten auf dem Weg zur Alm hinauf. Die Rippen wie Spareribs, nur geschnetzelt.

»Es wird scho wieder, Herr Bär!«

Ein blonder Engel im weißen Gewand flüsterte mir das zu.

Ich konnte also nicht in der Hölle sein.

»Wo bin ich?«

»Im Krankenhaus sind Sie, Herr Bär.«

»Ich bin doch nimmer im Dienst!«

»Sie sind Patient hier im Krankenhaus.«

»Wieso? Hab ich einen Unfall gehabt? Ich weiß von nix!«

»Ah … äh … ja, so kann man es sagen, eine Art Unfall.«

»Is mein Auto kaputt? Der Golf. Diesel. Braucht nur vier Liter auf hundert Kilometern.«

»Keine Sorge, es war kein Autounfall.«

»Was dann?«

»Ihr Herz hat … kurz … ausgesetzt … Aber das wird schon wieder. Erholen Sie sich erst mal …«

»Nein, ich will mich nicht erholen, ich will wissen –«

»Soll ich einen Seelsorger für Sie rufen, Herr Bär?«

»Mir wurscht. Aber wenn der mir sagt, was passiert ist, ja. Wann kann ich wieder raus hier?«

»Sie müssen eine Weile zur Beobachtung bleiben. Regen Sie sich nicht auf.«

Sie verschwand.

Nicht aufregen.

Ha! Das war doch das Einzige, was ich noch konnte, mich aufregen.

Ich schaute mich um.

Ein Zimmer. Fenster ohne Fenstergriffe.

Ich hing am Tropf.

Ein Gerät piepste, wenn ich den Finger rührte.

Die Tür war zu.

Verschlossen?

Wo ist der Fluchtweg?

Bin ich gefangen?

Ich kriegte schon wieder so ein enges Herz. Und es wurde schwarz vor meinen Augen. Schon wieder.

Die Tür ging auf.

Eine Frau trat ein.

Ich sah, genau in der Reihenfolge:

Kompakter Busen.

Straffe Jeans.

Schwarze Haare, schulterlang, silberne Strähnen.

Einladende Augen. Graublau.

Vielleicht um die vierzig.

Bestes Alter. Wofür eigentlich?

Sie sagte: »Grüß Gott, ich bin von der Seelsorge.« Zeigte auf ihr dienstliches Namensschild mit Foto.

»Angela Engel«, sagte sie. Unter ihrem Namen stand: Pfarrerin.

Sie trat ans Bett.

Reichte mir keine Hand.

Gefiel mir. Ich bin gegen das sentimentale Tatscheln.

Ein Computerfoto von ihr schaute mich an. Ich sagte in Richtung auf ihr Schild: »In Natur g'fallen S' mir besser.«

Sie lächelte. Verlegen?

Ich wechselte in meinen Macho-Ton. War ja schließlich nicht zum Flirten hier: »Und was wollen S' von mir? Letzte Ölung?«

Sie, ganz sachlich, locker: »Nix will ich von Ihnen. Wissen S', die Schwester hat gemeint, Sie sind ziemlich durch den Wind und ich soll Sie beruhigen. Aber ich hab keine Ahnung, ob Sie beruhigt werden wollen.«

»An Dreck will ich! Wissen will ich, was passiert ist und wieso ich hier bin und überhaupt, was war. Das macht mich ja so hupfert, dass ich mich nicht mehr erinnern kann. Wissen Sie, wie das ist, wenn der Faden gerissen ist, wenn ein Trumm aus dem Programm fehlt? Das ist, wie wenn man besoffen ist und danach kann man sich an nix mehr erinnern …«

»Ja, kenn ich.«

»Woher?«

»Aus Erfahrung.«

Nicht schlecht. Die junge Kollegin. Gut zu wissen, dass die Seelsorge nach meinem Ausscheiden aus dem Dienst in guten Händen lag. Am Busen der weiblichen Natur.

»Ist's recht, wenn ich mich hinhock?«

»Ja, von mir aus. Kostet auch nicht mehr.«

Schweigen.

Ich sagte: »Also, warum bin ich hier, und wie bin ich hierhergekommen?«

»Man hat mir gesagt, Sie waren in der Röhre für eine Kernspintomografie, und dann haben Sie einen Herzinfarkt gehabt.«

»Ja, ich erinnere mich, dass ich ins Krankenhaus gefahren bin, aber nicht wegen meinem Herz, sondern wegen meinem Knie. Da ist was kaputt, und da wollten sie nachschauen.«

»Aber wenn Sie wegen dem Knie dadrin waren, haben Sie ja nicht ganz in die Röhre hineinmüssen. Nur das Knie … Sie wurden aber in der Röhre gefunden. Ganz drin. Da hat man Sie rausgefischt.«

»Ich weiß noch, wie ich dadrin gelegen bin, der Kopf hat noch rausgeschaut, die Brust aus … dann … dann …«

»Dann?«

»Dann war was … Ich hab denkt, jetzt ist die Untersuchung

vorbei, da kommt jemand, im weißen Kittel ... alles weiß ... und dann ...«

Die Geräte hinter meinem Bett fingen an zu piepsen und zu pfeifen.

Sie legte ihre Hand auf meine Hand. Sagte: »Ihr Herz springt wieder wie narrisch ... Da war was ... Der Körper erinnert sich.«

»An was?«

»Das weiß ich auch nicht. Wahrscheinlich haben Sie in dem Moment, an den Sie sich nicht erinnern können, ziemlich Angst gekriegt.«

»Ich dachte, ich sterb.«

Ich spürte meinen Schweiß auf der Stirn.

Ich hielt mich an ihrer Hand fest.

»Ich hab denkt, jetzt ist es aus. Ich komm in den Sarg.«

»Hat denn der Weißkittel nix gesagt?«

»Kein Wort. Ich glaub, der hat mich einfach hineingeschoben in den Sarg. Und dann ging das Licht aus.«

»Sie sind wahrscheinlich ohnmächtig geworden. Wegen dem Herz ...«

»Nein, das Licht ging wirklich aus. Ich bin doch nicht verrückt. Es war kuhnacht. Wie im Sarg. Und dann weiß ich nix mehr.«

Ich hielt ihre Hand.

»Ich bin gestorben ...«

Ich hielt mich an ihrer Hand fest.

Irgendwas in mir löste sich.

Ich fing an zu schluchzen. Wie ein kleiner Bub.

Ließ die Hand nicht los.

Drehte mein verheultes Gesicht weg von ihr.

Schämte mich.

Sie strich mir über den Hinterkopf. Ließ ihre Hand dort.

Ich löste mich in Tränen auf.

Und in Scham.

Langsam ebbte die Sintflut in mir ab.

Ich wurde müde.

Ließ die Hand nicht los.

Dämmerte in einen Halbschlaf.

Fuhr hoch, erschrocken.

»Was ist los?« Sie war auch erschrocken.

»Ich erinnere mich …«

Es knistert in meinen Kopfhörern.

Ah, endlich, endlich sagt sie: Es ist vorbei, Sie haben es geschafft.

Sagt sie nicht.

Sie sagt: »Was wollen denn Sie … Herr …«

Schreit: »Nein! Nein!«

Mir bleibt das Herz stehen.

Dann ein Schlag, dumpf.

Ich sagte: »Da stimmt was nicht.«

Sie: »Meinen S'?«

Ein Arzt kam. Jung. Jovial.

»Wie geht's uns denn, Herr Bär?«

»Ich weiß nicht, wie's Ihnen geht, Herr Doktor, ich weiß nur, mir geht's beschissen. Das Einzige, was mir guttut, ist eure Seelsorgerin hier.«

Sie errötete.

Süß!

Ich fragte: »Wann kann ich raus?«

Der Arzt sagte: »Wir müssen Sie noch beobachten.«

»Warum?«

»Weil wir nichts finden. Bisher.«

»Und dann suchts ihr so lang rum, bis ihr was findet. Und wenn's bis Weihnachten dauert …«

Der junge Arzt lachte. »So lang nicht, aber noch ein paar Tag.«

»Und was findet ihr nicht?«

»Das wissen wir ja nicht, wir suchens noch … Sie hatten Herzstillstand, aber wir finden nichts Verkehrtes mit Ihrem Herz.«

»Da werden S' auch nix finden. Wenn man Sie in einen Sarg steckt und das Licht geht aus, da wird Ihr Herz auch nicht grad ruhig und gleichmäßig schlagen.«

»Es könnte psychosomatisch gewesen sein, vielleicht …«

»Schmarrn. Das war keine Einbildung. Ich bin wirklich in den Sarg hineingeschoben worden. Und dann ging wirklich das Licht aus …«

»Und dann haben Sie wirklich Angst gekriegt, und Ihr Herz ist stehen geblieben …«

»Das kann sein. Da tät auch Ihnen das Herz stehen bleiben. Außerdem bin ich nicht wegen dem Herz da, sondern wegen meinem Knie. Ich hab nämlich keinen Herzstillstand, sondern einen Kniestillstand. Das mag nimmer, das Knie, das linke.«

»Hm, Verschleiß, in Ihrem Alter …«

»Schmarrn. Mein rechtes Knie ist genauso alt wie mein linkes, und es ist noch voll in Ordnung. Mit ein bisschen mehr Training werd ich den nächsten Marathon einbeinig laufen. Auf rechts.«

Die Seelsorgerin lächelte.

Ich war wieder das alte Großmaul. Nix mehr mit Schluchzen und Angsthaben.

Dachte ich.

Am Ende des Tages brachten sie mir mein Zeug. Jeans. Schuhe. Socken hatte ich ja noch an. Mein weißes Hemd. Meine Jacke. In der Brusttasche waren meine Habseligkeiten. Kugelschreiber. Armbanduhr. Ehering. Visitenkarte. »Dr. Emil Bär. Psychoanalytiker«. Und ein Zettel. Ein Zettel von so einem Zettelblock, wie sie auf allen Schreibtischen rumstehen. Weiß. Mit Bleistift stand in ungelenker, fahriger Kinderschrift drauf:

»So geht's einem Schnüffler. Das war erst der Anfang.«

Mein Herz stand still. Schon wieder. Dann stolperte es weiter.

Ich sah einen käsweißen grauhaarigen Kerl hastig zum Ausgang hinken.

Ich im Spiegel.

Paternoster

Ich war auf der richtigen Spur.

Ich wusste es, weil ich eins über die Birne gekriegt hatte.

Wenn man keine Ahnung hat, passiert einem auch nichts.

Nur: Auf welcher Spur war ich?

Ich hatte geschaut, wo die Gesundbeterin gesundgebetet hatte.

Na und?

Ich hatte in der Sparkasse gefragt, ob ich was spenden kann und wo und wie.

Na und?

Ich werde gar nix mehr machen. Nichts rauskriegen.

Andererseits: fünfhunderttausend Euro.

Dann hätte ich ausgesorgt.

Wenn ich draufgehe, habe ich auch ausgesorgt.

Also: Ich habe in jedem Fall ausgesorgt.

Meine Logik war so verblüffend logisch, dass sie mich selber überzeugte.

Ich würde bei der Gesundbeterin weitermachen.

Die hatte sicher nichts mit dem Geld zu tun.

Das Geld konnte warten.

Ich schlich wieder um die Hütte der Gesundbeterin a. D. herum.

Die Leute waren einsilbig, wenn ich sie nach der Gesundbeterin fragte.

»Wie hat sie denn geheißen?«

»Keine Ahnung. Gesundbeterin eben.«

»Wie hat sie ausgesehen?«

»Keine Ahnung.«

Ich bohrte nach. Erfuhr nichts Neues.

Mittelgroß.

Mit Kutte.

Immer Kapuze auf. Oder Kopftuch.

Weiße Arzthandschuhe.

Eher lange Haare.

Dicke Hornbrille.

»Hatte sie auch eine Stimme?«

Eher älter. Dumpf. Vernuschelt.

»Was hat sie denn gebetet?«

»Irgendwas vom Paternoster. Man hat nix verstanden.«

»Warum nicht?«

»Weil es ausländisch war.«

»Gar nix … außer Paternoster …?«

Ein ganz Heller, gesprächiger, erinnerte sich: »Ein Auto ist auch immer vorgekommen.«

»Ein Auto? Was für ein Auto?«

»Ein Fiat.«

Ich hatte eine Erleuchtung, fragte: »Hat sich das Beten von der Gesundbeterin vielleicht angehört wie …« Ich nuschelte: »*Pater noster*, qui es in caelis, sanctificetur nomen tuum. Adveniat regnum tuum. *Fiat* voluntas tua …«

»Ja, so ähnlich …«

Mühsam nährt sich das Eichhörnchen!

Ungewöhnlich, dass jemand das Vaterunser auf Lateinisch auswendig hersagen kann. War sie eine abgehalfterte Theologin? Eine Ex-Ordensfrau?

Meine Nachbarin wusste mehr, als sie sagte. Dass zum Beispiel Frauen hingehen konnten. Na klar. Die Gesundbeterin … von Frau zu Frau.

Ich kam einfach nicht weiter.

Keine Reifenspuren heute.

Ich hockte mich auf die Holztreppe, die zur verschlossenen Eingangstür hinaufführte. Das Vorhängeschloss glänzte in der Sonne.

Verführerisch.

Zog eine Flasche Mineralwasser aus meinem Rucksack. Adelholzener. »Die reine Kraft der Alpen«.

Eine Leberkässemmel. Gut für meine malträtierte Leber.

Den Bolzenschneider ließ ich drin. Im Fall, dass jemand vorbeikäme.

Der Schmerz in meinem Knie ermahnte mich zur Vorsicht.

»So geht's einem Schnüffler. Das war erst der Anfang.«

Nein, ich brauchte keine Fortsetzung, keine Erfolgsbestätigung dieser Sorte.

Ich schaute in die Gegend.

Niemand zu sehen.

Außer den Kühen.

Sie waren mit Wiederkäuen beschäftigt. So eine Kuh ist dauernd mit Fressen beschäftigt. Vollbeschäftigt. Entweder sie käut. Oder sie käut wieder. Sie hat vier Mägen. Muss also einen Büschel Gras käuen, dann dreimal wiederkäuen. Ich stellte mir vor, ich esse Kässpatzen, und sie kommen dreimal hoch, und ich muss sie dreimal wiederkäuen … Ich mochte nicht weiterdenken. Mir wurde schlecht.

Ich spielte Tourist. Spielte unauffällig am Fensterladen rum. Ruckelte. Schaute mich um. Hob mit meinem Taschenmesser den Verschlusshaken zwischen den Holzläden. Öffnete einen Laden. Schaute gelangweilt durch das Fenster in die Hütte hinein.

Sah:

Eine Kommode.

Einen Sessel aus der Weimarer Republik.

Eine Couch mit Decken und Kissen. Wie frisch aus Freuds Behandlungszimmer.

Erinnerte mich an meine frühere Praxis. Sessel. Couch. Frisch von Ikea.

An der Wand ein Kruzifix. Holzgeschnitzt.

Gegenüber die Mutter. Die Mutter Gottes. Die Jungfrau Maria.

In meiner früheren Praxis hing im Eingangsbereich ein Bild von Sigmund Freud. Ohne Kreuz. Mit Zigarre.

Mehr konnte ich nicht sehen.

Aber ich wollte mehr sehen.

Das mit dem Bolzenschneider war eine Schnapsidee. Ohne Schnaps. Da hätt ich ja gleich eine Anzeige in die Allgäuer Rundschau setzen können: »Ich war der Einbrecher in der Hütte von der Gesundbeterin.«

Es sollte niemand merken, dass ich überhaupt dadrin war.

Aber wie?

Wenn ich einen Schlüssel hätte. Dann könnte ich einfach hineinspazieren.

Aber wo krieg ich einen Schlüssel her?
Hatte die Gesundbeterin einen Zweitschlüssel?
Wahrscheinlich in der Hütte.
Da kam mir eine Idee.

Schloss, Schlosser, Schlösser

Ich ging hinunter zum »Schlossers Michl«.

Der Schlosser Michl.

Er hatte seine Werkstatt genau gegenüber vom »Schwarzen Adler«.

Im Hof lag eine Menge Metall.

Weiß Gott, was er damit machte. Etwas, wovon er leben konnte.

Aber wenn er Schlosser war, musste er etwas von Schlössern verstehen.

Ich trat durch die Stahltür in die Werkstatt vom Schlossers Michl.

Er schaute kurz auf. Schweißte an irgendwas herum.

Ich wartete.

Er war wohl nicht auf Kundenfang aus.

Schließlich sagte er: »Du?«

Was auch immer das heißen sollte.

Er legte den Schweißbrenner auf die Werkbank.

»Ja, i.«

»Von der Biselalm!«

Als ob ich nicht wüsste, wo ich wohne.

Ich sagte: »Ich war frühers öfter im ›Schwarzen Adler‹. Wir ham uns gesehen, wenn ich immer rein oder wieder raus bin.«

Er schaute mich von oben herab an, ist ja auch keine Kunst bei meinen ein Meter fünfundsiebzig. Inzwischen wahrscheinlich eins siebzig. Das Alter und die abgelatschten Marathonfüße.

Er sagte: »Ja, ich weiß, ich war beim Schaffen und du beim Saufen.«

»Stimmt. Aber das ist vorbei. Ich bin jetzt wieder trocken. Furztrocken.«

Er schaute misstrauisch.

»So, so. Seit drei Tag wohl …«

»Seit sechs Wochen.«

»Und?«

»Michl, du bist doch ein Schlosser. Und verstehst was von

Schlössern. Ich hab alles, was Alkohol hat, in eine Kammer getan, ein Vorhängeschloss davorgehängt. Und jetzt find ich den Schlüssel nimmer.«

»Das passt doch. Oder willst wieder anfangen zum Saufen?«

»Nein. Aber ich hab meine ganzen Wertsachen auch hinein, Bargeld und so, damit ich nicht in Versuchung komm ... verstehst schon. Und jetzt brauch ich's, damit ich wieder flüssig bin, geldmäßig mein ich.«

Kein Wort stimmte. Alles erfunden. Ich fragte: »Wie kriegt man denn so ein Schloss wieder auf?«

Der Michl warf sich in die Brust, ganz der Fachmann. Sagte: »Das kommt ganz auf das Schloss an. Wenn's ein einfaches ist, aus dem Supermarkt, ist es kein Problem.«

»Gibt's da einen Schlüssel, wo alle aufsperren kann, alle die einfachen Schlösser?«

»Normalerweise nicht ...«

»Aber ...?«

»Aber ich hab da einen konstruiert. Eine Art Dietrich für Vorhängeschlösser. Die Schlüssel gehen öfters verloren. Aber die meisten Schlösser bringt man damit auf. Wenn man geschickt ist.«

»Könntst mir da aushelfen?«

»Ich hab jetzt keine Zeit. Wegen so einem kleinen Scheißdreck.«

Er deutete auf sein Schweißgerät und die Metallschienen hin, sagte: »Wichtiger Auftrag!«

»Ich will dich auch gar nicht aufhalten. Mit deinem Auftrag. Der ist sicher von der Regierung ...«

Er lächelte geschmeichelt, sagte: »Geheimauftrag!«

»Wahnsinn! Da musst dranbleiben. Aber wenn du mir den Schlüssel leihen kannst, probier ich's selber. Ich bring ihn auch gleich wieder zurück ...«

Er war gerade dabei, mit seinem Kopf ein kategorisches Nein zu schütteln.

Ich zog einen Fünfziger aus meiner Brieftasche.

Er stockte.

Ich zog einen zweiten Fünfziger raus.

Er wiegte den Kopf.

Ich sagte: »Musst es ja nicht umsonst machen.«

Ich blieb ganz cool. Innen wurde mir heiß. Ich stellte mir zur Beruhigung eine magische Zahl vor Augen: fünfhunderttausend. Ich zückte einen dritten Fünfziger. Legte die drei Fünfziger ganz locker auf die Werkbank, murmelte: »Geheimauftrag!«

Er stöhnte: »Damit die Seel a Ruah hat …«, ging an ein Regal, langte in eine Schatulle.

»Hier. In einer Stund hab ich ihn wieder.«

»Dank dir schön, Michl! Wenn ich wieder einen Auftrag hab, bis du der Erste, der ihn kriegt.«

Ich verzupfte mich eilig. Damit ihm nicht doch noch was anderes einfiel.

Eine Stunde: Ich fing an, bergauf zu rennen. Zehn Meter. Dann zwang mich meine geräucherte Lunge zum Wanderschritt.

Nach dreißig Minuten stand ich außer Atem vor der Praxis der Gesundbeterin.

Der Schweiß rann mir runter, der Schlüssel schloss nicht, weder auf noch zu, ich fummelte herum, schaute mich ab und zu um, ob jemand kam, ein Bauer oder ein Urlauber, fummelte weiter, in Panik, meine Finger zitterten, nein, es ging einfach nicht.

Ich ließ los, gab auf, drehte noch mal resigniert hin und her – und siehe da: Das verdammte Schloss sprang auf.

Ich riss die Tür auf, machte sie schnell wieder zu. Endlich war ich drin.

Ich war enttäuscht.

Ein großer Kommodenschrank an der Wand. Der Sessel aus der Weimarer Republik, die Freud-Couch. Kruzifix und Mutter Gottes.

Das hatte ich auch schon durchs Fenster gesehen.

Null neue Information. Für hundertfünfzig Euro.

Ich machte den Schrank auf.

Decken.

Unter den Decken: nix.

Doch: eine Flasche Bodenseeobstler.

Wahrscheinich zum Einreiben.

Gebetsverstärker.

Noch was: eine Bibel.

Ich schlug sie auf.

Vielleicht lag ein Fünfziger drin. Oder drei.

Ich habe auf meiner Alm eine alte Bibel. Lege immer Geldscheine rein. Da kommt kein Einbrecher drauf!

Hoppla. Da war doch was! In der Offenbarung des Johannes. Ganz hinten.

Ein Kärtchen.

Halleluja!

Ich jubilierte.

Prägte mir ein, was draufstand. Hoffentlich hält mein Gedächtnis. Der Mensch benützt nur zehn Prozent von seinem Gehirn. Ich hoffte, es waren die anderen neunzig Prozent, die ich versoffen hatte.

Jetzt schnell zurück.

Ich lehnte mich gegen die Schrankseite, Luft holen für den Abstieg.

Ich verlor das Gleichgewicht.

Der Schrank gab nach.

Ein Rollschrank!

Fast hätte es mich hingehauen.

Aber nicht, weil der Schrank einen Meter auf die Seite gerollt war.

Sondern weil dahinter eine Eisentür zum Vorschein kam.

Ich rüttelte an ihr.

Nix rührte sich.

Mein Schlüssel war viel zu klein für das Schloss.

Ich musste ihn wieder abgeben.

Schob den Rollschrank wieder zurück vor die Stahltür.

Sperrte die Hüttentür wieder ab, einfach einklicken das Schloss. Perfekt.

Zurück nach Tal. Zum Schlossers Michl.

Vor Aufregung spürte ich meinen Meniskus nicht mehr.

»Hallo Michl. Es hat geklappt! Hier ist der Schlüssel zurück. Ich komm wieder an mein Zeug hin! Dank dir!«

Er nickte, nahm den Schlüssel wortlos an sich, steckte ihn in die Hosentasche und fuhrwerkte dann weiter mit seinem Schweißgerät an seinem Geheimauftrag umeinander.

Mir stand der Schweiß auf der Stirn. Lief den Rücken hinunter. Ich pappte.

Ich trat vor die Werkstatt vom Schlossers Michl. Gegenüber grüßte der »Schwarze Adler« verführerisch. Jetzt ein Bier. Ein Königreich für ein frisches Bier!

Mutter Teresa

Ich trat in die Wirtsstube. Der Fernseher lief. Wie immer. Ich war der einzige Gast.

Ich notierte mir die Nummer auf dem Kärtchen aus der Gesundbeterinnenhütte auf einem Bierfilz von der Aktienbrauerei Kaufbeuren.

Die Wirtin, die Maria mit dem dunkelroten wallenden Haar, enge Jeans, T-Shirt, würdigte mich eines kurzen Blickes.

»Wasser?«

»Nein. Bier!«

Missbilligend: »Hoi!«

Ich ganz cool: »Alkoholfrei.«

Sie zeigte die zarteste Andeutung eines Lächelns, schenkte das Bier in ein Glas, stellte es vor mich.

Ich sagte: »Dankschön … Ach, weißt du eigentlich, was mit der Gesundbeterin passiert ist? Ich hab da so ein Problem mit meinem Knie und hab denkt …«

»Ich hab denkt, wegen deiner Sauferei.«

»Nein, die ist unheilbar. Da hilft auch kein Beten. Da hilft bloß: nix saufen. Also, weiß man, was mit ihr los ist?«

»Unsere Mutter Teresa. Nein, ich weiß nix von ihr. Man sagt, sie ist verschwunden, vielleicht sogar ersoffen. Aber es wird viel geredet, wenn der Tag lang ist. Man hat sowieso nix von ihr gewusst. Außer dass sie meistens Mittwoch- und Samstagnachmittag da droben war in ihrer Hütte.«

»Wo gehen denn die Leut jetzt hin, wenn ihnen was fehlt?«

»Zum Doktor halt. Und manche gehen nach Kempten, da soll es auch eine Gesundbeterin geben. Und in Maria Rain …«

»Wo die Wallfahrtskirche ist …«

»Aber vielleicht kommt sie ja wieder. Braucht halt auch einmal einen Urlaub. Wenn man dauernd mit Kranken zu tun hat.«

»Ja, wem sagst du das! Ich war über zwanzig Jahre im Krankenhaus tätig. Irgendwann hat man genug davon. Und Kranke sind meistens noch unausstehlicher wie Gesunde.«

»Kein Wunder, im Krankenhaus tät ich's auch nicht aushalten. Mir hat's gelangt mit meinen Kindern. Und dabei ist Kinderkriegen noch keine Krankheit!«

Meine Stimmung war gestiegen, ich wusste nicht, warum. Einfach so.

Ich bestellte mir noch eine zweite Halbe. Alkoholfrei. Sagte: »Gar nicht schlecht, das bleifreie …!«

»Ist ja nicht ganz frei. Bis zu null Komma fünf Prozent Alkohol sind da auch drin!«

Ich dachte einen Augenblick mit meinem nüchternen Resthirn nach, sagte: »Wenn man dann zehn Halbe alkoholfrei trinkt, ist das so, wie wenn man eine normale Halbe trinkt. Ich hab immer vier oder fünf Halbe gehabt, in meiner besten Zeit …«

Sie ergänzte: »Ja, ich weiß. Mittags fünf und abends fünf.«

»Dann müsste ich jetzt fünfzig Halbe mittags und fünfzig Halbe abends trinken. Alkoholfrei. Damit ich auf meinen früheren Medaillenspiegel komm.«

»Das halt ja kein Ochs aus!«

»Und meine Blase auf keinen Fall. Das derbrunzt ja kein Mensch, fünfzig Halbe. Nein, mir geht's besser ohne. Wenn ich gewusst hätt, wie gut es einem ohne Saufen geht, hätt ich nie damit angefangen.«

»Bist ja schnell drauf kommen!«

Gschnappige Zicke, gschnappige!

Mit meinem 0,01 Promille Alkoholpegel im Blut machte ich mich auf den Weg die drei Kilometer rauf zur Alm.

Ich war gut drauf.

Wusste nicht, warum.

Eigentlich hätte ich schlecht drauf sein müssen. Ich hatte ein Problem gelöst. Mit dem Schlüssel vom Michl. Ich wusste jetzt, wie die »Praxis« der Gesundbeterin aussah. Nichtssagend. Wie eine psychoanalytische Praxis plus Kruzifix plus Maria. Plus Eisentür.

Das war das größere Problem. Die Eisentür. Was steckte da dahinter? Den Trick, der mit dem Michl geklappt hatte, konnte ich nicht ein zweites Mal anwenden. Nach dem Attentat im Kernspintomografen hatte ich keine Lust auf mehr Attentat.

Trotzdem war ich gut drauf. Warum nur? Irgendwie war mir im

Gespräch mit der Wirtin vom »Schwarzen Adler« die gute Stimmung eingefahren. Je mehr ich nachdachte, desto weniger kam ich drauf.

Ein Auto überholte mich. Bretterte vorbei. Ein Einheimischer. Touristen schleichen. Einheimische brettern. Ein Audi. Aha, meine Nachbarin.

Die Bremslichter leuchteten auf. Der Audi rollte zurück. Meine Nachbarin ließ das Fenster runter.

»Soll ich dich mitnehmen? Du hinkst ja wie ein kranker Gaul.«

»Nett von dir, ja gern. Mein Meniskus …«

Ich setzte mich neben sie, sagte: »Mein Knie bräucht dringend eine Behandlung!«

Sie schaute mich von der Seite kurz an, sagte: »Deine Haar auch …«

»So, meinst … Ja wennst Zeit hast, kommst halt einmal rüber und schneidest sie mir.«

Meine Nachbarin war:

Mutter,

Bäuerin,

Verkäuferin,

Friseurin.

Außerdem trug sie ein Piercing im Bauchnabel. Aber das sah man nur, wenn sie im kurzen Top die Kühe auf die Weide trieb. Und zurück in den Stall. Sie hatten die Kühe verkauft.

Schade um das Piercing, das ich nicht mehr anschauen konnte.

Wenn sie mir die Haare schnitt, war sie nicht bauchfrei.

Dafür war ich alkoholfrei.

Sie sagte: »Jetzt, wost nimmer saufst, solltest auf dein Äußeres achten!«

Ich wusste nicht, was ich davon halten sollte, sagte: »Rasiert hab ich mich schon!«

Sie nickte wie eine Mutti, die mit ihrem Bub zufrieden ist. Fuhr mit Muttistimme fort: »Warst schon beim Doktor wegen deinem Knie?«

»Ja.«

»Und, was sagt er?«

»Er sagt, da muss man hineinschauen. Kniespiegelung.«

»Und? Hat er hineingeschaut mit dem Spiegel?«

»Nein … ich wollt es zuerst mit der Gesundbeterin probieren.«

»Aber die ist doch nimmer da.«

»Die Wirtin vom ›Schwarzen Adler‹ meint, vielleicht ist sie ersoffen, oder aber sie ist bloß im Urlaub und kommt bald zurück.«

»Ja, Urlaub … ich wär auch urlaubsreif.«

»Dann fahr halt in Urlaub. Hast ja kein Vieh mehr. Musst nicht mehr jeden Tag in den Stall.«

Sie seufzte: »Früher haben wir nicht in Urlaub können wegen dem Vieh. Jetzt ist das Vieh weg, und wir können nicht in Urlaub fahren … wegen dem Geld.«

»Wieso, jetzt habts doch genug.«

»Das müssen wir sparen. Altersvorsorge. Und die Kinder kosten. Ausbildung. Mode. Müssen ja immer den neuesten Fetzen haben …«

Sie war deprimiert. Kein Wunder.

Ich war schon wieder so gut drauf. Warum nur?

Ich stieg aus.

»Dankschön fürs Mitnehmen!«

»Gern! Pfüadi. Und pass auf dein Knie auf!«

Sie düste weiter zu ihrem Anwesen.

Ich sperrte die Tür zur Alm auf.

Drehte den Schlüssel rum – und dann fiel das Zehnerle.

Eine Idee schlug wie ein Blitz aus heiterem Himmel in meinem Hirn ein.

Eine Wahnsinns-Idee!

Urlaub! Urlaub war das Zauberwort.

Angenommen, die Gesundbeterin wäre in Urlaub und nicht ersoffen, wie gemunkelt wurde … Dann käme sie zurück aus dem Urlaub. Und angenommen, ich wäre die Gesundbeterin, dann tät ich eine ganze Menge erfahren über die wirkliche verschwundene Gesundbeterin.

Ich war in meinem Leben schon viel: Pfarrer, Psychoanalytiker, Patient, Bierfahrer bei Riegele in Augsburg, Ferienonkel am Ammersee, Ausländer, Vater, Ehemann, Lover. Aber Gesundbeterin? Wirklich eine Wahnsinns-Idee!

Ich schritt.

Zur Tat.

Transe

Ich googelte.

Tippte ein:

»Transvestiten Kempten«.

Siebzehn Seiten mit hundertneunundsechzig Eintragungen.

Hoppla.

Das muss ein Fehler sein.

Noch mal von vorn.

Es war kein Fehler.

Jedenfalls nicht im Netz.

In meinem Kopf war der Fehler.

Ich dachte, in Kempten finde ich wahrscheinlich keine einzige Transe.

Kempten war voller Transen.

Ich fragte mich, ob es überhaupt noch stinknormale Heterosexuelle beiderlei Geschlechts gab. Sie mussten jedenfalls in der Minderzahl sein.

Ich hatte allerdings nicht den geringsten Bock auf Transen.

Ich lebte seit einem Jahr zölibatär, aber wenn schon Sex, dann altmodisch und echt.

The real thing.

Mit einem Weib. Auf meine alten Tage wollte ich mich nicht mehr umstellen.

Ich zögerte.

Ich brauchte so was wie einen Transvestiten.

Aber nicht zum Sex.

Zum Reden.

Aber wahrscheinlich kostete die Zeit zum Reden so viel wie die Zeit für den Sex.

Oder mehr.

Sex geht schneller.

Jedenfalls im Puff.

Ich googelte weiter.

»Stadttheater Kempten«.

Ich erfuhr, dass es in der Theaterstraße 4 stand.
War nicht sehr überrascht.
Der Spielplan gab nichts her, was nach Transvestiten aussah.
Es gab Schauspielunterricht.
Kostet auch was.
Geiz macht erfinderisch.
Ich kramte in meinem Kopf.
Irgendwas war da.
Was?
Aber ich musste sowieso ins Stadttheater. Transen hin oder her.

Don Giovanni

Im Frühtau zu Berge wir ziehn, fallera …

Es war kein Tau.

Aber es war früh.

Früh um sieben. Die Nacht war noch nicht vergangen, der Tag noch nicht angebrochen.

Unentschieden.

Ich streifte meinen gelben Regenponcho um.

Der Regen konnte sich auch nicht entscheiden. Noch tröpfelte es nur.

Ich war seit sechs Uhr auf.

Morgenmesse.

Morgengymnastik.

Morgenlatte.

Immer seltener.

Frühstück: Haferflockensuppe mit Ei hineingerührt.

Hatte ich zufällig entdeckt.

Mein Zahnarzt hatte mir einen Zahn gezogen.

Das heißt nicht er, sondern sie.

Die Neue.

Die neue Sprechstundenhilfe, wie eine Konfirmandin stand sie da, lächelte mich an, und ich wollte grad zu ihr sagen: Bist neu hier, gell!

Da sagte der Zahnarzt: »Mund auf.«

Deshalb hielt ich meinen Mund und sagte zu der Sprechstundenkonfirmandenhilfe nicht: Bist neu, gell!

Dafür sagte der Zahnarzt: »Ich geb Ihnen jetzt eine Spritze. Eine kleine, dann spüren Sie die große nicht mehr.«

Wie auch immer. Ich war vor Angst schon halb besinnungslos. Schweißperlen auf der Stirn. Wässrige Augen. Puls von hundertdreißig. Kalte Hände.

Ich tat so, als spürte ich die kleine Spritze nicht.

Die Mädels, die zuschauten, zusammen mit der Neuen, mussten ja nicht gleich merken, wie viel Schiss ich hatte.

Große Spritze.

Natürlich tat der Einstich weh.

Ich kannte nur einen Einstich, der noch unangenehmer war: in die Eichel. Nein, keine Beschneidung. Phimose. Da war ich noch jung. Aber der Stich ist unvergesslich.

Plötzlich war die Angst weg. Ich weiß nicht, wohin sie verschwunden war, aber ich war so platt, dass ich sie nicht mehr hatte, die Angst.

Denn der Zahnarzt sagte: »So, jetzt warten wir kurz, bis die Wirkung kommt« – er meinte damit, dass meine rechte Gesichtshälfte taub und meine Zähne zu gefühllosen Fremdkörpern wurden –, »und dann wird meine neue Kollegin, die Frau Dr. Zillinger, die Operation vornehmen. Alles Gute!«

Er nickte in Richtung der Sprechstundenkonfirmandenhilfe. Die lächelte zurück, trat an meine Seite, zückte die Zange, sagte: »Gleich vorbei!«

Mir blieb der Mund offen, von selber.

Die Angst war weg. Die Überraschung da. Und die Erleichterung: Mein Gott, ich danke dir, dass ich zu ihr nicht gesagt habe: Bist neu, gell!

»Schon fertig!«, sagte die Sprechstundenkonfirmandenhilfe Dr. Zillinger.

Hielt triumphierend meinen Zahn in der Zange.

Ich knödelte: »Oh, ich hab gar nix gespürt!«

Sie lächelte. Mein kleiner Engel. Dr. Engel Zillinger-Zange.

Eigentlich wollte ich nur von der Erfindung meiner Morgensuppe erzählen:

Ich ging also ohne meinen Zahn heim.

»Drei Stunden nix essen!«, hatte sie mir mit auf den Weg gegeben.

In dem Augenblick setzte der Heißhunger ein.

Ich brauchte was zum Essen. Nahrhaft und ohne Beißen.

So erfand ich die Haferflockensuppe mit Ei drin verquirlt.

Und weil ich nicht gestorben bin, esse ich sie bis heute jeden Morgen.

Auch an diesem grauen Morgen.

… es grünen die Felder, die Auen, fallera …

In der Morgendämmerung schoss ich auf meinem Mountainbike den Berg hinunter von der Alm nach Tal.

Der eigelbe Regenponcho flatterte im Wind.

Die Kälber kriegten Panikattacken, galoppierten fort von mir.

Dachten wohl, ich bin ein Gespenst.

Oder der Schimmelreiter auf Allgäu-Urlaub.

Wolkenfetzen zogen mir entgegen.

In der Mulde von meinem Poncho bildete sich ein kleiner See.

Die Regentropfen klatschten ins Gesicht und brannten in den Augen.

Auf dem Weg nach Kempten.

Der Doktor aus Tal hatte mir empfohlen: viel Rad fahren. Sei gut für mein Knie.

Er erklärte, warum. Vergessen.

Jedenfalls hatte ich beim Radeln keine Schmerzen.

Das Stadttheater Kempten hatte sogar einen Fahrradständer.

Ich sperrte mein Rad ab. Symbolisch. Man bringt das Schloss mit einer Nagelschere leicht auf. Für zwei fünfundneunzig bei Tedi kann man nicht mehr verlangen.

Bis jetzt jedenfalls ist es noch nicht geklaut worden. Vermutlich aus Mitleid.

Ich schaute mich um. Nein, niemand interessierte sich für mich.

Nahm meinen grauen Hausmeisterkittel aus der Satteltasche, stopfte meinen Poncho hinein, zog den Kittel an.

Die Post war gleich um die Ecke.

Ich kaufte ein Paket.

Es war zusammengefaltet. Noch in der Post riss ich die Cellophanhülle runter,

steckte die Pappdeckelteile zusammen.

Wollte ich.

Sie passten nicht zusammen.

Ich probierte es mit Vernunft.

Verstand.

Geduld.

Gewalt.

Zureden im Guten.

Zureden im Bösen.

Zärtlich.

»Kruzifix!«

Der Flucher brachte mir die Aufmerksamkeit einer Postlerin in Postleruniform und böse Blicke von ein paar Deppen, die vorm Schalter standen.

Ich maulte: »Ja mei, wenn das so eine saudumme Fehlkonstruktion ist!«

Die uniformierte Postlerin sagte nichts.

Sie kam auf mich zu.

Lächelte wie Mona Lisa.

Nahm mir das Pappkartondurcheinander aus der Hand.

Mit drei Griffen machte sie in höchstens zwei Sekunden einen viereckigen Karton daraus.

Überreichte ihn.

Mir.

Lächelte sich wieder zurück hinter ihren Schalter, zuckte dabei mit der rechten Schulter, sagte zu den Deppen, die vor der Anstandslinie anstanden: »Da kann man nix machen, alte Leut halt.«

Die nickten.

Ich schaute mich um nach den alten Leuten.

Sah keinen einzigen alten Laut.

Dann begriff ich: Das war ich.

Ich drehte mich auf der Stelle um.

Raus hier, bevor ich Amok laufe.

Lief voll gegen die Glasscheibe, sie hatte sich nicht schnell genug auf die Seite geschoben.

Es schepperte.

Ich floh.

Ins Freie.

Meine Nase war noch intakt.

Hätte sie auch brechen können an der Scheibe. Schei…

Langsam ging mein Puls wieder auf siebzig zurück, Blutdruck auf hundertdreißig zu neunzig, von den Leberwerten hatte ich keine Information.

Ich nahm einen verbeulten Hut aus meiner Hausmeisterkitteltasche.

Eine Reliquie meines Vaters.
Setzte ihn auf.
Trug den Postkarton wie eine Monstranz vor mir her.
Vor dem Haupteingang zum Stadttheater schnaufte ich tief durch.
Nahm Haltung an.
Hausmeisterhaltung.
Brust raus, Bauch rein.
Verdichtete meine Aura.
Außerdem trug ich mein Dienstschild noch am Revers.
»Klinikseesorge. Pfarrer Dr. Bär«.
Mit einem Foto, das auch für einen Dackel durchgegangen wäre.
Dienstschild wirkt immer.
Ich trat durch die Schwingtür.
An der Rezeption – im Hotel wäre es jedenfalls eine Rezeption gewesen – saß eine Dame.
»Ja bitte?«
Die Stimme kannte ich. Vom Telefon.
Sie hatte mir gesagt: »Nein, wir verleihen hier keine Kostüme … Nein, verkaufen tun wir auch keine … Nein, auch nicht verschenken … Nein, auch keine alten, wir haben nur gut erhaltene … Nein, auch nicht für fünfzig Euro … Nein, auch nicht für hundert. Wir sind hier ein Stadttheater und kein orientalischer Bazar.«
Blöde Kuh.
Ich sagte halb im Vorbeigehen: »Ich bin vom Kurierdienst Quick & Lebendig.«
»Hab ich noch nie davon gehört.«
»Ist auch neu.«
War auch neu.
Soeben erfunden.
»Ich muss was abgeben. Kostümabteilung. Wie komm ich dahin?«
Sie erklärte mir den Weg.
Ich ging.
Sofort. Schnell.
Bevor sie Fragen stellen konnte.

Mit meinem Hausmeisteroutfit marschierte ich unbehelligt durchs Theater, hinter die Bühne, in die Schlosserei, in die Schreinerei und landete dann in der Näherei.

Kostüme.

Und dann sah ich sie.

Mönchskutten in Reih und Glied. Massenhaft.

Lang, dunkel, schwarz, mit großen Kapuzen.

Sie spielten »Don Giovanni«. Die schwarzen Kutten waren für die Höllengeister, die am Schluss auftreten. Hunderte.

Passte ja!

Ich schaute mich um.

Niemand da.

Nahm eine Kutte, stopfte sie in meinen Karton, klappte die Seitendeckel zu, klemmte ihn unter den Arm und entschwand mit pompösem, eiligem Schritt.

An der Rezeption vorbei. Rief im Laufschritt: »Alles klar! Danke für die Wegbeschreibung. Besser als ein Navi!«

Ein Lächeln huschte über ihr Antlitz.

Wer gelobt wird, stellt keine blöden Fragen.

Conchita

Der Tipp kam von dem Typ von der Schauspielschule.

Der Schauspiellehrer gab mir die Telefonnummer von einer Transe.

Ich rief an. Sagte ihm mein Anliegen. Ja, er wollte mit mir reden.

Aber kein Sex.

Ernsthaft reden. Wie das ist, wenn man Frau ist.

Er war einen Kopf größer als ich. Ein Mann wie eine Zypresse.

Rot lackierte Fingernägel.

Lange Beine, durchtrainiert, glatt rasiert.

In Strumpfhosen.

Er sah meinen Blick, sagte: »Wenn du dich als Frau bewegen willst, musst du Strumpfhosen anziehen. Das fühlt sich nach Frau an. Einfach gut. So ähnlich wie Leggins beim Joggen.«

»Strumpfhosen?«

Ich erinnerte mich an die Strümpfe meiner Kindheit. Gehalten von Strapsen. Die braunen Wollstrümpfe bissen. Unerträglich. Ein Graus.

»Ich bin die letzten zwei Jahre als Frau herumgelaufen. Immer mit Nylonstrümpfen. Wunderbar! Und es ist so einfach, man muss nur ein paar Sachen verändern. Strümpfe. Blumige Kleider. Minirock. Lippenstift. Nagellack. Beine rasieren.«

Ich schaute skeptisch.

»Natürlich muss man lernen, sich zu bewegen. Vor allem in Stöckelschuhen. Aber dafür gibt's High-Heel-Seminare. Gehen auf höchstem Niveau.«

Oh Gott. Lieber lerne ich noch Skifahren!

Ich sagte: »Und obenrum?«

Er stand auf, öffnete einen Kleiderschrank und nahm seine Silikonbrüste heraus, hielt sie stolz in der Hand, echt hängend, wippend, asymmetrisch, sagte: »Kategorie vierzehn, eins Komma acht Kilo, mit passender Warzengröße. Modell Aphrodite …«

Er schaute auf mich herab, sagte: »Ihnen tät ich eine Nummer kleiner empfehlen. Sonst stimmen die Proportionen nicht mehr. Da gibt's einen Spezialversand, ich schreib Ihnen nachher die Mailadresse auf. Gibt's in allen Preisen zwischen neunundsiebzig neunzig und vierhundertneunundsiebzig neunzig.«

Er holte einen BH aus dem Schrank.

»Der BH muss sitzen. BH und Brüste müssen harmonieren. Die meisten Frauen tragen einen falschen BH, der ihnen nicht passt. Da muss man aufpassen.«

Er schaute mich an.

»Ihren Bart müssen S' natürlich wegrasieren, ganz sorgfältig ...«

Ich fuhr mir über meinen grauen Stachelbart, dachte an Kastration, sagte: »Aber die Dingsda, die Conchita Wurst aus Wien, die hat beim Grand Prix Eurovision de la Chanson auch einen Bart getragen und sogar gewonnen ...«

Er sagte, angepisst: »Dann gehen S' halt zu dem Würstchen Conchita nach Wien. Alles nur Show ... Wir in Kempten machen das nicht fürs Fernsehen. Wir machen das fürs wirkliche Leben.«

»Okay«, sagte ich kleinlaut, »dann kommt er halt weg ...«

Versöhnt fuhr er fort: »Und schminken. Schminken ist wichtig. Aber das kann man lernen. Schauen S': Hier ist meine Schminkwerkstatt.«

Stolz zeigte er auf seinen Schminktisch mit dem beleuchteten Spiegel, erklärte: »Base, Concealer, Foundation, Finish, Eyeliner, Eye-Make-up, Mascara, Rouge, Puder. Dazu die passenden Pinsel.«

Es waren drei.

»Das kann man alles lernen. Richtig schminken. Das ist das Handwerk.«

Er machte eine Pause, schaute mir in die Augen, als käme jetzt das wirkliche Geheimnis.

»Handwerk ist Voraussetzung. Die richtige Ausstattung. Aber das Wichtigste ...«

Er machte es verdammt spannend.

»... das Wichtigste ist die Kunst.«

»Die Kunst?«

»Die Kunst, eine Frau zu sein. Sich als Frau fühlen. Als Frau denken. Wie eine Frau reden, sich weiblich bewegen. Die meisten Anfänger machen den Fehler, dass sie ›Frau‹ spielen, wie im Laientheater oder im Fasching. Das ist dann bloß peinlich, und jeder merkt sofort, was los ist. Sie dürfen nicht so tun, als wären Sie eine Frau. Sie müssen eine Frau werden, sein.«

Er sprach »werden« und »sein« kursiv und unterstrichen.

Mein Gesicht wurde länger und länger. In mir schrie alles, was schreien konnte: Nein. Meine Mutter hätte gern ein Mädchen gehabt. Lockig. Nett. Sie ließ mir einen Lockenkopf wachsen. Sobald mir etwas Männliches wuchs, hatte ich einen Bart. Und oben kurz geschoren. Eben männlich. Und nun sollte ich wieder in die Steinzeit meines Lebens zurück. NEIN!

Er sagte: »Nicht den Mut verlieren. Übung macht die Meisterin. Üben, üben, üben.«

Ich fragte: »Wie lang?«

»Ich hab ungefähr zwei Jahr gebraucht.«

»Oh!«

»Aber es lohnt sich!«

Er verstaute seine Brüste und seinen BH wieder im Schrank.

»Und wenn S' Unterstützung brauchen, kommen S' einfach vorbei!«

»Danke.«

Er erhob seine hundertneunzig Zentimeter zu voller Höhe.

Verabschiedete mich mit einem festen Handschlag und einem: »Machen Sie's gut. Und viel Spaß!«

Ich schlich mich davon. Zwei Jahre. Üben, üben, üben. Brüste. BHs. Schminken.

Eine Frau werden. Das konnte ich mir wohl abschminken.

Ich brauchte einen Schnellkurs.

Ernst und Ernestine

Früher hieß er Ernst.

»Grüaß di, Ernst!«, sagte ich.

Er war an der Alm vorbeigefahren, stehen geblieben, hatte seinen Hanomagmotor ausgeschaltet.

Er redete gern mit mir. Beruhte auf Gegenseitigkeit.

Er sah aus wie eine gut aussehende Frau. Eine Haut wie Milch und Honig. Junges Gesicht einer Enddreißigerin. Gepflegte Augenbrauen. Zarter Lippenstift. Schulterlange Haare. Dunkelbraun. Kleine Brüste. Schlanke, lange Beine. Glatt. T-Shirt.

Shorts.

Very short. Bis zum Anschlag.

Sandalen.

Lackierte Zehennägel. Passend zum Lippenstift.

Handschlag. Fester Griff. Einer Frau.

»Oder soll ich lieber Ernestine sagen?«

»Grüaß di! Wia d' magst.«

Er lachte. Fragte: »Auch wieder mal da auf Urlaub?«

Ich sagte, unverbindlich: »Kann man sagen … Ruhestand ist ja Dauerurlaub.«

Ich kannte Ernst oder Ernestine schon Jahre. Er beeindruckte mich schon damals, bei unserer ersten Begegnung. Ich war aus Innsbruck gekommen, über den Fernpass, fuhr gegen ein Polartief an. In Innsbruck taute es noch, am Fernpass schneite es schon. Meine Räder drehten leer durch. Ich stieg an der Fernpasstankstelle – »Dolle« – kurz aus, überzeugte mich, dass ich M&S-Reifen hatte. Hatte ich nicht. Sommerreifen. Mich traf der Schlag.

Meine Theorie war: Die Strecke geht von jetzt ab runter, folglich geht die Temperatur rauf. Der Schnee schmilzt.

Ich verwechsle gerne meine Theorie mit der Wirklichkeit: Die war schneeweiß, Tonnen von Schnee, die Temperatur ging in den Keller. Ich staute hinter mir eine Schlange von ich wollte gar nicht wissen wie viel Kilometer Länge. Ich schlich. Autos hupten. Ich wusste nur eins: Aussteigen darf ich nicht. Sonst lynchen sie mich.

Je mehr Schnee fiel, desto mehr perlte Schweiß auf meiner Stirn.

Todesangst in jeder Kurve.

Ein Bataillon Schutzengel geleitete mich schliddernd bis Tal am See. Dann war Schluss. Rauf zur Alm ging nichts. Rien ne va plus. Nichts ging mehr. Ich rief den Ernst an. Wartete, im Wintermantel, bibberte.

Der Ernst kam im Hanomag.

T-Shirt.

Kurze Hosen.

Sandalen.

Ohne Socken.

Damals trug er noch kurze Haare. Ohne Busen.

Meine erste Begegnung mit Ernst. Vor fünf Jahren.

Ich sagte: »Ernestine, ich bräuchte ein paar Informationen von dir. Ich will rausfinden, wie ich überzeugend mein Geschlecht ändern kann. Aussehen wie du. So knackig und fesch werd ich nie werden, ich weiß, aber so in die Richtung …«

Er schaute ernst, sagte: »Du weißt ja, wie das gekommen ist bei mir.«

Ja, wusste ich. Er hatte es mir erzählt, als er am Ende seines Ernst-Lebens war. Oder seines Lebens überhaupt. Er schiffte Blut, und der Arzt sagte ihm: Prostata. Prostatakrebs. Chemo.

Nix Chemo. Ernst war ein Naturbursche. Misstraute allen Ärzten. Auch dem Doktor von Tal.

»Zwei Sachen haben mir das Leben gerettet«, sagte er. »Ich habe meine Behandlung selber in die Hand genommen. Im Netz recherchiert. Und dann habe ich mir tonnenweise Östrogen eingeworfen. Es hat geklappt. Ich lebe noch.«

»Als Frau.«

»Ich schau halt so aus. Aber ich wohn immer noch bei meiner Freundin, und der Sex geht auch noch. Nimmer so wie früher, aber doch noch … Vielleicht sogar besser. Man muss sich halt neue Sachen ausdenken, wenn …«

Ich wollte schon fragen, welche neuen Sachen er da meinte, traute mich nicht, fragte stattdessen: »Und das Zweite, das dir das Leben gerettet hat?«

Er wurde rot, sagte vernuschelt, als hätte ich ihn bei einer Perversität erwischt: »Die Gesundbeterin!«

»Die Gesundbeterin?«

»Ja, ich bin ein paarmal hin, wo sie noch da war. Sie ist ja neuestens nimmer da.«

»Hast eine Ahnung, wo sie ist? Ich sollte auch mal zu ihr. Mein Knie …«

»Keine Ahnung. Manche sagen, sie sei ersoffen.«

»Wie kommen die denn dadrauf?«

»Da war doch einmal so ein Hubschraubereinsatz und die Wasserwacht … Aber man hat nix gefunden. Und seitdem der Zirkus mit dem Hubschrauber da war, gibt's die Gesundbeterin nicht mehr.«

»Und wie du bei ihr warst, was hat sie da gemacht?«

»Ja, gesundgebetet halt.«

»Und wie?«

»Sie hat gesagt, das darf ich niemand verraten, sonst nützt die Beterei nix.«

»Ah so … Aber weißt du, meine Prostata ist zwar auch nicht mehr, was sie einmal war, aber … so viel Östrogen fressen … und einen Busen kriegen … Ich glaub, so weit will ich nicht gehen. Es tät mir schon reichen, wenn ich aussehen tät wie ein altes Weib.«

Er sagte: »Aufs Aussehen kommt's gar nicht so an. Natürlich musst du deinen Bart abrasieren und dich anziehen wie ein Weib. Auf was es wirklich ankommt, ist, wie du dich bewegst!«

»Komisch, da fällt mir ein, ich hab von einem Experiment gelesen, wo sie Männer und Frauen schwarz angezogen haben und mit Leuchtpunkten markiert haben und dann durch die kuhschwarze Nacht haben laufen lassen – und die anderen sollten sagen, ob da ein Mannsbild springt oder ein Weibsbild. Und was glaubst: Die Beobachter haben alle an den Bewegungen von den Lichtpunkten sagen können, ob es ein Mann oder eine Frau war.«

Er schaute zufrieden. Sagte: »Da siehst, ich hab doch recht. Auf die Bewegung kommt es an!«

»Und wie bewegt man sich wie ein Weib?«

»Anders.«

»Wie anders?«

»Musst einmal eine Transe anschauen, wie die läuft. In Kempten gibt's ja ein paar.«

»Ich weiß. Massenhaft.«

»Aber im Grunde langt es schon, wenn du einer Kuh zuschaust, wie sie sich bewegt.«

»Tust mich jetzt verarschen?«

»Nein, im Ernst. Schau, siehst du die Spuren von den Kühen?«

Er zeigte auf die Weide vor uns.

»Fallt dir was auf?«

»Nein, was soll mir auffallen?«

Er rollte seine Augen himmelwärts, sagte: »Städter! Ihr sehts ja nix. Schau, die Spur von den Kühen ist ziemlich schmal. Der Arsch von einer Kuh ist ziemlich breit, und der Bauch noch breiter. So breit wie ein Kleinwagen. Aber die Spur von den Hufen ist schmal wie ein Autoreifen. So laufen die … Ich zeig's dir!«

Er hüpfte über den Weidezaun, rannte auf die Kälber zu, fuchtelte wild und schrie: »Ho, ho, ho!«

Die Kälber erschraken und trabten davon.

Und da sah ich es: Sie überkreuzten ihre Läufe, setzten einen vor den anderen. Was mich daran erinnerte, wie ich als Bub immer gelacht habe über die Frauen, die mit zu engen Röcken dem Bus nachrannten. Wir Buben haben es nachgemacht. Und dann fiel mir ein, dass ich mich im Winter immer gewundert habe, dass die Kuhspuren im Schnee so schmal waren.

Ernst kam zurück.

»Hast es jetzt gesehen?«

»Ja, jetzt weiß ich, was du meinst.«

»Ein Fuß vor den anderen. Männer laufen breitbeinig, wie auf einem Schiff, das schwankt. Wahrscheinlich weil sie die meiste Zeit besoffen sind. Frauen setzen einen Fuß vor den anderen, als wären sie beim Alkoholtest auf der Polizeiwache und müssten auf dem Strich gehen – dem weißen, mein ich. Die können das.«

»Weil sie meistens nicht besoffen sind?«

»Ja. Meistens. Manche.«

Ich probierte den neuen Gang auf den Pflastersteinen vor der Alm aus.

»Genau so!«, feuerte mich Ernst an.

Ich sagte: »Das schaut ja ziemlich schwul aus, und ich komm mir jedenfalls ziemlich schwul vor.«

Er, ungerührt: »Manche Schwule laufen auch so …«

Ich fragte: »Ist die Gesundbeterin auch so gelaufen?«

»Kann ich schlecht sagen. Ich hab sie immer nur in ihrer Hütte gesehen. Da ist sie nicht gelaufen … Aber warum musst du eigentlich gehen wie ein Weib? Willst du Transe werden?«

»Vielleicht … Ich dachte, das wär mal was anderes, was Interessantes …«

Ich wollte mein Geheimnis für mich behalten.

Ich übte eine Woche.

Den Kälbergang.

Die Kälber schauten mir zu. Dachten sich ihren Teil. Weiß nicht, welchen. Wahrscheinlich hielten sie mich für verrückt.

Ich mag sie, die Kälber. Sie behalten ihre überflüssigen Bemerkungen für sich. Nicht wie die zweibeinigen Rindviecher.

Nachts übte ich mit Perücke und BH. Die ich aus dem See gefischt hatte. Gefüllt mit Geschirrtüchern. Extra mal frisch gewaschen für die Gelegenheit. Der Silikonbusen würde später kommen. Wenn es ernst wurde.

Meine Mönchskutte umhüllte mich. Mit Kapuze auf.

Stand mir gut.

Dazu weiße Arzthandschuhe.

Aus der Unfallambulanz vom Klinikum Kempten.

Gut, wenn man Beziehungen hat. Ich hatte sie von Dr. Vasthi Graf. Chefärztin. Sie war inzwischen wieder halb versöhnt. Ich hatte mich nach meinem Absturz ein Jahr nicht um ihr Kind gekümmert, das ich getauft hatte. Nicht vergessen, aber vergangen, vorbei.

Mein Bart war weg. Mir kam zugute, dass ich schon immer etwas feminine Züge hatte. Sinnliche Lippen. Rundes Kinn. Augenlider wie ein Kalb. Der Bart war schon früh angelegt worden, schon als Abiturient. Damit ich männlich aussehe. Männlicher. Jetzt war ich froh um feminin. Später Ausgleich. Dicke Hornbrille. Die von meiner Mutter. Sie lag seit drei Jahren im Pflegeheim, Hirntotalschaden, schaute gegen die Decke. Vierundzwanzig Stunden am

Tag, außer wenn sie schlief. Für die Decke braucht man keine Brille.

Ein Schwachpunkt war sicher meine Stimme. Der Stimmbildner an der Kemptener Schauspielschule hatte mir geraten: »Verstell deine Stimme nicht. Lass den Schmarrn mit der hohen Fistelstimme. Da merkt jeder gleich, dass du ihn für einen Deppen hältst. Alte Weiber haben sowieso dunklere Stimmen.«

Von welchen alten Weibern sprach er?

Testlauf

Aufgeregt war ich wie ein Erstklässler. Wenn die rausfinden … die lynchen mich und schmeißen mich dann in den See. Der Gesundbeterin nach. Als Fischfutter.

Ich wartete eine Woche.

Noch eine Woche.

Noch eine.

An einem trüben, nasskalten Tag probierte ich es. In der BILD-Zeitung las ich mein Horoskop.

»Venus und Mars stehen gut für neue Abenteuer.«

Hoffentlich wissen die Venus und der Mars das auch.

Ich hatte eine Strategie.

Deshalb wandelte ich zuerst durch den Wald hinab nach Tal.

Zuerst zum Schlossers Michl.

Ich trat durch die Eisentür in seine Werkstatt.

Hoffte, er war schon mal bei der Gesundbeterin. Aber fast alle waren.

Er war in sein Schweißgerät vertieft. Schweißte zwei Teile zusammen. Sein Geheimauftrag.

Die Eisentür fiel ins Schloss.

Der Michl schaute kurz auf.

Schweißte weiter.

Schaute noch mal, schob seine Schweißerbrille auf die Stirn, ließ den Schweißbrenner fallen.

Auf seinen Fuß.

Schrie: »Au! Herrgottsakrament!«

Ich sagte mit unsicherer Stimme, nicht zu hoch und nicht zu tief: »Macht nix. Hast ja Sicherheitsschuhe an.«

Er konnte nicht antworten. Sein Mund stand offen.

Ich sagte: »Michl, mir ist ein Malheur passiert. Ich war auf Dienstreise und hab den Schlüssel zu meiner Hüttn verloren. Ich bräucht einen Nachschlüssel … So einen, wo überall passt … und ich muss hinein … weil die Patienten … die Leut, jetzt, wo ich so lang nicht da war … Da wartet allerhand Arbeit auf mich.«

»Ja, scho recht.«

Er hatte seine Sprache wiedergefunden.

Ich schaute auf die Schatulle, wo der Schlüssel war. Wusste ich noch vom letzten Mal.

Er langte in die Schatulle, sagte: »Wenn's a normales Vorhängeschloss ist, dann bringst es auf mit dem … Der passt auf ziemlich alles … Da!«

Er legte mir den Universalschlüssel in meine Arzthandschuhehand.

Ich sagte: »Dank dir schön, Michl. Und wenns einmal was hast, wo ich dich gesundbeten kann, dann kommst vorbei … Dein Fuß oder so … Umsonst!«

»Dankschön!«

Diesmal war der Schlüssel hundertfünfzig Euro billiger zu haben.

»Pfüadi, Michl!«

Schlossers Michl hob seinen Schweißbrenner wieder auf.

Schaute mir nach wie unter Narkose, sagte: »Pfüadi!«

Ich wedelte mit meinem Kälbergang hinaus.

Er sah nicht, wie ich in meiner Kutte schwitzte. Eine Sauna war ein Dreck dagegen.

Wenn schon, denn schon.

Ich ging über die Straße.

Zum »Schwarzen Adler«.

Wedelte in die Gaststube hinein.

Ein Glas ging in die Brüche.

Maria, die rote Madonna mit der langen Mähne, die Wirtin, schaute mich an, als wäre ich ein Gespenst.

»Du?«

»Ja, i.«

Der ultimative Test. Ob sie mich erkannte?

»I hab denkt, du bist …«

»Ersoffen? Nein, bin ich nicht. Ich hab nur ein paar Tag Urlaub gemacht. Du glaubst gar nicht, wie anstrengend das Gesundbeten ist.«

Sie kehrte die Glasscherben auf.

Zwei Stammtischbrüder kriegten den Blick nicht mehr von mir weg.

Einer griff nach seinem halb leeren Bierglas wie nach einem Rettungsring und schüttete das schaumlose Bier in sich hinein.

Das Glas vom anderen war leer.

Er bekreuzigte sich.

Ich hockte mich an einen Ecktisch, wo es nicht so hell war.

Die Wirtin hatte sich wieder gefangen.

»Was darf's denn sein?«

Ich sagte mir samtener Stimme: »A Tässle Kaffee, bittschön.«

Sie werkelte an ihrem Tresen herum, schüttete zwei Teelöffel Kaffeepulver in die Haferl-Tasse, goss warmes Wasser drauf, stellte die Tasse vor mich hin.

Wir waren hier schließlich nicht im Hilton.

»Zucker? Milch?«

Oder etwa doch? Ich sagte: »Nein. Ich trink ihn schwarz ohne Zucker. Ist besser für die Schönheit.«

Das Lachen blieb aus. Schluss mit lustig.

Ein Gespenst, das Nescafé ohne Milch und Zucker trinkt, ist nichts zum Lachen.

Die Tür öffnete sich.

Ein dritter Stammtischbruder trat ein.

»Grüaßts ...«

Mein Anblick verschlug ihm die Stimme.

Er flüchtete sich zu seinen Brüdern an den Stammtisch, sagte: »Maria und Josef, da legst dich nieder! Ich brauch ein Bier, schnell, und einen doppelten Schnaps! Oh Maria hilf!«

Die Wirtin Maria half ihm.

Er schüttete zuerst den Schnaps rein. Auf einen Zug. Atmete tief durch.

Das Schweigen der Männer.

Ich sagte in die Stille hinein: »Maria, zahlen, bittschön.«

Ich zahlte mit meinen weißen Arzthandschuhen, kam mit den Münzen nicht zurecht, ich hatte noch nie mit Handschuhen gezahlt, zog einen Fünfer raus, das war leichter als Münzen, sagte: »Passt scho!«

»Dankschön!«

»Pfüads euch Gott!«, sagte ich in die Gaststube hinein.

Keine Resonanz.

Ich spürte ein Augenpaar auf meinem Rücken brennen. Drei Augenpaare auf meinem Hintern.

Männer!

Lachte.

Weil mir ein Witz einfiel: Ein Mann schaut einer Frau auf den Hintern, denkt: Was für ein Arsch! Eine Frau schaut einem Mann ins Gesicht, denkt: Was für ein Arsch!

Warf triumphierend die Tür hinter mir zu.

Die Nummer fing an, mir Spaß zu machen.

Der Haber stach mich, wie sie hier sagen. Noch eine Schippe drauflegen! Ich wedelte schnurstracks auf die Kreissparkasse zu.

Die Dame, die laut Namensschild »Frau Loible« hieß, stand am Schalter, geschützt durch ihren PC.

Ich sagte: »Grüß Gott!«

Sie schaute vom Bildschirm auf.

Schaute wieder auf den Bildschirm.

Nahm einen zweiten Anlauf, schaute mich an, hauchte: »Nein ... Hilfe! Die Mutter Teresa!«

Ich sagte: »Das ist KEIN Überfall.«

Was sie nicht mehr hörte.

Sie verschwand von der Bildfläche.

Einfach so.

Sackte in sich zusammen. Sank zu Boden. Blieb reglos liegen.

Ich wusste zwar nicht, was ich wissen wollte, aber dafür wusste ich, was mein Spitzname war: Mutter Teresa.

Mutter Teresa von Tal.

Wenn ich ein paar Jahrhunderte Geduld hatte, erlebte ich vielleicht noch meine Heiligsprechung.

Ich zog mein Handy aus meiner Kutte, wählte die 112, sagte: »In der Kreissparkasse in Tal ist jemand ohnmächtig geworden ... Ja, gerade eben. Einfach umgefallen ... Nein, umgefallen, nicht überfallen ... Wie ich heiße? Mutter Teresa.«

Ich wartete die Antwort nicht ab. Steckte mein Handy ein.

Machte mich auf den Weg zur Alm hinauf.

Schaute mich um.

Kein Verfolger in Sicht.

Ich atmete tief durch. Schaltete wieder zurück in meinen Männergang.

Breitbeinig.

Wie immer folgten mir die Kälber auf der anderen Seite vom Weidenzaun.

Sie waren offenbar die Einzigen, die mich erkannten.

Ich redete oft mit ihnen, sagte: »Ja, ich bin's. Aber nicht weitersagen!«

Kälber halten dicht. Sind ja keine Rindviecher.

Playback

»Gegrüßet seist du, Maria, voll der Gnade, der Herr ist mit dir. Du bist gebenedeit unter den Frauen, und gebenedeit ist die Frucht deines Leibes, Jesus, der in uns den Glauben vermehre.«

»Heilige Maria, Mutter Gottes, bitte für uns Sünder, jetzt und in der Stunde unseres Todes. Amen.«

»Ehre sei dem Vater und …« Und so weiter.

Eine Vorbeterin stand an der Seite des Altarraumes.

Stimmte den Rosenkranz an.

Auswendig.

Ich grummelte mit.

Als gehörte ich zur Gemeinde.

Die Illusion von Dazugehören.

Ich hatte den Rosenkranz auswendig gelernt.

Fürs Dazugehören.

Und als Medizin.

Jedes Mal, wenn mich ein Bier- oder Schnapsdurst attackierte, griff ich zum Rosenkranz.

Die Taler Bauern tröpfelten spärlich zur Messe herein, Kniefall, Weihwasser, bekreuzigen, hinhocken, in den Rosenkranz einstimmen, dazugehören. Herdentrieb. Herdenglück.

»Gegrüßet seist du, Maria …«

Um neun Uhr begann die Sonntagsmesse.

Priester, Ministranten, Weihrauch.

Großes Kino.

Ich reckte meinen Hals.

Wo war er, der neue Pfarrer? Der Inder.

Ja, jetzt tauchte er auf, unter den rot-weißen Ministranten.

Dunkelhäutig. Dunkelhaarig. Weiße Zähne im braunen Gesicht.

Ein Inder, wie er im Buche stand. Etwas kleinwüchsig. Dafür war die Aura größer.

Er stand vor dem Altar, erhob seine Stimme, sagte: »Der Herr sei mit euch!«

Mich riss es. Ich schaute mich um.

Woher kam die Stimme?

Aus seinem Munde konnte sie nicht kommen.

Sie war oberbayerisch.

Ein Playback?

Aber warum hatten sie dann keinen Allgäuer Priester aufgenommen?

War ja eine raffinierte Idee. Das mit dem Playback. Vielleicht hatten sie die falsche CD eingelegt. Die oberbayerische statt der Allgäuer CD.

Eine Messe auf Band sprechen, der Inder brauchte nur die richtigen Lippenbewegungen zu lernen, und schon stand das Playback. Nicht nur für Inder. Für Chinesen … Afrikaner … Indianer … Eskimos … Pygmäen … sogar für Preußen.

Der Priester setzte zu seiner Predigt an.

Ich hörte nicht, was er sagte. Konzentrationsstörung. Wegen des Playbacks.

Er hatte seine Rolle perfekt gelernt.

»… wie unser Heiliger Vater Franziskus sagt: Wir sollen eine Kirche der Armut sein, der Armut und der Demut, der Schlichtheit und der Bescheidenheit. Arm an Mammon und reich an Gnade. Demütig wie die Mutter Gottes Teresa … ähhh, Maria, dienend wie …«

Sogar Versprecher hatten sie eingebaut ins Playback. Verdammt raffiniert.

Na ja, nicht schlecht, die Konservenpredigt. Und seit der Indervorgänger erstochen worden war, war St. Maria von Tal tatsächlich wieder eine arme Kirche. Das Spendenkonto für den Neubau von Kirche, Pfarrzentrum und Sauna war total abgeräumt. Hoffentlich konnten sie dem Inder sein Gehalt zahlen. Mindestlohn acht Euro fünfzig. Oder wurde er nach Asylbewerbertarif gezahlt? Ein Euro fünf. Oder leistungsorientiert: je nachdem, wie viele Playback-Messen er hielt?

Ich stellte mich in der Hostienreihe an. Richtete es so ein, dass ich zum Inder kam, nicht zum Schlossers Michl, der die andere Reihe bediente. Ich folgerte haarscharf: Er war Mitglied im Pfarrgemeinderat. Ich hoffte, dass er mich nicht sah. Ich ging betont breitbeinig. Langsam.

Der Priester legte mir eine Hostie in die Hand, lächelte indisch, ich sagte: »Thank you!«

Er stutzte, murmelte: »You're welcome!«

Oh. Ein gebildeter Inder. Die gehen alle auf englische Privatschulen da drüben in Indien.

Ich schlich mich demütig und verwirrt zurück in meine Bank. Die letzte.

Die Orgel spielte endlich den Rausschmeißer. Die »Toccata und Fuge in d-Moll« von Johann Sebastian Bach. Sehr protestantisch. Hatten sie etwa einen Leih-Organisten von der Konkurrenz gemietet? Auch aus Indien? Oder Buxtehude?

Der Priester und seine Ministranten verschwanden in der Sakristei.

Mal eine Messe ohne Mord.

Die Gläubigen gingen an die Gräber, die um die Dorfkirche herum von einer niedrigen Steinmauer zu einem Friedhof eingefriedet waren.

Manche spritzten ein paar Tropfen Weihwasser drauf.

Andere zupften an den Blumen herum.

Etliche versanken in Andacht.

Oder dachten sie nur, wann sie endlich in den »Schwarzen Adler« zum Frühschoppen konnten? Schafkopf spielen.

Ich schlich um das Pfarrhaus rum.

Unauffällig. Die Haushälterinnen brauchten mich nicht zu sehen.

Johanna und Toni. Haushälterinnen, Messnerinnen.

Eine WG.

Eine schwule WG.

Alle wussten es. Keiner sagte es. Tabu.

Johanna arbeitete Teilzeit beim Dorfdoktor.

Inzwischen sprachen wir wieder.

Nach meinem Absturz war Funkstille eingekehrt.

Sie taten, als wäre ich Luft.

Alkoholisierte Luft.

Mit Luft redet man nicht.

Keiner.

Ich las das Schild an der Türklingel: »Dr. Ashutosh Gandhi«.

So, so.

Gandhi war klar.

Alle Inder heißen Gandhi. Gandhi ist in Indien so was wie Meier oder Müller in Deutschland oder wie Guggemoos und Gwaltinger im Allgäu.

Aber Ashutosh? Klang nach Automarke.

Zumindest gab der Name Gesprächsstoff her.

»Dr.« war er auch. Da schau her. Wo er den wohl herhat? Abgeschrieben? Bei Mutter Teresa? Noch mehr Gesprächsstoff.

Fast hätte ich ihn nicht kommen hören.

Ich schreckte auf, sagte: »Good morning, Reverend Father.«

»Ha?«

Er hatte eine Lederhose an. War denn schon Oktoberfest?

Trachtenhemd und Lederhose. Das Kostüm gehörte wohl auch zur Playbackshow.

Ich sagte: »May I introduce myself, Reverend Father?«

Er sagte: »Ja, kannst net deitsch redn?«

Oberbayrisch.

Echt.

Er fragte: »Du nix Deutsch? Du Englisch?«

Ich konnte nicht antworten. Mir war die Klappe runtergefallen. Ich brachte sie nicht mehr hoch.

»Ah … oh … ja mei …«

»Na, es geht also doch.«

Er streckte mir die Hand hin, sagte: »Grüaß de nacha. Servus. Hast wohl denkt, ich bin so ein indischer Depp, der wo kein Wort Deutsch kann.«

»Ja! … Oh, nein …«

Kräftiger Händedruck.

»Bär«, sagte ich. »Emil Bär. Von der Biselalm.«

Er sagte: »Komm eini!«

Er ging voraus, ich folgte ihm.

Ich war schon in etlichen Pfarrwohnungen.

Sie haben alle diesen katholischen Einheitsgeruch. Mischung aus Bohnerwachs und Schuhwichse. Glänzend. Steril.

Hier roch es anders.

Nach Curry.

Curry Madras.

Er führte mich in eine Wohnküche.

Sie sah für einen Inder sehr bayerisch aus.

Die Mutter Gottes an der Wand. Mit dem blauen Kampfgürtel. Also aus Lourdes.

Ein roter Wimpel von FCB. Fußballclub Bayern München.

»Hock di hi!«

Er verwies mich an die Eckbank.

»I mach uns was z' Dringa!«

Ein Getränk. Sicher Tee. Indischer Tee. Darjeeling.

Er kam mit zwei Weißbiergläsern an, sprudelnd, mit wunderbarem Schaum drauf.

Oh … *Heilige Maria, Mutter Gottes, bitte für uns Sünder, jetzt und in der Stunde …*

Ich sagte: »Danke, das ist nett von Ihnen … aber … äh … ich bin grad auf Diät … und beim Fasten … Ein Wasser wär besser …«

Er schaute mich an. Sagte trocken: »Bist grad trocken, gell? Aber no net lang.«

Schamröte stieg mir ins Gesicht.

War er Hellseher?

Sind alle Inder Hellseher?

Er stellte die beiden vollen Weizengläser auf den Tisch, sagte: »Dann sauf ich's halt selber. *Einer trage des andern Last.*«

Schaute mich an, brachte mir eine Flasche Adelholzener Mineralwasser. Katholisches Mineralwasser. Heilwasser. Im 3. Jahrhundert von einem römischen Soldaten entdeckt. Tausendsechshundert Jahre später von tausendfünfhundert Ordensschwestern übernommen. Wenn da keine Heilkraft drin ist …

»Brauchst dir nix denken, Emil. Ich kenn mich aus mit so was. Ich hab in Weihenstephan studiert. Da lernt man das Saufen. Und weil ich schon dabei war, hab ich gleich weitergemacht und in München promoviert. Und was glaubst, über was?«

»Übers Saufen?«

»Ja, kann man sagen. Der genaue Titel hat geheißen: ›Elemente einer spirituellen Theologie des alkoholinduzierten altered state of consciousness‹.«

Pause.

Ein kleines weißes Kätzchen kam auf leisen Pfoten aus dem Nirgendwo und sprang auf die Bank neben dem Pfarrer Gandhi. Er streichelte ihm übers Fell. Zärtlich. Es schnurrte.

Ich sagte: »Das ist mal ein interessantes Thema. Und nicht so trocken wie die meisten anderen theologischen Dissertationen!«

Er verriet mir gleich noch den Untertitel: ›Eine kulturvergleichende Studie.‹

Ich sagte: »Oh! Sicher ein Vergleich zwischen indischer und bayerischer Spiritualität.«

»So ungefähr. Auf Deutsch g'sagt: warum die Inder und die Bayern saufen.«

»Warum?«

Ich war gespannt.

»Die Inder und die Bayern saufen verschiedene Gesöffer, aber besaufen tun sich beide.«

»Und warum?«

»Weil sie spirituelle Erfahrungen suchen. Die gleiche spirituelle Erfahrung. Unio mystica, weißt schon. Verschmelzen mit dem Unendlichen …«

»Schön. Ich hab denkt, wenn man sauft, will man unbewusst zurück an die Mutterbrust … zur Mutter Gottes.« Ich deutete auf seine Maria an der Wand.

»Bist wohl ein Psychoanalytiker, stimmt's oder hab ich recht?«

»Gewesen.«

»Das glaub ich, dass da zum Saufen gekommen bist. Nüchtern halt man das ja nicht aus … Das muss ja sein wie Beichte am Fließband, acht Stund am Tag.«

»Oder zehn.«

»Mi leckst am Arsch!«

»Aber es war nicht die Arbeit, wo mich in den Suff getrieben hat.«

»Die Weiber?«

»Nicht einmal die!«

»Jetzt mach's halt net so spannend!«

»Der Ruhestand war's. Da bin ich zum Denken kommen …«

»Das wundert mich net. Ich hab schon immer denkt, denken ist ungesund.«

Er hockte sich mir gegenüber, hinter seine beiden Weißbiere.

»Und was willst dann von mir?«

»Ich wollt Ihnen … äh … dir … halt sagen, wie gut mir die Messe gefallen hat und die Predigt … und fragen, wies Ihnen … äh … dir … hier geht … so im Allgäu … wo Sie … äh … du doch aus Indien kommst … und ob Sie … äh … du … dich schon eingewöhnt hast.«

Er schaute mir tief in die Augen. Sagte: »Hör auf mit dem Scheiß. Sind wir denn hier im Kindergarten? Wennst mich verarschen willst, kannst dich gleich wieder schleichen. Also, um was geht's?«

Ich schluckte.

»Ich will eine Spende machen … Ich war so tief drin im Suff, ganz schlimm, und einmal hab ich meine Alm mit der Marienkapelle gleich daneben verwechselt und bin da hinein … in die Marienkapelle und schau die Mutter Gottes von Bisel an … und da sagt die Mutter Gottes zu mir: ›Schau, mein Sohn!‹ … Und ich schaue und sehe mich selber am Straßenrand liegen, vollgekotzt, und ein Hund kommt, will mich vollbrunzen, aber wie er mich riecht, rennt er davon … Dann sagte die Stimme der Mutter Gottes: ›Mein Sohn, wennst so weitersaufst, dann endest du genau so.‹ Wie ich am andern Morgen auf dem Boden in der Kapelle vor der Mutter Gottes aufgewacht bin, war ich trocken. Und bin's bis auf den heutigen Tag geblieben. Und deshalb will ich für die Kirche spenden … Weil es wird doch neu gebaut … Und wennst mir die Nummer vom Spendenkonto gibst, geh ich morgen früh als Erstes in die Kreissparkasse und überweis die Spende …«

»Kannst auch bar spenden.«

»Nein, der Betrag ist so hoch, wenn ich den rumtrag, hab ich Angst, ich werd überfallen. Darum …«

»Wie hoch?«

»Die Mutter Gottes hat mir befohlen, es nicht an die große Glocke zu hängen. Damit ich mir nix einbilde und nicht stolz werde. Die linke Hand soll nicht wissen, was die rechte tut … Niemand darf es wissen …«

Er griff zu seinem Weizenglas und leerte es zur Hälfte in sich hinein.

Ich nippte an meinem Adelholzener Mineralwasser. Dankbar.

Mit Bier hätte ich nicht so gut lügen können. Sicher nicht. Und so glaubhaft. Er glaubte mir. Er traute mir.

Er sagte: »Weißt, lieber Psychobruder, die Sache hat einen Haken. Der Neubau ist abgeblasen.«

»Aber warum? Alle haben sich darauf gefreut.«

Er fühlte sich sichtlich unwohl. Er leerte die zweite Hälfte des Weizenglases, sagte mit einer Grimasse, als hätte er Zahnschmerzen: »Mein Vorgänger, der Theopold Messner, der muss irgendeinen Scheiß gebaut haben. Wir finden das Konto nicht mehr. Konto weg. Geld weg. Als wäre alles eine fromme Phantasie gewesen. Den wenn ich derwisch, den bring ich um!«

Er griff zum zweiten Weizenglas, das ursprünglich für mich bestimmt war, und tat einen tiefen Zug daraus.

Ich sagte: »Umbringen geht nicht. Der ist schon tot.«

»Ja, ich weiß, erstochen. Drum bin ich ja hier. Und seit er tot ist, ist das Geld weg.«

»Weiß man denn, wer ihn erstochen hat?«

»Die Polizei ermittelt noch.«

»Sie wissen also nix.«

»Genau!«

»Und die Kirch … Ich mein die Kirchenleitung … Warten die einfach ab?«

»Das mit dem Geld und der Kirch ist immer so eine heikle Angelegenheit. Man hat mir gesagt, die Kirch stellt selber Nachforschungen an … So ein Privatdepp oder so was aus der Gegend … Bin gespannt, wann der auftaucht.«

»Ist scho!«

Er schaute mich an, als käme ich vom Mond.

»Was? Ist scho?«

»Ist scho auftaucht!«

»Wo?«

»Er sitzt vor dir!« Ich grinste breit.

»DU?«

»Ja, i.«

»Mi leckst am Arsch!«

Er schaute mich misstrauisch an, sagte: »Und die Geschichte mit deiner wundersamen Bekehrung durch die Maria …«

»Stimmt. Es ist die Wahrheit. Nicht die ganze, aber immerhin, es hätte gut so passieren können.«

»Hast mich verarschen wollen?«

»Nein, ehrlich nicht. Aber ich hab herausfinden müssen, ob ich dir trauen kann und was du für einer bist und ob man mit dir reden kann. Du bist mir zu schlau fürs Anlügen, da spiel ich lieber mit offenen Karten.«

»So, so.«

Er nahm den letzten Schluck aus seinem Weizenglas. Hatte einen guten Zug. Wenn er so arbeitete, wie er trank, konnte er in einem Jahr drei Kirchen bauen.

Ich sagte: »Und die Leut hier, die Spender, regen sich die nicht auf …?«

»Die Leut wissen noch von nix. Die offizielle Version ist, ausgegeben vom Bischof: Das Projekt Kirche, Gemeindehaus, Jugendheim und so weiter ruht. Aus Pietätsgründen. Man will nicht einfach weitermachen, als wäre nichts passiert. Wo doch der Hochwürden Theopold Messner gestorben ist …«

»Und die Gesundbeterin verschwunden …«, warf ich ein.

»Die ist nicht verschwunden … Nicht mehr. Die ist wieder aufgetaucht. Beim Schlossers Michl hat man sie gesehen und im ›Schwarzen Adler‹ und in der Kreissparkasse.«

»Tatsächlich? Und ich hab gemeint, die wär ersoffen …«

»Nein, die ist quicklebendig. Und die Leut sind ganz schön erschrocken. An die Kreissparkasse hat gleich der Notarzt kommen müssen. Die Loible, die Filialleiterin, ist ohnmächtig geworden …«

»Interessant, aber wie geht's jetzt mit der Pfarrei und den Leuten weiter?«

»Man macht offiziell ein Trauerjahr. Und wenn das rum ist, hofft man, ist das Geld wieder aufgetaucht. Oder man kann sich eine andere Geschichte ausdenken.«

»Hat denn der Kollege Messner nichts hinterlassen? Keine Hinweise? Hat man im Haus nix gefunden?«

»Wie ich gekommen bin, war das Haus vollständig ausgeräumt, die Wände frisch gestrichen … Alles neu und picobello. Wahrscheinlich war nicht mal mehr ein einziger Fingerabdruck von meinem werten Vorgänger da.«

Der Dr. Ashutosh Gandhi schaute versonnen auf seine beiden Weizengläser. Streichelte zärtlich das jungfräuliche Fell seiner kleinen weißen Geliebten an seiner Seite. Seufzte, als hätte er Heimweh. Er stand auf, sagte: »Durst ist schlimmer aus Heimweh.«

Stellte die Gläser in die Abspüle. Nahm eine Flasche, deren Inhalt nach Wasser aussah, aus dem Kühlschrank, goss das Senfglas halb voll. Es war, laut Etikett, Wasser. »Obstwasser«. Er setzte sich wieder, nahm einen Schluck davon, sagte: »Ich muss mit dem Bier langsam tun. Das schwemmt so auf.«

Es klopfte.

»Ja?«

Die Tür ging einen Spalt auf.

Ein Kopf schaute rein.

Blond.

Weiblich.

Gefällig.

Er gehörte der Johanna. Sie sah mich, sagte: »Oh!«

Was auch immer das heißen sollte. Dann: »Du?«

Ich antwortete: »Ja … i.«

Sie, bedeutungsschwanger: »So …«

Hochwürden Dr. Ashutosh Gandhi schaute zwischen dem Kopf von der Johanna und mir hin und her, schüttelte den seinen und sagte: »Das mag ich an der deutschen Sprache. Kurz und präzise. In Indien brauchen sie für so eine Unterhaltung einen halben Vormittag.«

Wie zur Bestätigung sagte Johanna im Ton eines Hauptfeldwebels: »Essen!«

Ihr Kopf verschwand.

Wir standen schnell auf, wie die Rekruten beim Mittagsappell.

Er sagte: »Komm bald wieder, dann unterhalten wir uns weiter. Und wennst was Neues weißt, tät ich's auch gern erfahren.«

»Klar. Ich hasse Geheimnisse«, log ich, sagte: »Vielleicht sehen wir uns nächsten Sonntag. In der Kirch. Ich steig in der Früh auf den Grünten, Sonnenaufgang anschauen, und wenn ich's rechtzeitig runterschaff, sitze ich dir in der Messe zu Füßen.«

»Und danach kommst zum Frühschoppen rein. Ich stell Adelholzener kalt.«

Ich streckte ihm die Hand zum Abschied hin, sagte: »Ach, du hast so einen interessanten Namen. ›Dr.‹ sagt mir was. ›Gandhi‹ sowieso. Aber was bedeutet Ashutosh?«

Er strahlte, sagte: »Jemand, der schnell das Glück findet.«

Lachte.

Ich sagte: »Pfüadi, du Glücksritter!«

Er sagte: »Servus, du Sonnenanbeter!«

»Essen!«, plärrte es durch die angelehnte Tür.

Des Ewigen Ehre

Endlich.

Das hatte ich schon immer vor.

Sonnenaufgang auf dem Grünten. Der Grünten, »Wächter des Allgäus«, ist nur tausendsiebenhundertachtunddreißig Meter hoch. Aber weil weit und breit kein Höherer ist, macht er einen Mordseindruck.

Es ist nicht leicht mit dem Sonnenaufgang am Grünten.

Wegen der Schwerkraft.

Nicht am Grünten.

Im Bett.

Die Bettschwerkraft. Am kräftigsten um fünf Uhr früh.

Aber heute hatte ich es geschafft.

Ich musste raus aus meiner Alm, raus aus Tal.

Den Kopf freikriegen.

Es war noch kuhnacht, als ich wegfuhr.

Sonntagfrüh.

Wenn wir erklimmen schwindelnde Höhen, steigen dem Gipfelkreuz zu …

Ich war das einzige Auto weit und breit.

In unsren Herzen brennt eine Sehnsucht, die lässt uns nimmermehr in Ruh …

Fernlicht.

Mit Seil und Haken, den Tod im Nacken …

Der Rest des deutschen Volkes frönte im Bett der Schwerkraft.

… hängen wir an der steilen Wand …

Für die Arbeit stehen sie jeden Morgen in aller Herrgottsfrüh auf.

Herrliche Berge, sonnige Höhen, Bergvagabunden sind wir.

Für die Freizeit nicht.

Doof.

Ich fühlte mich als:

Ausnahme.

Besonders.

Erlesen.

Pionier.

Wurde aufgeschreckt durch Motorradfahrer, die mit großem Getöse vorbeidonnerten.

Vier Vollpfosten. Ihre Birnen geschützt durch deutsche Wehrmachtsstahlhelme.

Ihre Rücklichter wurden schnell kleiner.

Eine Stunde nach Überwindung der Schwerkraft parkte ich meinen Golf am Fuße des Grünten, bei Kranzegg.

Ich, der Erste, der Einzige.

Sonntagfrüh.

Im Osten verlor der Himmel an Schwärze.

Sechs Uhr morgens.

Gefühlt: kurz nach Mitternacht.

Anderthalb Stunden aufwärts, auf der schmalen Asphaltstraße zur Grüntenhütte, dann den Schotterweg hoch zum Ende vom Skilift, dann noch zwanzig Minuten bis ganz oben. Tausendsiebenhundertachtunddreißig Meter.

Die ersten Gipfel leuchteten bereits im Sonnenlicht, aber die Sonne war noch nicht aufgegangen. Sie strahlte von unten nach oben.

Sonnenaufgang in den Bergen.

Nicht unten von Tal aus.

Von oben.

Ich schritt aus.

Erhoben.

Erhaben.

Eine Melodie schwoll aus meiner Brust.

Ich kann nicht singen.

Oder nur, wenn ich weiß, dass mich keiner hört.

Ich schaute mich um, wie ein Verbrecher auf frischer Tat.

Dann, Beethovens

Die Himmel rühmen des Ewigen Ehre,
Ihr Schall pflanzt seinen Namen fort.
Ihn rühmt der Erdkreis, ihn preisen die Meere,
Vernimm, o Mensch, ihr göttlich Wort.

Beethoven hätte sich im Grabe herumgedreht.

Aber zum Glück war er ja schwerhörig.

Mein Hemd war durchgeschwitzt, ein Föhn blies gegen mich an, der Schweiß rann mir übers Gesicht. Ich wollte den Sonnenaufgang nicht verpassen. Oben auf dem Gipfel. Deshalb die Eile.

Und dann war ich fast oben.

Las das Messingschild, das besagte, dass ein gewisser Viktor Söllner von der Riedel Motorrad AG aus Immenstadt 1949 mit einem serienmäßigen Motorrad vom Typ »Imme R 100« den Gipfel des Grünten erklommen habe.

Nicht zu glauben.

Ich schaffte es kaum zu Fuß. Nur mit eingebauter Eisenleiter und Stahlseil für die Sandalenbergsteiger.

Und der gewisse Viktor Söllner: mit Motorrad. Muss wohl ein Aprilscherz oder ein Abispaß gewesen sein.

Und dann war ich oben.

Die Sonne und ich begrüßten uns.

Ich fing an, einen Rosenkranz zu beten, und nahm einen Schluck Obstler aus der Pulle. Sonntag war Sabbat, und Sabbat war Arbeit verboten. Auch Entzugsarbeit. Ein Segen, so ein Sabbat!

Der Föhnsturm kühlte, die Sonne wärmte.

Da stand ich nun endlich. Sonntagmorgen. Ganz oben.

Aber nicht am Gipfelkreuz.

Der Grünten hat kein Gipfelkreuz. Jedenfalls kein großes, das man kilometerweit sieht. Ein kleines. Schmiedeeisern. »Geweiht der Hl. Maria Muttergottes, unserer lieben Frau der Berge«. Bescheiden. Eben wie die Jungfrau Maria. Leicht zu übersehen.

Nicht zu übersehen ist oben eine Art Steinsäule, ein Phallus, auf einem viereckigen Steinfundament ruht er und reckt sich von dort wie eine kerzengerade Gurke zum Himmel. Der Phallus.

Und der Phallus hat auch eine Tür, sie führt ins Innere, wie in eine Höhle, durch ein Gitter von der Außenwelt abgetrennt, und dahinter ist nicht etwa die heilige Maria, Mutter Gottes voll der Gnaden, auch nicht unser Herr Jesus Christus am Kreuz, sondern: ein deutscher Soldat. Aus Messing oder so was, jedenfalls grünlich, dahinter ein klappriges Totenskelett.

Ein Kriegerdenkmal.

Der Föhnsturm klebte mir mein verschwitztes Hemd unter meiner Thermojacke an den Rücken. Kalt. Eklig.

Das Gittertor war nicht abgesperrt. Das mussten sie wohl vergessen haben, es war nur angelehnt und quietschte, als ich hineintrat in das heilige Hällchen. Es bot Windschutz.

Ich las die Namen der Gefallenen.

Junge Kerle. Gebirgsjäger aus Immenstadt.

Wurde besucht von einer Erinnerung. Mein Opa, Jahrgang 1899, erzählte hin und wieder, wie er mit siebzehn Jahren bei den Gebirgsjägern in Immenstadt war. Sie wurden dort fit gemacht für den Ersten Weltkrieg. Marschierten ohne Ende von früh bis spät mit vollem Sturmgepäck die Berge auf und ab. »Aber wie wir dann immer nach Immenstadt zurückmarschiert sind, hat die Musik gespielt, dann ist es auf einmal wieder ganz leicht gegangen.« Wehmütige Erinnerung. Von den Giftgasangriffen mit Senfgas ein Jahr später, an der Front in Frankreich, hat er nichts erzählt. Geschwiegen. Weil es unsagbar war.

Sie sollten die Alten in den Krieg schicken. Nicht die Jungen.

In die Schlacht. Zum Abschlachten.

Erst abschlachten lassen. Dann als Helden verehren.

Wahnsinn.

Es wurde dunkel, eine Wolke hatte sich wohl vor die Morgensonne geschoben.

Es waren vier Wolken.

Vier Deppen in schwarzen Klamotten.

Oben kahl.

Unten Springerstiefel.

Jeder von ihnen mindestens einen Kopf größer als ich.

Konnten vor Kraft kaum stehen.

Und vor Wohlstandsspeck.

Vier wuchtige Wampen, ausladend wie trächtige Kühe.

Schwarze Ledergürtel hielten sie zusammen. Die Wampen. Verschluss mit Inschrift: »Unsere Ehre heißt Treue«.

Ich dachte: Sind wir denn am Obersalzberg?

Mein Herz klopfte im Hals, ich musste mich zwingen, cool daherzureden.

Sagte: »Morgen! Auch schon unterwegs so früh …«

Einer trat einen Schritt vor.

Hakenkreuz aufgenäht.

Aufgenäht auch: ein Name in Silber. »Mannfred«.

Ich spielte den Jovialen, deutete auf den »Mannfred«, sagte: »Entweder ich seh doppelt, oder es handelt sich um einen Schreibfehler.«

War keine gute Idee.

Mannfred warf sich mit der Kraft des doppelten N in Pose.

Breitbeinig, die Arme über der Wampe vor der Brust verschränkt.

Ganz der Chef. Sagte: »Halts Maul, du alter Wichser!«

Die drei hinter ihm grinsten.

Ich sagte: »Also, was ist jetzt los, worum geht's denn?«

Meine Hände zitterten.

Vor Angst.

Ich ließ sie noch mehr zittern, als hätte ich Parkinson.

Nicht dass ich von den Vollpfosten Mitleid erwartet hätte. Sie sollten sich sicher fühlen. Voll sicher. Zu sicher.

Der Chef sagte: »Man sagt, dass du dich in Tal in Sachen hineinmischst, wo dich einen Dreck angehen. Und wir sollen dich verwarnen.«

Er schlug seine rechte Faust in seine linke hohle Hand.

Die Deppen hinter ihm feixten.

Ich fragte: »Und wer ist ›wir‹? Ihr schaut so ähnlich aus wie von der Jungschar oder den Pfadfindern. Schwarze Uniform … ah, und ein Hakenkreuz. Sieht ganz schön fetzig aus. Seids vielleicht von der Hitlerjugend?«

Der Dicke packte mich am Kragen, schüttelte mich wie Espenlaub, sagte: »Red net so saudumm daher, du alter Depp, da verstehn wir keinen Spaß. Wir sind von der Deutschen Jugend, Wehrsportgruppe Allgäu.«

Er ließ mich wieder los. Ich sagte: »Und du bist wohl der Oberstrumpfbandführer.«

Er haute mir eine rein.

Nicht sehr gekonnt.

Seine Kumpel machten sich schlagfertig.

»Lass die Finger von der Kirch! Letzte Warnung. Die nächste

Warnung erlebst nicht mehr. Und den verreckten Inder von der Kirch, den schlagen wir auch noch zurück zum Ganges. Wir brauchen keine Priester, aber wenn, dann wenigstens deutsche.«

Ich sagte: »Arier. Blond und blauäugig. So wie ihr vier. Hart wie Kruppstahl, zäh wie Leder, schnell wie die Windhunde, wenn's ums Davonlaufen geht. Ob ihr blond seid, weiß ich nicht, weil ihr eure Birnen rasiert habts. Aber der ander da«, ich deutete auf einen der drei Hintergrundkomiker, »der sieht mir nicht arg arisch aus.«

Der Dicke mit dem Doppel-N sah auch nicht hundert Prozent arisch aus. Olivenhaut, dunkelbraune Glutaugen, tiefschwarze Augenbrauen, aber ich fand es taktisch ungeschickt, ihn gerade jetzt darauf aufmerksam zu machen.

Er raunzte mich an: »Tu mir den Özil nicht beleidigen. Der ist durch und durch arisch. Deutsch. Der ist deutscher als viele Deutsche miteinander.«

Ich fragte: »Kann er auch Deutsch?«

»Warum?«

»Weil er nix redet. Musst wohl für ihn übersetzen.«

»Bei uns red i. Einer für alle. I red für den Özil und den Jassir und den Mehmet.«

Die drei nickten, strahlten, als hätten sie eben das Eiserne Kreuz von ihrem Führer an die Brust gesteckt gekriegt. Ich sagte: »Schöne Namen. Habts wohl einen Partnerschaftsvertrag mit dem Nahen Osten?«

Der schwarze Manni konnte mit meiner Bemerkung nichts anfangen. Schlug sich noch mal mit der Faust in die hohle Hand. Übersprungshandlung.

Ich sagte: »Und was wollt ihr jetzt machen?«

Mir kam es so vor, als hätte sich unser Gesprächsstoff erschöpft.

Der Dicke krempelte die Ärmel hoch, seine Assistenten machten es ihm nach.

Er zog einen Schlagring aus seiner Hosentasche.

Lachte hämisch.

Sagte zu seinen Bewunderern: »Der zweite Schlag ist Leichenschändung.«

Sie lachten gehorsam.

Da wusste ich: Ich hatte nicht mehr viel Zeit.

Ich zitterte verstärkt, ließ meine Spucke aus dem Mund triefen, machte voll auf Parkinson, sagte: »Ihr werdet doch nicht … mich … einen alten, kranken … Ich könnt euer Opa sein. Kranke Alte verhauen, ist das deutsch, arisch …? Der Adolf hätt euch den Arsch verhaut.«

Meine Taktik war riskant. Ich wollte sie an ihrem schwächsten Punkt erwischen und sie durcheinanderbringen – und sie in Sicherheit wiegen. Sicher vor mir.

Meine Erfahrung aus der Jugendarbeit im Münchner Hasenbergl, dem nördlichen Glasscherbenviertel, von vor vierzig Jahren, aber immer noch frisch, sagte mir: Ich musste den Anführer treffen. Ohne Leithammel waren die andern nur Spreu im Wind.

Ich musste ihn treffen, bevor er mich traf.

Ich musste ihn so treffen, dass er Feierabend hatte für die nächsten Stunden.

Der Dicke streichelte seinen Schlagring.

Ich zeigte mit meinem dattrigen Zeigefinger nach draußen, rief: »Da, schauts amal … nein … nein …«

Für einen winzigen Augenblick drehten sich die Köpfe nach draußen.

Genau in diesem Augenblick wurde ich zum Fußballer, der ich einmal war, und machte einen Mordsabschlag, mit meinem starken rechten Fuß frontal in die Eier des Strumpfbandführers. Er knickte ein und landete voll mit seiner Nase in meinem entgegenkommenden Knie. Dem gesunden, rechten. Es krachte, und ich wusste: Es war nicht mein Knie, das krachte. Vor Schmerz schrie er mit weit aufgerissenen Augen, und ich beendete die nonverbale Unterhaltung mit meinem letzten Spezialgriff: Zeigefinger und Mittelfinger, gespreizt zum V, Zeichen für Victory, bohrten sich in seine Augenhöhlen. Eklig war das, wie in russischen Eiern herumpopeln oder in den eingelegten Wintereiern, die im Keller meiner Oma standen.

Der Dicke lag am Boden, winselte, krümmte sich. Er hatte den Schlagring fallen lassen. Ich hob ihn auf, machte mich so groß und breit ich konnte, als wollte ich gegen die drei Übriggebliebenen, die die Tür versperrten, anrennen.

Ich hob meine Hand, senkte meinen Kopf und rammte ihn dem Özil in den Magen. Es hob ihn, den Özil, und er flog elegant wie ein nasser Sack über die Mauer nach unten. Nicht sehr weit, aber es langte für die nächste halbe Stunde.

Ich wollte mein Glück nicht noch mehr herausfordern.

Ich rannte einfach auf und davon, den Weg hinab Richtung Grüntenhütte. Die beiden Übriggebliebenen folgten mir, aber es schien, mehr um ihr Gesicht zu wahren. Die echte Begeisterung, mich einzufangen, fehlte.

Trotzdem lief ich, so schnell ich konnte, rutschte das Geröllfeld zwischen dem Gipfel und dem Schilift hinunter, fiel hin, schlug mir die Hände auf und hielt, ohne mich umzusehen, auf die Grüntenhütte zu.

Die zwei schwarzen Arierdeppen folgten ungefähr fünfhundert Meter zurück, in einem Sicherheitsabstand, der ihnen eine Begegnung mit mir ersparte. Sie hatten wohl noch nie einen alten Parkinson getroffen, der so schnell zuschlagen und weglaufen konnte. Ein Bildungserlebnis. Konnte ihnen nicht schaden.

Die Grüntenhütte lag in der Morgensonne, noch unbefleckt von Bergsteigern und Naturfreunden. Ich joggte an ihr vorbei. Im Winkel meiner Augen sah ich ein Motorrad stehen. Noch eins. Vier waren es. Vier BMWs. Nebeneinander. Die vier, die mich im Morgengrauen überholt hatten. An den Lenkern hingen die Wehrmachtshelme wie leere Bettschüsseln. Ich trat die Maschinen um. Riss die Zündkabel raus. Damit sie etwas zum Basteln hatten, die vier von der Wehrsportgruppe. Noch ein Bildungserlebnis.

Rannte weiter. In rekordverdächtigen zwanzig Minuten war ich beim Parkplatz, warf mich hinter das Steuer meines Golfs und quietschte die Serpentinen hinunter. Hielt mich am Steuer fest. Nun zitterten sie wirklich. Ohne Schau. Beide Hände. Mein Meniskus meldete sich zurück. Er kam sich wohl sehr vernachlässigt vor. Wusste gar nicht, dass Angst so ein potentes Schmerzmittel ist.

Als ich in Tal an der Kirche vorbeifuhr, Tempo dreißig, läuteten die Glocken. Sonntagsmesse. Ich machte einen Powerslide und landete auf dem Parkplatz zwischen Kirche und Friedhof, wie passend! Ich hatte das Bedürfnis, meiner Freundin ein Dankeschön zu sagen. Der Maria. Mutter Gottes.

Ich trat in die Kirche, etliche Gläubige saßen und knieten schon drin.

Gegrüßet seist du, Maria, voll der Gnade, der Herr ist mit dir. Du bist gebenedeit unter den Frauen …

Ich fiel bei der zweiten Gruppe mit ein:

Heilige Maria, Mutter Gottes, bitte für uns Sünder, jetzt und in der Stunde unseres Todes …

»Jetzt« langt schon. Hätte leicht auch die Stunde meines Todes sein können. Da oben. Am Grünten.

Heilige Maria, Mutter Gottes, wer steckte da bloß dahinter?

Eine zarte Stimme sagte leise in meinem Kopf: »Das musst du schon selber rausfinden, ich kann nicht alles für dich machen. Aber wenn's dich beruhigt: Du bist auf der richtigen Spur.«

Ehre sei dem Vater und dem Sohn und dem Heiligen Geist, wie im Anfang …

Dann fing die Messe an.

Orgelvorspiel.

Und was spielt die saudumme Kuh von Organistin?

Die Himmel rühmen des Ewigen Ehre …

Es endet mit:

Ich bin dein Schöpfer, bin Weisheit und Güte,
Ein Gott der Ordnung und dein Heil;
Ich bin's! Mich liebe von ganzem Gemüte,
Und nimm an meiner Gnade teil.

Die Tränen rollten mir über die Wangen,

ich schnäuzte, damit keiner merkte, wie es mich umhaute und wie ich heulte,

aber ich konnte gar nicht so viel schnäuzen, wie ich heulen musste.

Engelmacherin

Ich war wahnsinnig aufgeregt.

Wie am ersten Schultag. Wo ich mir vor Angst in die Hosen gepinkelt hatte.

Wie beim ersten Examen. Wo ich zur Beruhigung eine halbe Flasche Klosterfrau Melissengeist gebraucht hatte. Hätte mich fast das Examen gekostet. Ich wusste damals noch nicht, dass Melissengeist zu achtzig Prozent aus Alkohol besteht. Geheimrezept meiner Großmutter. Aber die hat es wohl auch nicht gewusst. *Selig sind, die nicht wissen …*

Wie bei der Geburt meines Sohnes. Wo ich Angst hatte, meine Frau stirbt. Notkaiserschnitt. Dann stünde ich ohne Mutter da. Er. Der Bub. Ich. Bei so einer Geburt kommt man leicht durcheinander.

Wie vor jeder gottverdammten Predigt. Die Angst war vierzig Jahre lang mein zuverlässigster Begleiter. Ich predigte sonntags immer zu zweit: Dr. Bär und der kleine Bub Emil, der sich fast in die Hosen machte. Der kleine Bub ließ sich nicht abschütteln, nicht umbringen. Ich hätte ihn trösten sollen. Aber die Idee kam mir erst, als ich nicht mehr predigen musste. Als Rentner.

Meine gesammelte Angst feierte Auferstehung.

Gut, es war auch mein erster Einsatz als Gesundbeterin.

Mittwoch nach dem Grünten-Sonntag.

Mittwochnachmittag.

Heilige Zeit.

Wenn alle Ärzte zuhaben. Wegen Fortbildung. Oder Golf. Wenn Heilungsgottesdienste stattfinden. Wenn Gartenmülldeponien bis achtzehn Uhr aufhaben. Wenn Pfarrkonferenzen tagen.

Von meiner Alm zur Hütte der Gesundbeterin war es gerade mal eine Viertelstunde. Aufwärts. Durch den Wald.

Die Tür war mit einem Vorhängeschloss versperrt. Kein Problem. Mit meinem Nachschlüssel.

Frische Kuhfladen im Gras.

Beruhigend.

Frische Reifenabdrücke im Lehm.

Beunruhigend.

Ich sperrte auf, lehnte die Tür an. Als Ersatz für die Rezeption.

Setzte mich in meiner Nylonstrumpfhose und dem Kapuzenoutfit und dem künstlichen Busen und der rothaarigen Pferdehaarperücke und der dicken Hornbrille aus dem Nachlass meiner Mutter in den Sessel. Kam mir vor wie der Psychoanalytiker. Hinter der leeren Couch. Ich musste mich eben auf meine Gegenübertragung verlassen.

Es passierte: nichts.

Außen jedenfalls.

Innen hämmerte mein Puls mit hundertfünfzig Schlägen pro Minute. Meine Blase tat, als wäre ein Hektoliter Brunze drin.

Ein vertrautes Gefühl. Wenn ich Angst habe, muss ich Pipi machen. Schon immer.

Wo ist das Klo?

Oder muss eine Gesundbeterin nicht aufs Klo?

Kann sie's rausbeten?

Neben der Hütte war ein winziger Anbau.

Das Örtchen.

Ich ging wieder raus, schaute mich um. Die Massen strömten noch nicht.

Ich ging ins Örtchen hinein.

War sogar eine Kloschüssel und ein Wasserrohr, das sie versorgte.

Fast wie im Hilton.

Ich wollte gerade mein Hosentürl aufmachen, mit eiligen, zittrigen Fingern.

Aber ich hatte kein Hosentürl.

Ich hatte vergessen: Ich trug meine Kutte. Und die Strumpfhose. Ohne Hosentürl.

Schob die Kutte in Panik nach oben, die Strumpfhose nach unten.

Früher hießen die Pfarrer »Kuttenbrunzer«. Jetzt verstand ich, warum.

Ich pinkelte knapp an einer Katastrophe vorbei.

Ohhhh … Erlösung. Ein paar Tropfen Erlösung.

Ein paar Tropfen. Von wegen Hektoliter.

Scheiß Prostata.
Die Spülung funktionierte. Hilton eben.
Ich zögerte kurz:
Die Klobrille oben lassen oder lieber runterklappen?
Entschied mich fürs Runterklappen.
Sieht professioneller aus.
Die Schweißperlen trockneten.
Ich ließ mich wieder hinter der Couch nieder.
Fummelte an meinem Rosenkranz.
Mein Arbeitsgerät.
Ich musste eingedöst sein.
Schreckte auf.
Hörte Schritte durchs Gras.
Die erste Kundschaft! Halleluja! *Oh Maria, hilf!*
Durch die angelehnte Tür schaute ein junger Kopf.
Er gehörte einer jungen Frau.
Sie schaute verängstigt. Fragte mit dünner Stimme: »Darf ich reinkommen?«
Ich nickte.
Sie zog die Tür hinter sich ins Schloss.
Stand unsicher herum.
Kaute an den Fingernägeln.
Ein Kind.
Am liebsten hätte ich sie in den Arm genommen und gesagt: Es wird schon wieder gut.
Was auch immer.
Ich zeigte auf die Couch. Aus alter Gewohnheit.
Sie hockte sich auf den Rand der Couch.
Wie fängt eine Gesundbeterin ihre Sitzung an? Ist es überhaupt eine Sitzung, was eine Gesundbeterin macht?
Sagt eine Gesundbeterin wie in der Kirche: »Im Namen Gottes, des Vaters, und des Sohnes und des Heiligen Geistes«?
Oder, wie ich früher in meiner Praxis: nichts.
Ich entschloss mich zu einem Kompromiss, sagte: »Also?«
Das Mädchen war noch keine zwanzig. Strähnige blonde Haare. Schulterlang. Sie hielt mit beiden Händen ihren Bauch. Wenn sie nicht gerade Fingernägel kaute.

»Ich bin die Vroni … vom Geisenhof … Meine Freundin hat gesagt, Sie können mir helfen.«

»Hm …«

»Sie haben ihr auch schon geholfen …«

Interessant!

Ich sagte: »Hm …«

»Wo sie … wie sie … halt mit dem Kind.«

»Ja?«

»Wo sie halt schwanger war … und …«

»Und?«

»… und es hat niemand wissen dürfen, ihr Vater hätt sie erschlagen … und sie wollt schon ins Wasser gehen … aber dann ist sie zu Ihnen, und Sie haben ihr geholfen … Hat sie gesagt …«

»Und das Kind?«

»Das war weg. Sie hat gesagt, es ist ganz schnell gegangen.«

»Und jetzt bist du schwanger …«

»Ja, und wenn mein Papa das erfährt und meine Mama, die schmeißen mich raus, und die Mama kriegt einen Herzanfall und stirbt, die ist herzkrank …«

»Und dein … ja, wie soll ich sagen … der Vater von deinem Kind … was meint denn der dazu?«

»Weiß ich nicht.«

»Warum nicht? Hat er die Sprach verloren? Wie der Zacharias?«

»Den kenn ich nicht.«

Klar, wie sollte es auch, das junge Ding. War ja auch schon eine Weile her. Zweitausend Jahre. Als Zacharias, der Priester in Jerusalem, erfuhr, dass seine Frau Elisabeth mit Johannes, dem späteren Täufer, schwanger war, verschlug es ihm die Sprache. Im Tempel große Töne spucken, und wenn er Vater wird, verschlägt's ihm die Sprache. Mann!

Ich sagte: »Ist auch wurscht.«

Sie fing wieder an, Fingernägel zu kauen. Sie schien die Sprache verloren zu haben.

Ich wartete.

Bis sie sagte: »Ich kenn ihn nicht.«

»Den Zacharias?«

»Den sowieso nicht. Den Vater, mein ich …«

»Wie? Du kennst ihn nicht. Wenn ihr miteinander geschlafen habts ...«

»Da war's Nacht ... und ...«

»Und?«

»Es war auf einer Party ... und alle schon besoffen ... und dann ... ist es halt a bissle durcheinandergegangen.«

»Jede hat mit jedem gevögelt, meinst du das?«

Sie schaute mich erschrocken an.

Stimmt. Ich hatte mich im Ton vergriffen. Aber wie beschreibt eine anständige Gesundbeterin den Sachverhalt?

Vielleicht: Habt ihr euch multipel versündigt? Oder: Hat dich mehr als ein Mann erkannt? Oder: War es Gemeinschaftskommunion? – Egal wie, es war schon raus, das mit dem Vögeln, und es war eh zu spät.

Sie nickte.

Ich fragte: »Wer macht denn solchene Partys?«

»Es war an Himmelfahrt ... auf dem Fest ... von der ... katholischen Landjugend.«

Ich hustete, damit ich nicht lachen musste. Ich hatte wirklich keine Ahnung vom Landleben. Ich dachte, so was kommt nur in Köln vor.

Dann verging mir das Lachen. Weil ich anfing zu rechnen. Ich sagte: »Vroni, wenn du an Himmelfahrt schwanger geworden bist, und Himmelfahrt war Mitte Mai, dann bist du jetzt in der vierzehnten oder fünfzehnten Woche.«

»Ja.«

»Und weißt du, was das heißt?«

Sie schwieg, nickte.

Ich sagte: »Es heißt: zu spät. Eine Abtreibung ist nur bis zur zwölften Woche erlaubt.«

Sie schaute mich flehentlich an, flüsterte: »Deshalb komme ich ja zu Ihnen. Helfen S' mir. Bei meiner Freundin war's genauso. Aber die hat gesagt, Sie haben ihr trotzdem geholfen.«

Mein Gott, in was war ich denn da bloß hineingeraten? Mir wurde heiß unter meiner Kutte. Ich sagte: »Meine Tochter, ich muss erst darüber beten. Komm nächsten Mittwoch wieder, dann kann ich dir mehr sagen.«

Schmarrn. Ich wusste einfach nicht, was ich machen oder sagen sollte. Ich brauchte Bedenkzeit. Aber was sollte ich bedenken?

Sie schluchzte, tat mir in der Seele weh, hätte mein Enkelkind sein können, sagte: »Aber … was soll ich jetzt tun?«

In meiner Not sagte ich: »Geh heim und bet drei Rosenkränz.«

»Rosenkränz?«

»Ja, drei. Laut!«

»Und geht's dann weg … das Kind?«

Ich sagte: »Das liegt ganz bei der heiligen Maria.«

Die hatte ja einschlägige Erfahrung mit so was, die heilige Maria. Dachte ich. Nur die Geschichte mit der unbefleckten Empfängnis und dem Heiligen Geist ist schon vergeben. Die glaubt keiner mehr. Jedenfalls der Vroni vom Geisenhof nicht.

Ich sagte: »Komm nächste Woche wieder!«

Das arme Ding schlich zur Tür hinaus.

Mir war zum Heulen.

Beichte

Ich kriegte eine spontane Hitzewallung.

Nicht wegen der Wechseljahre. Ist schon eine Weile her.

Ich glaubte, mich träfe der Schlag.

Mein Herz stolperte.

Das war wohl das Ende vom Maskenball.

In der Tür stand mein Kollege aus Indien. Aus Tal. Der Priester. Hochwürden Dr. Ashutosh Gandhi. »Jemand, der schnell das Glück findet«.

Zum Glück verschlug es mir die Sprache.

So konnte er wenigstens meine Stimme nicht erkennen.

Er sagte: »Mutter Teresa?«

Ich nickte. Zeigte auf die Couch.

Er fragte: »Auf die Couch?«

Ich nickte.

Er fragte: »Liegen?«

Ich nickte.

Er lag. Sagte: »Das ist ja wie in Wien bei Sigmund Freud … Na ja … der war ja wohl auch eine Art Gesundbeter … Oh, ich hab mich gar nicht vorgestellt. Ich bin der Priester von Tal. Sie werden sich wundern, dass ich ausschau wie ein Inder …«

»Hmmm …«

»Das ist, weil ich ein Inder bin. Sie haben mich aus Indien eingeflogen. Den Pfarrer Messner zu vertreten … Das heißt, er ist ja verstorben … auf tragische Weise … und ich bin nun sein Nachfolger … Ashutosh Gandhi heiß ich.«

»Hmmm …«

»Und Sie werden sich wundern, warum ich einigermaßen Deutsch sprech mit oberbayerischem Akzent …«

»Hmmm …«

»Das ist, weil ich in Weihenstephan und München studiert hab … katholische Theologie.«

»Hmmm …«

»Und Sie werden sich wundern, warum ich zu Ihnen komm.«

»Hmmm …«

»Das ist, weil Sie einen guten Ruf haben … als Mutter Teresa. Ich hab die in Indien persönlich kennengelernt. Tolle Frau. Nur eins zweiundfünfzig groß. Aber geholfen hat sie allen. Sich selber hat sich nicht helfen können. Sie hat unter Depressionen gelitten. Sie hätte auch eine Couch gebraucht und eine Behandlung … Und irgendwie flößt mir der Klang von ›Mutter Teresa‹ Vertrauen ein. Und die Leut sagen, Sie können allen helfen. Besser wie der Arzt im Dorf.«

»Hmmm …«

»Ich bin zu Ihnen gekommen, weil ich sonst niemanden hab, zu dem ich kommen kann. Die Leut in Tal sind sehr nett, sie fragen immer, wie ich mich eingelebt habe. Letzten Sonntag erst war einer da, der ist extra nach der Kirch zu mir gekommen, und der hat auch gefragt, wie ich mich eingelebt hab … ein ganz netter Kerl, ganz sympathisch …«

»Hmmm!«

»… bis aufs Alter, er ist schon jenseits von Gut und Böse … hinkt … so ein verrunzeltes Manderl, mehr Falten, als das Gesicht Platz dafür hat … könnt mein Opa sein …«

»Hmmm?«

»Na ja, nicht gerade Opa, aber mein Vater schon … trotzdem immer noch hell auf der Plattn!«

»Hmmm!«

»Aber ich kenn ihn ja nicht, ich weiß nicht, ob ich ihm trauen kann. Deshalb komm ich zu Ihnen, ehrwürdige Mutter. Ich muss nämlich beichten. Was ich bei keinem von meinen Brüdern und Oberen beichten könnte …«

Mein Herz hatte sich zwischenzeitlich etwas beruhigt, nun fing es auf einen Schlag wieder an zu rasen: Er weiß, wo das Geld ist, er verrät es mir, er verrät mir alles: wer den Pfarrer Messner umgebracht hat und wo das Geld ist, und in einer Viertelstunde bin ich ein halber Millionär.

Ich sagte: »Hm … hm …«

»Ich muss Ihnen beichten …«

Herzfrequenz nahe zweihundert.

Ich lehnte mich näher zur Couch.

Sah, dass sich die Haare des Beichtlings zu einer werdenden Glatze verdünnten.

Hielt den Atem an.

»Ich muss Ihnen beichten … dass ich schrecklich … Heimweh hab!«

»Hhhhhh …«

Scheiße. Dann soll er halt hingehen, wo er hergekommen ist, mit seinem saudummen Heimweh!

Wieder nichts mit der halben Million!

Er waffelte weiter: »Aber Durst ist schlimmer als Heimweh …«

»Hm!«

»… deshalb hab ich angefangen zu saufen. Schon in Weihenstephan … und jetzt hier. Immer mehr. Noch hat's keiner g'merkt. Hoff ich. Aber ich merk, wie mich die Sauferei kaputt macht … Ich hab schon alles Mögliche probiert, alle möglichen Tricks … nix hat geholfen. Und da hat mir doch am Sonntag der kauzige Alte die G'schicht erzählt, wie er wieder trocken geworden ist … durch die heilige Maria, Mutter Gottes … Und da hab ich denkt: Wenn was hilft … ist es … sind es Sie, die Mutter Teresa. Die Gesundbeterin!«

Er war sehr erregt, und vor Aufregung setzte er sich auf, schaute mich an, sagte: »Bitte helfen Sie mir. Bitte heilen Sie mich von der Sauferei. Bitte sagen Sie mir, was ich tun kann dagegen!«

Er schaute mich an mit den flehenden Augen, wie mich die schwangere Vroni vom Geisenhof angeschaut hatte.

Ich wollte, ich hätte auch eine Mutter Teresa gehabt, die mir geholfen hätte. Ich hätte ihm sogar sagen können, was er tun soll, damit er seine Sauferei loswird. Ich war ja schließlich Experte. Aber, heilige Maria, Mutter Gottes, wie krieg ich den los, ohne dass meine Maskerade auffliegt?

Die heilige Maria, Mutter Gottes, voll der Gnaden, ließ mir ein Scheibchen von ihrer Gnade zukommen, so wie mir die Metzgerin als Bub immer ein Scheibchen Gelbwurst hatte zukommen lassen.

Ich nestelte meinen Rosenkranz aus meiner Kutte.

War nicht leicht mit den weißen Arzthandschuhen an.

Ich ließ den Rosenkranz vor den Augen meines indischen Patienten baumeln.

»Ein Rosenkranz?«, fragte er.
Ich nickte.
»Ich soll Rosenkranz beten, wie oft?«
Ich zeigte mit meinen weißen Fingern eine Drei.
»Drei Rosenkränze?«
Ich nickte in aller Würde.
Er fragte: »Vorm Saufen oder nachm Saufen?«
Ich sagte: »Anstatt!«
Er begriff sofort. Sein Gesicht hatte die Gestalt von Zahnweh angenommen. Er sagte: »Sie meinen, ehrwürdige Mutter, statt zur Flasche soll ich zum Rosenkranz greifen, jedes Mal, wenn …«
Ich nickte.
»So einfach ist das …!«
Ich nickte.
»Ja, wenn ich das gewusst hätt … Das ist ja ein Wunder … so einfach … ein Wunder!«
Tränen standen ihm in den Augen.
Er reckte seine Hände wie betend nach oben.
Ich nahm seine rechte Hand, drückte ihm meinen Rosenkranz hinein, machte ein stummes Segenszeichen – wie der Papst bei ›Urbi et orbi‹ – über seiner Rosenkranzhand.
Verbeugte mich sitzend leicht, um ihm zu bedeuten, dass die Session nun zu Ende war und er sich schleichen sollte.
Er fiel auf die Knie, küsste meinen Handschuh, ich kam mir vor wie die Päpstin von Tal, strich ihm über den Kopf mit den dichten indischen Haaren und der beginnenden Glatze.
Machte noch mal das Segenszeichen, damit er endlich begriff, dass er sich jetzt verdrücken sollte.
Er begriff, drückte den Rosenkranz an seine indische Brust und schwebte zur Tür hinaus.
Der arme Hund.
Mit war nach einem doppelten Schnaps. Oder zwei.
Ich hatte weder Schnaps noch Rosenkranz.
Ich arme Sau.

Dignitas

Und ich hatte gedacht, ich wär im Ruhestand.

Kam mir vor wie zu meinen besten Zeiten im Klinikum als Seelsorger. Katastrophen am laufenden Band.

Als hätten sie sich abgesprochen, stand schon der Nächste in der Tür.

Nein, bitte nicht.

Bitte nicht der!

Springerstiefel.

Schwarzes Outfit.

Zwei schwarzblaugelbe Augen.

Skinhead.

Gequälter Gang.

Ob er seinen Schlagring irgendwo stecken hatte?

Ich tat, was ich für das Sicherste hielt: nichts.

Er stand mitten in der Hütte, sagte: »Bist wieder da, Gesundbeterin?«

Ich sagte, was ich für das Sicherste hielt: »Hm ...«

Er griff in die Tasche seiner schwarzen Fliegerjacke mit dem Hakenkreuz am Revers, zog einen Geldschein heraus, legte ihn auf den kleinen Beistelltisch zwischen meinem antiken Sessel und der Sigmund-Freud-Couch, sagte: »Wie immer.«

Der Schein war ein Fünfhunderter.

Ich sagte: »Was, wie immer?«

»Ja, halt wie immer. Weihrauch!«

»Weihrauch?«

»Ja, Weihrauch, wie immer.«

»Wieso Weihrauch? Für die Kirch?«

»Mir ist jetzt nicht nach Witz. Meine Augen brennen, und ich kann kaum laufen ...«

»Hast einen Unfall gehabt?«

»Ja ... nein, eine kleine Auseinandersetzung. Aber der Arsch ist davongelaufen ... sonst hätt ich ihn totgeschlagen.«

Aufschneider! Ich sagte: »Und ich soll dich gesundbeten?«

»Schmarrn. Ich brauch den Weihrauch ... dringend ...«

»Zu was?«

Er setzte sich auf die Couch, als hätte er einen Schwächeanfall, sagte: »Für meine Oma.«

»Ist die so fromm?«

»Nein, Schmarrn, die ist im Pflegeheim. Und das Pflegeheim kostet dreimal so viel, wie sie Rente hat ... Und da muss ich halt was dazustecken ... sonst kann sie da nicht bleiben. Und mit meinem Job allein, das langt hint und vorn nicht ... und deshalb brauch ich den Koks, ah, den Weihrauch ... Den verkauf ich, und von dem Gewinn zahl ich dann das Pflegeheim ...«

»Koks ... Weihrauch ... Jetzt bin ich ganz durcheinander ... das muss mein Alter sein.«

»Du hast doch selber g'sagt, dass das Wort Koks nicht fallen darf ... dass wir nur von Weihrauch reden ... das ist sicherer ...«

»Ja, jetzt erinner ich mich ... Wie alt ist denn deine Oma?«

Er schaute mich an. Ich machte mich klein unter meiner Kapuze und hinter meiner Brille. Er sagte: »Ungefähr so alt wie du ...«

»Ah so, dann ist sie ja noch gar nicht so –«

»Über achtzig ist sie. Aber noch gut drauf. Im Kopf.«

Danke!

Ich sagte: »Das find ich ja toll ... wie du für deine Oma sorgst.«

Er schniefte, sagte: »Sie ist die Einzige, die ich noch hab. Sie hat mich großgezogen. Meine Mutter ist gestorben, wie ich drei war. An einer Überdosis. Die blöde Sau. Und meinen Vater hab ich nie gesehen. Der ist schon vor der Geburt abgehaut, dahin, wo er her war, der Zigeuner. Nach Bulgarien. Nur meine Oma ... auf die lass ich nix kommen!«

Er hatte eine weinerliche Stimme angenommen. Jetzt wurde mir klar, warum er nicht ganz einheimisch aussah, mit seiner Olivenhaut und den dunkelbraunen Glutaugen und den schwarzen Augenbrauen und den dunklen Stoppeln auf seinem Schädel. Der »Arier«.

Ich sagte: »Und wie kommst du zu dem Geld für den Weihrauch?«

»Wir – meine Kameraden und ich – haben da so ein ... ein ...

so ein … wie sagt man gleich wieder … Dienstleistungsunternehmen …«

»Und was für Dienste leistet ihr da?«

»Spezialaufträge.«

»Umzüge oder so …?«

»Nicht direkt … Aber wenn einer seine Miete nicht zahlt, zum Beispiel …«

»Schulden eintreiben? Mit Gewalt wahrscheinlich …«

»Nein, wir überzeugen sie halt, dass sie zahlen, wenn sie nicht zahlen wollen …«

»Und ab und zu verprügelt ihr auch einen …«

»Aber nur auf Befehl …«

»Und wer befiehlt?«

»Der Kommandant.«

»Wer ist der Kommandant?«

»Das wissen wir nicht. Er ist unsichtbar.«

»Das gibt's doch nicht! Erzähl mir keine Märchen. Sonst wird's nix mit dem Weihrauch.«

»Ehrlich. Wir treffen ihn nur in der Nacht … Aber ich glaub, er ist von der Kirch.«

»Wieso?«

»Weil er ausschaut aus wie ein Mönch … eigentlich so ähnlich wie du!«

Ein Kompliment nach dem andern … Ich fragte: »Und wo ist die Befehlsausgabe?«

»Autobahnparkplatz. Immer ein anderer. Er ist nämlich schlau, unser Kommandant.«

»Und von den paar Aufträgen kannst du dir so viel Weihrauch kaufen?«

»Neuerdings lauft das Geschäft ganz gut. Unser Kommandant hat eine neue … Dingsda entdeckt … wie sagt er gleich wieder … irgendwas mit Markt …«

»Marktlücke?«

»Ja, so sagt er. Er kennt sich da aus. Er hat gesagt, in der Schweiz, da gibt's so einen Verein, der hat die Marktlücke auch genutzt … und der Verein heißt … Ach scheiß auf die ausländischen Namen. Also da fahren die Leut hin, die wo sich umbringen wollen, und der Dingsda-Verein hilft ihnen dabei, und es kostet einen Haufen Geld.«

»Dignitas?«

»Was?«

»Heißt der Verein vielleicht Dignitas?«

»Ja, so ähnlich wie Dingsda … Und unser Kommandant meint, da gibt's viele Leute, die wollen sich selber umbringen und können's nicht oder wollen's nicht … oder die Angehörigen wollen, dass sie erlöst werden von ihrem Elend … und da ist die Stelle, wo wir reinkommen. Wir machen das für die Leut.«

»Ihr bringt sie um?«

»Also umbringen tun wir sie nicht direkt. Sagt unser Kommandant. Wir helfen ihnen sterben. Und das Geschäft geht. Besonders in den Altersheimen und Pflegeheimen … aber auch bei den Alten daheim. Manchmal geben sie uns vorher noch Trinkgeld. Nicht wenig. Aber das braucht der Kommandant nicht wissen …«

Ich war ziemlich geschockt. Dignitas im Allgäu. Derb, aber herzlos … Obwohl … wenn's schon Books on demand gibt, warum dann nicht Suicide on demand …

Ich fragte: »Und da hast du kein schlechtes Gewissen?«

»Wieso? Alle sind zufrieden. Der Kommandant, die Leut, die sterben wollen, und ich, weil ich Weihrauch kaufen kann und damit meiner Oma das Pflegeheim zahlen kann.«

Ich war sprachlos. Er war brunzdumm, aber seine Logik überzeugte mich.

»Also, der Weihrauch … Ich muss bald zu meiner Kundschaft, die wartet schon.«

Er dealte mit Kokain.

Heiligs Blechle!

Koks – hätte ich jetzt auch brauchen können. Wo und wie kriegte ich Koks her?

Ich sagte: »Wir haben da gerade Lieferprobleme mit dem Weihrauch … Es kann noch ein paar Tag dauern …«

»Aber die Rechnung vom Pflegeheim kommt immer Anfang des Monates, und der ist bald.«

»Ja, ich tu, was ich kann. Schau nächste Woche wieder vorbei …«

»Okay.«

»Und sag deiner Oma einen schönen Gruß.«

Er guckte unsicher, kriegte feuchte Augen.

Ich sagte: »Die hat Glück. So einen Enkel wie dich möchte ich auch haben. Nur an den Manieren solltest du noch arbeiten …«

Er schaute mich an, sagte dann: »An irgendjemand erinnerst du mich. Ich komm nicht drauf.«

Ich sagte: »Wahrscheinlich an deine Oma!«

Er schüttelte den Kopf, meinte: »Eher an meinen Opa, aber der ist schon längst hinüber.«

Ich sagte schnell: »So, jetzt geh, ich schau, dass ich an den Weihrauch komm.«

Ich hatte nicht die geringste Ahnung, wie ich an den Weihrauch kommen sollte. Sagte: »Das klappt schon. Pfüadi!«

»Servus«, sagte er, verschwand.

Mein Blick fiel auf den Beistelltisch.

Der Fünfhunderter lag noch da.

Er sollte sich bald als sehr wertvoll erweisen.

Mückenstich

Zum Glück stand mal niemand in der Tür.

Zeit zum Denken.

Ich dachte: Diese Gesundbeterin war ein vielseitiges Weib. Die Mutter Teresa von Tal – sie war zuständig für Abtreibungen, Alkoholismus und Rauschgift. Jedenfalls Kokain. Und das war erst der Anfang. Und wie der Fünfhunderter auf dem Beistelltisch zeigt, hat sie es nicht nur für ein Vergeltsgott gemacht. Nur: Warum ist sie verschwunden? Ist sie tatsächlich ins Wasser? Oder ist sie ersoffen worden? Von Abtreibungsgegnern, Schnapsbrennern oder geprellten Dealern?

Viele Fragezeichen in meiner Denkerei.

Mir war nach einer Zigarette.

Aber wenn noch ein Kunde kam – das macht einen schlechten Eindruck. Gesundbeterin mit Zigarette.

Ich ließ es bleiben.

Hörte in der Ferne ein Auto.

Kuhglocken.

Dann Schritte im Gras.

Dann dachte ich, ich bin übergeschnappt.

Ich habe Wahrnehmungsstörungen.

Ich sah einen Wandspiegel.

Sah mich drin gespiegelt.

Nein, ich hatte nichts getrunken, nicht gekifft.

Die Kutte.

Die langen rostroten Haare.

Die Brille.

Die weißen Handschuhe.

Das doppelte Lottchen.

Das doppelte Tereschen.

Nur eins kam mir komisch vor:

Ich saß im Sessel.

Mein Spiegelbild stand.

In der Tür.

Ich wollte was sagen, wusste aber nicht, was.
Mutter Teresa II. war auch nicht gesprächig.
Die Stille war gespenstisch.
Ich saß da wie eine Schaufensterpuppe.
Rührte mich nicht.
Hätte ich aber tun sollen.
Denn die andere Teresa rührte sich.
Ihre rechte Hand.
Mit einer Pistole drin.
Finger am Abzug.
Zielte auf mich.
Das war's also.
Sie zielte auf mich, aber nicht auf meinen Kopf.
Nicht auf mein Herz.
Irgendwo auf die Peripherie.
Die Pistole hatte keinen Schalldämpfer.
Trotzdem machte sie nur »plopp«.
Wie ein Luftgewehr.
Eine Schnake bohrte ihren Rüssel in meinen rechten Oberarm.
Jedenfalls spürte ich einen Stich.
Und dann so ein Gefühl wie beim Zahnarzt, wenn die Spritze wirkt.
Pelzig.
Ich wollte sagen: »He, was soll der Scheiß?«
Ich knödelte heraus: »Eh … wa … ho … ei …«
Meine Zunge versagte mir ihren Gehorsam.
Ich wollte der Mutter Teresa Nr. 2 den Vogel zeigen.
Mein Arm war lahm.
Meine Augenlider wurden schwer.
Mein Spiegelbild drehte sich um und verschwand.
Und mir erschien im Geiste eine Schrift, wie dem König Belsazar im Buche Daniel einst das Wort Menetekel an der Wand erschien, so erschien mir
nur ein Wort
sprich nur ein Wort, so wird meine Seele gesund
und das Wort sah aus wie: CURARE.

Deal

Curare ist ein Gift. Aus Südamerika. Gewonnen aus Lianenblättern.

Es lähmt nach und nach die Muskeln.

Alle.

Auch die, die man zum Atmen braucht.

Das Hirn ist kein Muskel.

Deshalb funktioniert es weiter.

Auch der Penis ist kein Muskel.

Das ist die Schweinerei.

Ich kriegte alles mit, konnte nichts machen.

Höchststrafe.

Für was?

Für unheilbare Neugier? Für unheilbare Geldgier?

Was nützen mir fünfhunderttausend Euro, wenn ich erstickt bin?

Kommt noch jemand zur Gesundbeterin?

Und wenn ja, wann? Nächste Woche?

Ich war der Panik nahe.

Wie vor sechzig Jahren. Da schwamm ich mit meinem Vater im Baggersee bei Günzburg. Auf einmal spürte ich Schlingpflanzen an meinen Beinen, meinem Bauch. Ich hatte damals die Idee, weiß Gott, woher, dass sich Schlingpflanzen um einen schlingen, bis man sich nicht mehr bewegen kann und absäuft. Meine erste Bekanntschaft mit Todesangst. Ich hängte mich an die Schultern meines Vaters. Er schleppte mich ab. Kein Problem. Für ihn. Ich wusste damals nicht, dass ich Todesangst hatte. Jetzt wusste ich es. Weil es die gleiche Angst war, damals und jetzt.

Wie vor vier Wochen. Im Klinikum in Kempten. In der Röhre. Todesangst mit Herzkasper.

Und jetzt kriegte ich mit, wie es langsam zu Ende ging mit mir. Winnicott, der englische Psychoanalytiker, schrieb: »O may I be alive when I die.« »Ich möchte noch am Leben sein, wenn ich sterbe.« Ich war am Leben. Hätte gern mit Winnicott getauscht. Winnicott war nicht mit Curare vergiftet, als er das schrieb.

War's das, mein Leben? Die Familie kaputt, die Geliebte längst davongelaufen, der einzige Freund tot, durch meine Mitschuld, neunzig Prozent von meinem Hirn versoffen. Dachte: Ich habe nicht viel zu bieten, wenn ich vor meinen Schöpfer treten werde. Da nützen wohl die letzten drei Monate trocken auch nichts mehr. Meine einzige Chance war, dass mein Schöpfer mit so einem nichtsnutzigen alten Sack wie mir nichts zu tun haben wollte. Noch nicht. Hoffentlich. Lieber Gott, wenn du mich rettest, spende ich zehn Prozent von den fünfhunderttausend für die Kapelle in Gereute. Wie viel sind zehn Prozent? Fünfzigtausend Euro.

Mein Atem wurde schwächer, die Augenlider auch, das Einzige, was sekündlich stärker wurde, war meine Angst. Na, gut, lieber Gott, die Hälfte: zweihundertfünfzigtausend Euro.

Die Kuhglocken bimmelten. Wie für meine Beerdigung. Ich hielt die Luft an. Hatte ich etwas gehört? Schritte? Nein, nix.

Über allen Gipfeln ist Ruh … in allen Wipfeln spürest du … kaum einen Hauch …

Mein Hauch wurde immer dünner. Die Schatten draußen wurden in der Abendsonne immer länger.

Okay. Dann eben fünfhunderttausend. Lieber Gott, die ganze Beute für dich.

Ich schaute auf den Beistelltisch. Da lagen noch die fünfhundert Euro vom Skinhead. Ich sagte im Geiste nach oben: Und die Fünfhundert auch noch dazu.

Kein Problem. Gehörten sowieso nicht mir.

Nein! Das darf nicht wahr sein! Der Herr nahm meinen Deal an! *Der Herr ist mein Dealer …*

Schritte.

Schwere Schritte. Schnelle Schritte.

Die Tür wurde von Springerstiefeln aufgestoßen.

Mannfred, der Neohitlerjunge mit den zwei »n«, sagte: »Ich hab meine fünfhundert Euro vergessen.«

Er nahm sie vom Tisch, steckte sie in seine schwarze Brusttasche.

»Den Weihrauch … hast schon was unternommen … nächste Woche?«

»…«

»He, was ist denn mit dir los?«

Ich stöhnte. Wie in einem Alptraum. Wo man schreien möchte und es kommt kein Ton raus.

Er erschrak.

»Bist krank?«

Ich stöhnte.

Er rüttelte mich. Wie man einen nassen Sack rüttelt. Ich reagierte wie ein nasser Sack. Nicht.

»Hast einen Schlaganfall, wie meine Oma gehabt hat? Die hat sich auch nicht mehr gerührt.«

Ich versuchte zu nicken.

Er sagte: »Ich muss weg. Ich will mich nicht hier erwischen lassen. Am Ende denken die, ich war das.«

Er schaute in meine weit aufgerissenen Augen. Er sagte:

»Ich ruf den Notarzt.«

Er tippte die 112 in sein Handy ein.

»Scheiße. Kein Empfang … Ich fahr mit meinem Motorrad nach Tal nunter. Wenn ich wieder Empfang hab, ruf ich den Notarzt an oder schau gleich beim Doktor vorbei, dass der raufschaut … Pfüadi. Mach's gut!«

Komiker!

Nach einer gefühlten Ewigkeit von geschätzten zehn Minuten hörte ich ein Auto. Zwei Autotüren schlugen hintereinander zu.

Heilige Maria, Mutter Gottes, bitte für uns Sünder, jetzt und in der Stunde unseres Todes …

In der Tür erschien der Doktor von Tal.

Dahinter seine Sprechstundenhilfe. Johanna.

Das hochheilige Paar.

Sie rief: »Die Gesundbeterin, mein Gott, was ist denn mit der passiert? Ist sie vielleicht besoffen?«

Blöde Kuh!

Der Doktor roch an meinem Odem, sagte: »B'soffen ist sie nicht.«

Er hatte eine Fahne. Am Mittwochnachmittag. Na ja, Spätnachmittag. Er drückte und horchte an mir rum, sagte dann: »Sieht eher nach einem Schlaganfall aus!«

Ich wollte auch was sagen, brachte nur heraus: »Cu…«

Johanna sagte: »Was meint sie … eine Kuh? Hat sie vielleicht eine Kuh getreten?«

Ich versuchte es noch mal: »Cu…«

Der Doktor sagte: »›Eine Kuh macht Muh, viele Kühe machen Mühe‹. So heißt ein nettes Büchle von einer Tierärztin … Nein, es ist ein Schlaganfall … Ich spritz ihr mal was. Für Blutverdünnung und Kreislauf. Aber die Sanitäter müssten ja gleich kommen …«

Er machte sich an meinem Oberarm zu schaffen, setzte die Spritze da an, wo mich die Schnake gestochen hatte.

Vielleicht war es der Placebo-Effekt, aber sofort ging das Schnaufen wieder ein bisschen leichter. Mit dem Reden klappte es nicht. Alles, was ich rausbrachte, war immer noch: »Cu…«

Aus der Ferne kam die Sanitätersirene.

Immer näher.

Die Sanitäter verfrachteten mich auf eine Bahre und schoben mich ins Sanitätsauto.

Der Doktor und Johanna blieben zurück.

Mit Tatütata und Blaulicht ging es Richtung Kempten.

Eigentlich konnte ich ganz zufrieden sein:

Der Doktor hatte mein Leben gerettet.

Oder vielmehr der Skinhead.

Eigentlich am meisten die fünfhundert Euro, die vergessenen.

Und: Meine Camouflage hatte gehalten. Nicht mal Johanna hatte was gemerkt. Und der Doktor auch nicht.

Ku(h)rare

In der Notaufnahme gab es ein großes Hallo.

Die Schwester, die mich auszog, wurde fast vom Schlag getroffen.

»Des isch ja a Mannsbild!«, schrie sie so laut, dass alle zusammenliefen.

Ich kam mir vor wie das Christkind, in der Krippe liegend.

Dann erschien die Chefin persönlich.

Dr. med. Vasthi Graf. Tochter meines einzigen Freundes, Gott hab ihn selig. Mutter eines Kindes, der Anna, die ich getauft hatte. Wir hatten eine lange, bewegte Bekanntschaft hinter uns.

Sie bahnte sich durch die neugierigen Schwestern, Pfleger, Putzfrauen, Praktikanten, Assistenzärztinnen und so weiter den Weg zu mir.

Schaute mich an, wie ich in meiner Kutte dalag, Perücke runter, Büstenhalter runter, Silikonbusen runter. Die weißen Handschuhe hatte ich noch an. Sie sagte: »Bist jetzt übergeschnappt … als Weib verkleidet?«

Ich konnte noch immer nicht reden, wie auch? Die Spritze vom Doktor von Tal hatte mich beruhigt, aber ich war noch immer nicht beweglich, war gelähmt. Mein Beitrag zur Aufklärung des Geheimnisses war immer noch: »Cu…«

Ich weiß nicht, wie lange ich weg war.

Als ich zu mir kam, setzte sich Dr. Vasthi Graf auf meinen Bettrand.

So schlimm stand es also um mich!

Aber schnaufen konnte ich wieder.

Noch besser: Ich konnte mich sogar wieder kratzen. Der Schnakenstich juckte.

Dr. Graf sagte: »Ich hab keine Ahnung, ob du im Kopf recht bist oder nicht. Aber was ich weiß, ist, dass du wahnsinnig Glück gehabt hast. Wir haben hier im Haus eine erstklassige Anästhesistin, die war grad in Amerika, sie ist auf dem neuesten Stand.

Und die hat herausgefunden, zum Glück grad noch rechtzeitig, was mit dir nicht gestimmt hat. Du hast eine Dosis Nervengift abgekriegt …«

Ich sagte: »Curare.«

Sie sagte: »Genau das. Ein Glück, dass sie es gemerkt hat.«

»Aber ich hab's euch doch dauernd gesagt.«

»Schmarrn. Von einer Kuh hast dauernd geredet.«

»Der Anfang von Cu-rare.«

»Ah so … wie soll man dadrauf kommen … Und woher hast du gewusst, dass du einen Schuss Curare verpasst gekriegt hast?«

Ich ließ die Details weg. Sagte nur so viel: »Jemand hat mir einen Schuss verpasst … so wie man Kühe oder Elefanten oder Tiger betäubt … Und wie ich dann gelahmt hab, ist mir eingefallen, dass ich einmal einen Allgäu-Krimi gelesen hab, da ist auch ein Anschlag mit Curare vorgekommen … und da waren die Symptome beschrieben.«

»Und wer hat dir den Schuss verpasst?«

»Das tät ich auch gern wissen.«

Ich wusste es: Mein Spiegelbild, die Gesundbeterin, war es gewesen. Und zwar die echte Gesundbeterin. Was ich nicht wusste: wer die echte Gesundbeterin war.

Dr. Graf fragte neugierig weiter: »Und das mit deiner Verkleidung, was soll denn das? Bist du eine Transe geworden? Das kommt davon, wenn man so lang ledig lebt. Du bräuchtest endlich eine Frau, die für dich sorgt. Dann kämst nicht auf solchene depperten Ideen.«

»Ich weiß net …«

Natürlich wusste ich. Eine Frau war das Letzte, was ich brauchte. Ich war kein Typ für Frauen. Meine Erfahrungen mit Frauen waren bis jetzt immer das Gegenteil von Erfolgsgeschichten. Beruhte auf Gegenseitigkeit. Oder auf meinem Ödipuskomplex. Ist ja auch wurscht. Es haute auf jeden Fall nie hin.

Das Gespräch versiegte. Es lag am Thema.

Ich sagte: »Auf jeden Fall dank ich dir ganz sakrisch und deiner Anästhesie-Kollegin, dass ihr mich zurückgeholt habts …«

»Wem du wirklich dein Leben zu verdanken hast, ist der Doktor von Tal. Wenn der nicht so schnell bei dir gewesen wär und dich nicht richtig versorgt hätt, dann wärst jetzt schon hier in der Pathologie.«

»Ja, bei dem schau ich noch vorbei, Dankschön sagen. Ein tüchtiger Mann, der Doktor von Tal … Kann ich jetzt gehen?«

»Du kannst auch noch bleiben … aber wennst gehen willst, ist es auch recht. Musst halt noch langsam tun, die nächsten Tag. Und nix trinken, ich mein, nix Alkoholisches.«

»Ich bin trocken.«

»Wirklich?«

»Ja, schon lang.«

Zum Glück fragte sie nicht, wie lang. Drei Monate. Mit Unterbrechungen.

»Und wie geht's dir und deiner Familie … der kleinen Anna?«

»Geht schon … Du, ich muss jetzt weiter … da war eine Massenkarambolage auf der A7 … da kommt eine Menge Arbeit rein.«

»Lass dich nicht aufhalten … Pfüadi!«

»Pfüadi!«

Und weg war sie.

Ich zog meine Kutte an, warf Perücke und BH in den Abfalleimer. Jetzt hielten sie mich wahrscheinlich für einen Mönch. Bettelmönch. Den Silikonbusen steckte ich in eine Aldi-Tüte. Vielleicht konnte ich ihn bei eBay vermarkten, wär schad ums Geld. Ich hatte den Schwabenbusen gekauft. Für neunundsiebzig neunzig. Sparsam.

Meine Laufbahn als Gesundbeterin war beendet. Beschloss ich. Um ein Haar hätte mich das Luder um die Ecke gebracht.

Ich wartete auf meine Entlassungspapiere, den Brief an den Hausarzt, den Doktor von Tal.

Dann schleppte ich mich müde zum Haupteingang vom Klinikum Kempten. Das Curare steckte mir noch in den Knochen. Jetzt konnte ich wieder normal gehen. Musste nicht mehr den schwulen Kälbergang der Gesundbeterin nachmachen …

Ich schaute nach einem Taxi.

Es war schon dämmrig.

Kein Taxi in Sicht.

Was ich sah, war ein Typ, der mich von der Seite beäugte.

Eine oberbayerische Stimme röhrte: »Das bist doch du … Hab ich mir's doch denkt … Kommst grad vom Maskenball, in deiner Mönchskutte?«

Die Stimme gehörte einem Fremden. Er sah aus wie ein Inder.

Es war ein Inder. Mein Inder. Von Tal. Er sagte: »Ich hab grad einen Krankenbesuch gemacht, jetzt fahr ich zurück nach Tal. Kann ich dich mitnehmen?«

»Ja, prima, das passt …«

Ich hätte heulen können. So ein bisschen Glück wirft einen um, wenn man grad kurz vor dem Ableben war.

An der Zufahrt zur Autobahn bei der Anschlussstelle Tal begegnete uns ein Auto. Es kam mir bekannt vor. VW Allrad. Neu wie aus dem Katalog. Er erinnerte mich an etwas. Es dauerte, bis mein Suchprogramm im Hirn anschlug.

Der VW Amarok Canyon vom Doktor. Ich hatte ihn zuletzt gesehen, aber nicht wahrgenommen, als ich von den Sanitätern abtransportiert wurde von der Praxis der Gesundbeterin.

Am Steuer erkannte ich den Doktor. Neben ihm saß eine Gestalt. Wahrscheinlich Johanna, seine Sprechstundenhilfe.

Hatte er schon wieder einen Notruf?

Etwas fiel mir an ihm auf.

Sein weißer Hemdkragen. Und wenn ich mich nicht ganz täuschte, seine Fliege.

So was von altmodisch!

Fuhren die beiden ins Theater nach Kempten?

»Don Giovanni« anschauen?

Mein indischer Kollege erzählte mir mit heller Begeisterung von der Gesundbeterin. Wie sie ihn geheilt hatte.

Der Rosenkranz baumelte hinter der Windschutzscheibe am Rückspiegel.

»Und es funktioniert, stellt dir vor. Rosenkranz statt Saufen. Und mir geht's besser.«

»Gut für dich«, sagte ich.

»Mit der kann man richtig gut reden. Sie hat so eine beruhigende Wirkung!«

Stimmt. Deshalb saß ich bei ihm im Auto. Heim vom Krankenhaus.

Ich sagte: »Vielleicht sollt ich auch mal zu ihr gehen.«

»Hast ein Problem, gesundheitlich?«

»Ja, mein Meniskus ist hin. Und operieren lassen trau ich mich nicht.«

»Dann geh doch zu ihr. Sie hilft dir bestimmt.«

»Vielleicht.«

Schweigen.

Er fragte: »Stimmt was nicht?«

»Nix stimmt.«

»Warum, was ist los?«

»Ich komm einfach nicht weiter … mit meinen Ermittlungen … weißt schon … das Konto und das Geld, das verschwunden ist … und mit der Gesundbeterin, die verschwunden ist und dann wieder aufgetaucht ist …«

»Vielleicht taucht das Geld auch wieder auf?«

Ich schüttelte den Kopf, sagte: »Wie soll das gehen? Dass einer daherkommt und sagt: Hier, ich hab fünf Millionen gefunden, krieg ich einen Finderlohn?«

»Das tät mich auch interessieren, mit dem Geld ... Aber in der Sparkasse heißt es immer nur ›Datenschutz!‹«

»Vielleicht war es ein geheimes Nummernkonto. Was die Schweizer können, können die Allgäuer schon lang.«

»Dann brauchen wir nur noch die Nummer.«

Er war offenbar nicht uninteressiert an der Sache. Am Geld.

Ich sagte: »Wir könnten uns ja den Finderlohn teilen, wenn wir das Geld finden. Geld heilt Heimweh.«

Oh, hatte ich mich jetzt verplappert?

Ich hatte ja eine Nummer, aber ich wusste nicht, was sie bedeutete. Die Nummer aus der Praxis von der Gesundbeterin.

Er sagte, misstrauisch: »Wieso Heimweh?«

Ich sagte: »Du hast doch gesagt, wie wir am Sonntag nach der Messe beieinander waren: Durst ist schlimmer als Heimweh. Da hab ich denkt, wirst ja auch a bissle Heimweh haben.«

»A bisserl ... nach Weihenstephan ...«

»Und nach Indien und der Mutter Teresa ...?«

Seine Augen glänzten. Feucht.

»Schon ...«

Ich sagte: »Weißt du, ich weiß, was Heimweh ist. Ich war mal über zehn Jahre im Ausland ...«

»In Indien?«

»Nein, in Australien. Ich war zuständig für die heimwehkranken Auswanderer. Dachte nie, es würde mich auch erwischen. Dann sitz ich eines Abends vorm Fernseher, ganz locker, mit einem Glas Chardonnay aus dem Hunter Valley, und da kommt so ein Werbespot. Eine Maschine der Lufthansa fliegt über die schneebedeckten Alpen in der kitschigen Abendsonne ... und auf einmal heul ich los wie ein Schlosshund, denk: Spinnst jetzt ... Und ich hab gewusst: Jetzt hat's mich auch erwischt, das Heimweh.«

Er schniefte, sagte: »Mir geht's immer so, wenn ich Curry riech. Curry haut mich um. Weißwürst oder Leberkäs oder Kässpatzen machen mir kein Heimweh, aber der scheiß Curry.«

Es war dunkel geworden. Wir fuhren durch die Hauptstraße in Tal.

Eine Gestalt überquerte die Straße, mein Heimwehfreund musste jäh abbremsen.

»Die Johanna!«, sagte er.

Und ich dachte, ich hätte sie beim Doktor im Auto auf dem Weg nach Kempten gesehen.

Ich sagte: »Die lebt gefährlich!«

Er sagte: »Ich fahr dich noch schnell nauf auf deine Alm.«

»Dank dir. Gruß von meinem Meniskus, der bedankt sich auch!«

Er sagte: »You're welcome.«

Wir lachten.

Oben angekommen, sagte ich: »Kommst noch rauf, aufn Obstler?«

Er antwortete: »Aufn Obstler nicht. Aber auf einen Rosenkranz gern.«

Am nächsten Morgen war ich um neun Uhr früh schon in Kempten.

In der Praxis von der bekannten Gynäkologin Dr. Marie Curie.

Vertrauensärztin vom Bistum Augsburg. Und Pro Familia.

Die junge Sprechstundenhilfe wäre besser Model geworden. Siebzehn Jahr, blondes Haar. Rote Lippen. Blendend weiße Beißerchen. Wonderbra unterm weißen Kittel. Sie schaute mich von oben bis unten an, sagte: »Ja?«

Ich sagte: »Ich muss die Frau Doktor sprechen. In einer dringenden Angelegenheit.«

»Das geht nicht. Haben S' denn einen Termin?«

»Ja.«

»Für wann?«

»Für jetzt.«

»Da steht aber nix in unserem Terminkalender drin.«

»Dann schreiben S' halt was rein. Hier ist meine Karte.«

Ich zückte möglichst professionell meine Karte, die ich noch von meinem ersten Fall hatte, vor zwei Jahren. Darauf stand »Dr. Emil Bär. Consultant Bistum Augsburg«.

Sagte: »Zeigen S' bitte der Frau Doktor die Karte.«

Sie verschwand in der Ordination.

Kam wieder raus.

Hinter ihr her die Frau Dr. Curie.

Sie sah mich, sagte: »Sie?«

Mit einem Ton von »Sie – nicht schon wieder!«. Dabei waren das schon zwei Jahre seit unserem letzten Rendezvous. Damals ging es um einen Aidstest.

Ich sagte: »Es ist dringend.« Und mit einem Blick auf das Model mit Wonderbra im weißen Outfit: »Und vertraulich.«

Die Frau Doktor ging in ihr Behandlungszimmer, ich folgte in ihrem Windschatten. Sie schloss die Tür. So ein Trumm wie die Eisentür hinter dem Rollschrank von der Gesundbeterin. Schalldicht.

Sie bot mir einen Platz an. Nein, sie wies mir einen Platz an. Eigentlich zeigte sie nur auf einen Stuhl.

Zum Glück nicht auf den gynäkologischen Stuhl.

Das Folterinstrument für die moderne Frau.

Lieber noch Prostata als in so einen Stuhl hineinmüssen.

»Ja?«

»Ja?« war wohl die übliche Gesprächseröffnung in der gynäkologischen Praxis.

Ich sagte: »Ich hab da einen schwierigen seelsorgerlichen Fall.«

Sie sagte: »Ich bin Gynäkologin.«

Als hätte ich das nicht gewusst. So dement war ich wirklich noch nicht. Aber vielleicht sah ich schon so aus.

Als ich zum ersten Mal meine Mutter im Pflegeheim besuchte, fragte die junge Krankenschwester: »Sind Sie der Mann von ihr?« Für Mädchen mit zwanzig sehen wohl alle Menschen über dreißig gleich alt aus. Ich sagte: »Nein, der Enkel.« Sie ließ mich in Ruhe.

Ich sagte zu Dr. Curie: »Das passt ja dann zusammen. Seelsorge in einer gynäkologischen Sache.«

Sie, mit einem Blick auf die Uhr: »Um was geht's?«

»Es geht um ein Mädchen, vielleicht im Alter Ihrer Sprechstundenhilfe. Die ist schwanger …«

Erschrocken: »Meine Sprechstundenhilfe?«

»Nein, ein Mädchen im Alter Ihrer Sprechstundenhilfe.«

Beruhigt: »Schwanger – das sind viele in dem Alter.«

»Und sie sagt, ihr Vater erschlägt sie, wenn er das erfährt.«

»Das sagen alle Väter hier in der Gegend.«

»Aber das Heikle ist, warum er sie erschlagen will …«

»Warum?«

Ich musste jetzt überzeugend lügen, sagte geheimnistuerisch: »Weil … hm … der Vater von dem Kind, das kommt … es ist nicht auszuschließen, dass es sich um einen …«

»… um einen Geistlichen handelt?«

»Woher wissen Sie …?«

»Glauben S' vielleicht, das kommt hier zum ersten Mal vor? Warum geht das dumme Ding nicht zu einem von den vielen Salbadern, die das Ding wegmachen?«

»Das macht keiner mehr … in dem Zustand …«

»Monat?«

»Vierzehnte Woche.«

»Oh … das ist wirklich heikel …«

»Und ich dachte mir, da wär das Mädchen am besten bei Ihnen aufgehoben … mit Ihrer Expertise … Erfahrung … und als Vertrauensärztin vom Bistum.«

Die Frau Doktor wirkte ärgerlich, sie stand auf, ging auf und ab, überlegte, sagte: »Diese scheiß Mannsbilder, warum lassen die sich nicht gleich kastrieren, wenn sie den Job schon machen müssen, die Vollpfosten … Zölibat … Den hat der Teufel erfunden, den Zölibat.«

Ich sagte: »Ich kann mir da kein Urteil erlauben, ich bin protestantisch.« Dachte: Und lebe auch wie ein Zölibatsknacker.

»Das hilft mir auch nix«, raunzte Dr. Curie. »Sagen Sie ihr, sie soll die nächsten Tage kommen. Und es niemand erzählen.«

Ich hätte sie umarmen können. Sagte: »Meine Verehrung, gnädige Frau. Ich wusste, Sie verstehen.«

Den Handkuss ließ ich lieber sein.

Verdrückte mich.

Die Frau Doktor war schon am Telefonieren.

Auf einen Sprung

Der Typ vom Schlüsseldienst in Kempten hatte keinen Bock, nach Tal zu kommen.

»Das ist eine weite Anfahrt. Da müsste ich das Doppelte berechnen.«

»Das Doppelte von was?«

»Innerhalb von Kempten kostet die Anfahrt siebzig Euro.«

»Gut. Dann berechnen S' halt das Doppelte. Hundertvierzig Euro. Und die Tür aufmachen, was wird das wohl kosten?«

Er sagte: »Es kommt auf die Tür an. Und auf die Zeit, wie lang ich brauch.«

»Es ist eine Eisentür. Wie im Keller. Zum Feuerschutz.«

»Solang es kein Banktresor ist …«

Ich sagte: »Das ist dann vielleicht das Nächste.«

Er lachte nicht. Es war auch kein Witz.

Ich musste noch rauskriegen, welchen Banktresor er knacken sollte.

In welcher Bank.

Ich wusste nur den Inhalt: fünf Millionen.

Aber eines nach dem anderen.

»Also morgen früh um acht. Biselalm. Die ist …«

»Das weiß ich schon, wo die ist. Wenn man beim ›Schwarzen Adler‹ nauffahrt bis zur Höhe.«

»Genau da ungefähr!«

Bevor ich zur Alm hinauftuckerte, machte ich noch einen kurzen Sprung hinein zur Johanna.

Johanna, die Messnerin vom Hochwürden Ashutosh Gandhi, die Sprechstundenhilfe vom Doktor von Tal und die Lebensgefährtin von der Toni, deren verstorbener Mann auch Toni geheißen hatte, der Metzger a. D. Ich hatte ihn auf dem Gewissen.

Vielseitig war sie, die Johanna. Vielseitig verwendbar. Ein Knaller in Multitasking.

Ich läutete an der Arztpraxis.

Das Türschloss summte, ich drückte die Tür auf.

An der Rezeption saß die Johanna. Sagte: »Du?«

»Ja, i.«

»Der Doktor ist weg.«

»Ich wollt eigentlich mehr zu dir.«

»Zu mir?«

»Ja, zu dir.«

Ich zog ein Päckchen mit blauem Geschenkpapier und roter Schleife aus der Tasche.

Sie kriegte große Augen.

Ich sagte: »Der kleine Theo hat doch morgen Geburtstag, und ich hab mir denkt …«

Das Gesicht geriet ihr außer Kontrolle.

Sie strahlte für einen kurzen Augenblick.

»Dass du da dran gedacht hast … sonst …«

»Ich weiß, letztes Jahr hab ich es nicht geschafft. Tut mir leid … Du weißt ja … ich bin dekompensiert.«

»Was … was redest da von Kompost?«

»Abgestürzt bin ich halt.«

»Versoffen.«

»Genau, aber jetzt bin ich wieder fit wie ein Pfingstochs …«

Wieder kam ihr ein Lächeln aus.

Ich reichte ihr das Geschenk in Geschenkpapier mit Schleife. Sagte: »Gib's ihm morgen zum Geburtstag.«

»Dankschön!«

Ich tat, als wollte ich gehen, drehte mich um und, wie ich es bei Columbo vor Jahrzehnten gesehen hatte, erstarrte in der Drehung, hielt inne, langte mir an die Stirn, sagte: »Ach ja, übrigens, also wenn man's genau nimmt mit dem Geburtstag, sollte ja die Mutter vom Geburtstagskind was geschenkt kriegen. Weil die das ganze G'frett hat … Und da hab mich mir denkt … ah … ähh …«

Ich wurde verlegen, holte ein zweites Geschenkpäckchen aus der anderen Tasche, sagte: »Für dich, zum Geburtstag vom Theo.«

Ihr Bub hieß Theo. Nach seinem Vater. Dem Theodor Amadagio. Dem Priester. Gott hab ihn selig.

Sie öffnete den Mund, lautlos, ihre Augen füllten sich mit Tränen. Sie schluckte.

Ich sagte: »Scho recht. War halt so eine Idee. Seit ich nimmer sauf, kann ich wieder denken.«

Sie fand ihre Sprache wieder, sagte: »Spinnst jetzt?«

Allgäuer Charme.

Ich wandte mich noch mal zum Gehen. Machte noch mal den Columbo, sagte: »Wo ist er denn, der Doktor?«

»Weiß ich nicht. Er hat gesagt, er ist weg und kommt erst abends wieder. Er ist ja nicht recht gesprächig in letzter Zeit. Außer dass er ab und zu nach dir fragt. Wie's dir geht.«

»Dafür fährt er wohl mehr in der Gegend rum. Gestern Abend hab ich ihn auf dem Weg nach Kempten gesehen. Weißes Hemd, Fliege. Und ein Weib neben sich …«

Eine senkrechte Stirnfalte erschien zwischen ihren Augenbrauen.

»Ein Weib? Da weiß ich ja gar nix davon … Welches Weib?«

»Hab ich nicht gesehen. Zuerst hab ich gedacht, du bist es …«

»Mich nimmt er da nicht mit … auf seine Ausflüge.«

»Vielleicht ist er auf Freiersfüßen?«

»Das kann ich mir nicht vorstellen … Obwohl, geistesabwesend, wie er in letzter Zeit ist … also wie ein Teenager … Ja, er ist viel weg … wahrscheinlich am Klinikum in Kempten. Da hat er manchmal zu tun.«

Ich dachte, da schau her, die Johanna ist eifersüchtig. Sie kann einfach nicht denken, dass ihr Dr. Siegwart Semmelweis noch andere Lebensfreuden hat, als Rezepte gegen Hämorrhoiden auszustellen. Ober Überweisungen zur Arthroskopie, die dann im Mülleimer landen. Ich sagte: »Wahrscheinlich.«

Ich wandte mich ein drittes Mal zum Gehen.

Sie sagte: »Also … dankschön … Em … em Theo geht's ganz gut.«

Noch einen letzten Columbo, im Umdrehen, mein Herz klopfte am Hals: »Wennst Lust hast, kannst ja einmal raufkommen, auf die Alm. Auf einen Kaffee …«

Sie hustete, langte sich an den Hals, sagte: »Ich trink kein Kaffee …«

Ich sagte schnell: »Ich hab auch keinen … da oben … Kannst ja trotzdem kommen! Wir finden schon was zum Trinken.«

»Vielleicht.«

Ich sagte schnell: »Pfüadi, dann!«

Bevor sie es sich anders überlegen konnte, war ich draußen.

Steckte den Zündschlüssel ins Schloss, drehte.

Das Auto machte einen Satz wie ein Bock und soff sofort ab.

Ich war so verdattert, dass ich mein eigenes Auto nicht starten konnte. Wie der letzte Anfänger. Mit siebzehn …

Mit siebzehn hat man noch Träume …

»Vielleicht« hat sie gesagt. Vielleicht ist definitiv NICHT nein.

»Vielleicht« ist Absolution. Evangelium. Geburtstag. Weihnachten.

Ich sperrte die Alm auf.

War im Kopf noch immer bei der Johanna in der Praxis.

Ich machte den Kühlschrank auf, griff nach der Flasche Obstler, fasste ins Leere, sagte: »Scheiße!«

Schüttete mir ein Glas Wasser hinunter, nahm den Rosenkranz vom Kruzifix, hockte mich in meinen Sessel, begann: »Gegrüßet seist du, Johanna, voll der Gnaden. Der Herr ist mit dir. Du bist gebenedeit …«

Kam durcheinander.

Fing den Rosenkranz dreimal von vorn an …

Dachte: Ich bin doch nicht besoffen.

Oder doch?

Aber nicht vom Obstler.

Alles in Buddha

Um sieben war ich schon im Kaufhaus von Tal.

Frische Brezn kaufen.

Viel mehr gab's da auch nicht.

Zu Fuß.

Springen konnte ich nicht mehr. Meniskus.

Vor dem Doktor seiner Praxis standen schon Autos.

Ich sollte ihn noch mal wegen meines Knies fragen.

Aber ich genierte mich wegen meiner Panikattacke in der Röhre.

Außerdem hatte ich für acht Uhr den Tresorknacker aus Kempten bestellt.

Zum Frühstück gab es heute Butterbrezn.

Gibt's normal nur am Sonntag.

Wegen meiner feschen Linie.

Aber mein Nervenkostüm war von meinem Gesundbetereinsatz mit Curare so dünn geworden, dass ich was Handfestes für die Nerven brauchte.

Butter.

Eigentlich mehr für die Seele.

Aber für die ist Butter auch gut.

Um acht hupte es vor meiner Alm.

Ich humpelte die Treppen runter, hockte mich auf den Beifahrersitz vom Schlüsseldienstauto.

Der Schlüsseltechniker war nicht von der gesprächigen Sorte.

Jedenfalls nicht in der Früh.

Musste eine Eule sein. Keine Lerche.

Wir fuhren auf dem Schotterweg, so weit wir konnten, gingen die letzten zehn Minuten zur Hütte der Gesundbeterin.

Sie war verschlossen.

Wer hatte sie verschlossen? Ein Gespenst?

Gut, dass der Handwerker so maulfaul war. Stellte keine Fragen. Probierte von seinem Schlüsselbund ein paar Schlüssel aus, und schon sprang das Vorhängeschloss auf.

Ich sagte: »So, jetzt kommt die Hauptsache.«

Er sagte nichts. Er war verschlossen. Eben ein Schlosser.

Ich rollte den Rollschrank auf die Seite.

Sagte, völlig überflüssig: »Die Tür da. Da hab ich den Schlüssel verloren.«

Interessierte ihn nicht. Gott sei Dank.

Er fummelte an die fünfzehn Minuten rum, wurde richtig gesprächig, sagte, nicht zu leise: »Was ist denn das für ein Hurenglump! So eine alte Tür, und so ein scheißmodernes Schloss. Da wird normal gar kein Schlüssel nachgemacht ohne amtliche Genehmigung ... Das Sauglump, das verreckte ... Solchene Dinger machens normalerweise in eine Sparkasse ... oder ins Krankenhaus ... oder ins Stadttheater.«

Ich sagte: »Ham gewiss Sie gemacht, weil S' das so genau wissen ... Die Sparkasse, das Krankenhaus, das Stadttheater.«

Er sagte: »Das Stadttheater hab ich nicht gemacht. Den Auftrag hat mir die Konkurrenz weggeschnappt. Die Gauner ... Aber das Klinikum und die Sparkasse in Kempten, die hab ich verschlüsselt. Mordsauftrag ... Aber dass man in so ein Scheißhaus wie hier so ein teures Ding einbaut ... das versteh ich nicht.«

Er hantierte und schimpfte weiter. Dann die Offenbarung. Er verkündete: »So!«

Das hieß wohl: Arbeit getan.

Ich drückte die Klinke, und die Tür ging auf.

Ich sagte: »Ich schau bloß geschwind hinein, bin gleich wieder da.«

Er sagte: »Dann muss ich ja warten ...«

»Ja, bittschön, dann fahr ich gleich wieder mit Ihnen zurück zur Alm.«

Der wahre Grund war: Ich wollte auf keinen Fall allein in der Hütte sein. Hatte Angst, dass schon wieder eine Gesundbeterin mit einem Giftpfeil auftauchte. Der Handwerker war mein Bodyguard. Das sagte ich ihm natürlich nicht. Sonst hätte er mir auch noch eine Stunde »Bodyguard« in Rechnung gestellt.

Er schaute grantig: »Aber dass das keine Lebensstellung wird hier ... sonst muss ich noch eine Stunde mehr berechnen.«

»Keine Sorge. Zwei Minuten!«

Ich ging hinein, und fast hätte es mich die Treppe hinuntergehauen.

Sie führte relativ steil zu einer weiteren Tür, die aber nicht versperrt war.

Ich öffnete die Tür, schaute und verfiel in Schnappatmung.

Sagte laut: »Ja mi leckst am Arsch!«

Ich dachte, ich steh in der Praxis von der Dr. Curie in Kempten:

Alles blitzsauber.

Regale mit Medikamenten, Instrumenten.

In der Mitte:

Ein gynäkologischer Stuhl.

Aha!

Ich schaute mich geschwind um.

In einem Regal stand eine Geldkassette. Von der Stadtsparkasse Kempten.

Sie war nicht versperrt.

Ich klappte sie auf: leider kein Geld drin.

Teebeutel.

Musste wohl Gesundheitstee sein.

Ich roch.

Die Beutel rochen nicht nach Tee.

Sie rochen nach nichts.

Ich riss einen auf.

Der Tee war weiß. Schaute aus wie Mehl oder Backpulver.

Schmeckte daran.

Aha!

Weihrauch!

Von oben eine Stimme:

»Ja, was ist denn … Zwei Minuten … Ich will hier keine Wurzeln schlagen, gell!«

»Bin schon auf dem Weg!«, schrie ich, steckte eine Handvoll Teebeutel in die Hosentasche, noch eine Handvoll in die Jackentasche, ließ den Rest in der Kassette, damit es nicht sofort nach Einbruch und Diebstahl aussah, eilte hinauf, zog die Eisentür hinter mir zu.

»So«, sagte ich.

Der Klempner wandte sich zum Gehen.

Ich sagte: »Können S' wieder absperren?«
»Wieso?«
»Zur Sicherheit«, sagte ich.
War nicht gelogen. Absperren war meine Lebensversicherung. Wenn die Inhaberin dieses Etablissements merkte, dass die Tür offen war und dass ich da war, hätt ich ausgeschissen.
Was den Handwerksmann natürlich nichts anging.
Er sagte: »Versteh ich nicht!«
Ich sagte: »Trotzdem. Bitte schließen S' zu.«
»Das kostet aber extra!«
»Schon recht. Setzen Sie alles auf die Rechnung.«
Wahrscheinlich war die Rechnung teurer, als wenn ich gleich das ganze Anwesen gekauft hätte. Aber von wem?
»Wissen S', ich hab noch einen Ersatzschlüssel bei meiner Mutter in Augsburg …«, log ich. »In ihrem Bett unterm Kopfkissen. Im Pflegeheim.«
Es war eine Halblüge. Ich hatte eine Mutter im Pflegeheim, aber keinen Ersatzschlüssel.
Er schaute mich an, abschätzend, sagte: »Muss aber schon ein schönes Alter haben, Ihre Mutter.«
Arsch!
Ich sagte: »Ja, fünfundsechzig!«
Ich sah, wie es in seinem Kopf rechnete.
Er schüttelte den Kopf.
Im Rechnungstellen war er besser als im Kopfrechnen.
Er verschloss die Tür wieder, ich rollte den Rollschrank davor, klickte das Vorhängeschloss außen wieder ein.
Er schaute auf die Uhr.
Ich sagte: »Ja, isch ja recht. Noch eine Arbeitsstund mehr!«
Er setzte mich vor der Alm ab, grüßte: »Die Rechnung kommt per Post!«
Ich hockte mich auf die Bank vor der Alm.
Gut, dass ich eine Butterbrezn zum Frühstück gegessen hatte.
Meine Nerven brauchten Nahrung.
Mein Hirn auch.

Hochsitz

Am Mittwochnachmittag trieb ich mich bei der Hütte der Gesundbeterin rum. Ich glaubte nicht, dass sie kam.

Aber man kann ja nie wissen.

Ich glaubte, die junge schwangere Frau käme, die Vroni vom Geisenhof.

Ich dachte, vielleicht kommt der schwarze Arierbursche von der Wehrsportgruppe Allgäu, der Mannfred.

Ich wusste: Die Gesundbeterin, die bis jetzt da war, kommt nicht.

Das war ich.

Ich war wieder Mann. Breitbeinig. Stoppelbärtig. Kurzhaarig.

Allerdings wieder verkleidet.

Ich trug einen Hausmeistermantel und einen Rentnerhut.

Wie der Erwin Pelzig alias Frank-Markus Barwasser aus Franken. »Neues aus der Anstalt«. Ich war bald reif dafür. Für die Anstalt.

Aber ich konnte nicht stundenlang da rumlungern. Den Wanderer spielen.

Die Lösung stand vor meinen Augen.

Ein Jägerstand.

Neu.

Mit Holz umbaut.

Eine echte Luxushütte.

Ich kletterte hinauf. Konnte sehen, ohne gesehen zu werden.

Sah.

Natur.

Natur pur.

Ganz schön langweilig auf so einem Jägerstand.

Dann sah ich ein junges Mädchen daherkommen.

Mit dem schwangeren Gang.

Ich stieg vom Hochsitz runter, spurtete zur Hütte.

Sie war verschlossen.

Lehnte mich ans Gatter.

»Ist die Gesundbeterin da?«, fragte das Mädchen.

Ich sagte: »Nein. Sie kann heut nicht. Aber ich bin der Hausmeister von der Gesundbeterin. Sie hat mir gesagt, dass du wahrscheinlich kommst. Sie hat mir was aufgeschrieben. Ich soll es dir geben.«

Ich reichte ihr eine Karteikarte. Sagte: »Da steht der Name und die Adresse von einer Doktorin drauf. In Kempten. Geh morgen früh zu ihr hin. Die kann dir helfen.«

»Mit Gesundbeten?«

»So was Ähnliches. Sag, du kommst vom Bär.«

»Wer ist der Bär?«

»Ich bin der Bär. Die Doktorin weiß dann schon, was los ist. Sie hilft dir dann.«

»Aber wenn jemand erfährt …?«

»Es wird niemand was erfahren. Deshalb schickt dich ja die Gesundbeterin zu der Doktorin. Und du haltst auch dein Maul. Niemand was sagen! Keinem Menschen. Sonst erschlagt dich der Blitz aufm Scheißhaus!«

Sie schaute, als hätte sie so was noch nie gehört. Ich erklärte: »Chinesische Bauernweisheit.«

Sie schaute mich an, als hätte sie einen Irren vor sich.

Ich sagte: »Hast die Rosenkränz gebetet?«

»Ja, ganz viele.«

»Da schau, und es hat geholfen …«

»Wann kommt denn die Gesundbeterin wieder?«

»Wennst das nächste Mal schwanger bist, bis dahin wirds schon wieder da sein. – So, und jetzt geh. Und halt dich a bissle zurück in der katholischen Landjugend. Und sag ja nix von der Landjugend, wenn dich die Doktorin fragt. Wenn sie dich fragt, wie du schwanger geworden bist, halt einfach den Mund und fang an zu heulen. Kein Wort. Sonst behandelt sie dich nicht.«

»Warum?«

»Frag net so dumm. Tu, was ich dir sag. Weil's die Gesundbeterin gesagt hat. Also, was machst, wenn die Doktorin dich fragt, wie du schwanger geworden bist?«

Sie sagte nichts, schaute auf den Boden und fing an zu heulen.

Ich sagte: »Respekt, du bist ganz schön hell auf der Plattn. Um dich braucht mir nicht angst sein. Pfüadi.«

Sie hörte sofort auf zu heulen, schaute mich an, sagte: »Pfüadi. Und sag an Gruß an die Gesundbeterin. Und dass ich ihr so dankbar bin. Ich bet gleich heut Abend einen Rosenkranz für sie!«

»Sag ich ihr.«

Ich drehte mich um. Sie brauchte ja nicht zu sehen, dass mir eine Träne durch meinen stoppligen Bart runterlief. Die Vorstellung, ein junges Mädchen würde für mich einen Rosenkranz beten, haute mich um. Sie könnte meine Enkelin sein. Das arme Ding. Mir war doch angst um sie.

Am liebsten hätt ich sie adoptiert.

Ich zog mich wieder auf meinen Hochsitz hinauf. Wie die kleinen Schreier in den Restaurants. Babys im Hochsitz.

Im Gegensatz zu den verzogenen Kleinkindern, der Zukunft des deutschen Volkes, schwieg ich, blieb still, ganz stille.

Ich traute mich nicht einmal zu furzen.

Geschweige denn zu husten.

Anstrengender Job, jagen im Hochsitz.

Ich wusste, wer kommen musste: der deutsche Kämpfer. Der brauchte seinen Weihrauch.

Ich hörte ihn schon von Weitem. Mit seinem Motorrad. Ein lauter Stinkapparat. Dem Missklang nach war er getunt.

Er kam.

Etwas breiter Gang. Dafür waren die Augen nur noch gelbgrün, nicht mehr schwarzblau.

Ich brachte mich in Stellung. Hinter einem Baum. Beobachtete ihn.

Er rüttelte am Gatter, kletterte drüber. Alle Achtung, bei der Figur hätte ich ihm das nicht zugetraut.

Er hämmerte an die Tür.

Ich trat hervor, sagte: »Die Gesundbeterin ist nicht da. Sie hat heut frei.«

Er drehte sich um, erblickte mich, hielt sich sofort die Hände vor seine Eier, wie die Fußballer beim Freistoß, sagte: »Nein …«

Ich sagte: »Doch. Ich bin's. Der schnelle Opa vom Grünten. Den du in die Flucht geschlagen hast. Aber das ist vorbei. Vergessen, vergeben, vorbei. Wenn die Zeit reif ist, komm ich darauf zurück. Ich bin nicht nachtragend, aber ich vergess auch nix.«

Er sah aus, als wolle er jeden Augenblick auf die Knie fallen und mich anbeten.

Ich sagte: »Die Gesundbeterin ist heut nicht da. Sie hat Urlaub genommen. Aber sie hat mir gesagt, dass du Weihrauch brauchst für deine Oma im Pflegeheim.«

»Ja, dringend.«

»Stimmt das überhaupt mit deiner Oma? Oder kokst du nur selber?«

»Bei uns in der Wehrsportgruppe Allgäu ist Koksen verboten. Überhaupt Rauschgift. Wir dürfen nur dealen. Und nur an die Ausländer.«

Ich sagte: »Wieso nur an die Ausländer?«

»Um die ist es nicht schad.«

»Für euch Nazis sind das wohl Untermenschen.«

»Wir sind keine Nazis!«

»Und was soll dann die Arbeitsdienstkluft mit dem Gürtel an der Wampe ›Unsere Ehre heißt Treue‹ und das Hakenkreuz am Revers und die Wehrmachtshelme und der ganze Zirkus?«

»Wir sind keine Nazis, und wir sind nicht ausländerfeindlich. Wir sind für Ausländer, die anständig sind und arbeiten und Deutsch lernen und die uns nicht abzocken. ›Wer betrügt, der fliegt!‹«

»Also doch Nazis!«

»Nein, CSU. Es kommen einfach zu viele Ausländer, die aufs Sozialamt rennen und sich hint und vorn versorgen lassen. Schau, meine Oma hat fünfundvierzig Jahr schwer gearbeitet als Bedienung im ›Engelbräu‹ in Rettenberg drüben, und heut reicht's nicht einmal für ein ordentliches Pflegeheim.«

»Wenn du nicht drauflegen tätst …«

»Genau. Und schau dir die ausländischen Zigeuner aus Bulgarien und Rumänien an, und alle andern, die kommen, die kriegen gleich eine Sozialwohnung und Stütze, und drei Wochen später steht ein Mercedes vor der Tür …«

»Das übliche Vorurteil. Nur einer von zehn kriegt Stütze. Die anderen neun arbeiten, und von den Steuern von den neun können wir leicht die Stütze für den einen zahlen. Und wer, glaubst du, wischt deiner Oma jeden Tag ihren alten Arsch aus? Hast dich schon mal im Pflegeheim umgeschaut, wer da arbeitet für einen Hungerlohn? Ausländer. Außerdem: In den Wohnungen, wo die wohnen …«

»… und den Abfall von den Balkonen werfen …«

Ich ließ mich nicht unterbrechen: »… tät kein Deutscher wohnen wollen. Und die Ausländer, die halten halt zusammen, die ganzen Sippen, und da kommt man halt zu was, wenn man zusammenhält …«

Er unterbrach mich aufgeregt: »Und kiffen und koksen den ganzen Tag … auf unsere Kosten!«

»… und zahlen dir für den Weihrauch, damit deine Oma in einem ordentlichen Pflegeheim sein kann. Außerdem: Du und deine arischen Freunde, ihr werdet auch nicht mit Adelholzener Mineralwasser feiern und Halleluja singen. Ihr seid doch keine Engel. Wahrscheinlich sauft ihr wie die Löcher.«

»Engelbräu«, sagte er. Kleinlaut. »Ist gut für die Allgäuer Wirtschaft.«

Ich sagte: »Dann ist noch Hoffnung da.«

»Warum? Versteh ich nicht.«

»Ich erklär's dir später. In welchem Pflegeheim liegt denn deine Oma?«

»Glaubst mir nicht?«

»Ich glaub dir. Deshalb will ich's ja wissen. Glauben heißt nicht wissen. Ich will's aber wissen.«

»Im Marienheim von der Caritas. In Kempten. St. Mang.«

Ich reichte ihm einen Teebeutel.

»Hier ist der Weihrauch von der Gesundbeterin.«

Er nestelte aus seiner Hosentasche den Fünfhundert-Euro-Schein, der mir das Leben gerettet hatte, hielt ihn mir hin.

Ich sagte: »Behalt dein Geld. Zahl damit die Pflege für deine Oma.«

Legte ihm die Hand auf die Schulter. Sagte: »Bist ein guter Kerl!«

Er weinte. In einer Hand den Teebeutel, in der anderen fünfhundert Euro.

Jesus wept.

Am liebsten hätte ich ihn verprügelt und dann adoptiert.

Verprügelt hatte ich ihn schon.

Er steckte Weihrauch und Geldschein ein.

Wollte gehen.

Ich sagte: »Du hast doch so ein … Dienstleistungsunternehmen … ich hab es ja auf dem Grünten genossen. Ist noch verbesserungsfähig. Aber sag mal, wenn ich mal so eine Art Dienstleistung bräuchte, wär das möglich?«

»Ja, natürlich.«

»Und wie komm ich da dran? Hast mir eine Telefonnummer?«

»Das geht alles über unsern Kommandanten.«

»Und hat der eine Telefonnummer?«

Er gab mir eine elfstellige Mobilnummer.

Ich sagte: »Und wenn ich dich direkt anstellen möchte, ohne deinen Kommandanten?«

»Darf ich nicht. Streng verboten.«

Na dann eben nicht. Aber ich krieg dich schon.

Ich sagte: »Deine Oma, die ist doch im Marienheim von der Caritas.«

»Ja.«

»Und wie heißt eigentlich deine Oma?«

»Maria.«

»Wunderschöner Name. Maria … Maria … wie noch?«

»Margreiter.«

»Dann heißt deine Mutter auch Margreiter.«

»Ja, klar.«

Klar, jetzt wusste ich, wie er hieß.

Und wie ich ihn kontaktieren konnte.

Er knatterte auf seinem Luftverschmutzer davon.

Mit Stahlhelm auf der Birne.

Wehrsportgruppe Allgäu.

Lolita

Ich war wieder in der Kreissparkasse in Tal.

Die Dame am Schalter mit dem Namensschild »L. Loible« war wiederhergestellt nach dem Notarzteinsatz, den ich als Gesundbeterin verursacht hatte.

Ich sagte: »Grüß Gott, ich war schon einmal da … wegen der Spende … an die Kirche.«

Sie war grob unfreundlich, sagte: »Ich weiß, ich hab Ihnen doch gesagt, dass das nimmer geht. Es gibt kein Spendenkonto.«

Eine Basta-Ansage.

»Deshalb bin ich auch nicht hier. Wissen S', ich krieg die nächsten Tag eine Lebensversicherung ausgezahlt, und dafür will ich ein Konto einrichten. Ich will aber nicht, dass unser Räuberstaat da gleich kommt und Steuern abzieht. Ich will, dass mein Name gar nicht auftaucht und dass ich die achtzigtausend Euro gleich in bar haben kann und das Konto wieder gelöscht wird … Könnten Sie mir da weiterhelfen, wie ich das anstellen kann?«

Sie war höchstens Anfang, Mitte vierzig, sah gut aus, gekonnt geschminkt. Füllig.

Aber unnahbar.

Sie war wohl schon vergeben.

Sie sagte: »Das geht nicht. Sie können schon ein Konto hier aufmachen. Dazu brauche ich Ihren Ausweis, und es geht auf den vollen Namen.«

Ich sagte: »Geht nicht auch ein Künstlername … irgendeiner … Madonna … oder Roy Black … oder Mutter Teresa … oder …«

Hinter ihrer Schminke wurde sie blass. Ihre Stimme bebte beherrscht, Brustatmung, als sie sagte: »Wie kommen S' denn ausgerechnet auf Mutter Teresa?«

»Einfach so … rein zufällig.«

»Also«, sie atmete wieder mehr aus dem Bauch, »da geht nix dran vorbei. Um den Ausweis und den Namen, der wo da draufsteht, kommen S' net rum!«

»Und mit dem Bargeld?«

»Wenn das Geld von der Versicherung angewiesen wird, erscheint es auf Ihrem Kontoauszug, wenn es auch nur einen Tag auf dem Konto ist. Oder eine Stunde. Und dann steht's halt geschrieben und ist in unserem Hauptcomputer …«

»Und der Hauptcomputer ist sicher verbunden mit dem Zweigstellencomputer hier …«

Ich deutete auf ihren Rechner.

»Ja, Sie brauchen da nicht extra nach Kempten hinein in die Hauptstelle. Aber die achtzigtausend Euro bar abheben … Da tät ich Ihnen abraten.«

»Warum?«

»Wenn S' überfallen werden und ham dann achtzigtausend Euro bei sich … und in Ihrem Alter … heutzutag.«

Ich sagte: »Am Sonntag auf dem Grünten, da hätten S' mich in meinem Alter sehen müssen. Mit vier Jungen hab ich's aufgenommen, und die machen heut noch in die Hos, wenns mich nur von Weitem sehen. In meinem Alter!«

Sagte ich natürlich nicht. Hätte ich aber gern.

Ich gönnte mir wenigstens noch eine Columbo-Nummer. Aus der Drehung heraus sagte ich: »Für was steht denn das L?«

»Was für ein L?«

»Auf Ihrem Namensschild.«

In ihren Augen blitzte es. *Das Auge ist das Licht des Leibes.* Matthäus 6,22.

Lächelnd sagte sie, langsam, mit Genuss: »Lolita.«

Meine Columbo-Aura verflog augenblicklich.

Ich starrte sie mit offenem Mund an.

»Künstlername!«, sagte sie.

Ich drehte schnell ab.

Mund zu Mund

Mittwochabend.

Ich saß vor der Alm.

Der Sonne beim Untergehen zuschauen.

Top-Programm.

Jeden Abend anders.

Die Himmel rühmen des Ewigen Ehre …

Neben mir ein frisches Adelholzener Mineralwasser.

Meine zwölfte trockene Woche. Allgäuer Festwochen. Trocken.

Abends beim Sonnenuntergang war es immer am schwersten.

Aber: Ich hatte einen Mordsrespekt vor mir.

War besser als besoffen sein.

Besoffen kam ich mir immer sehr groß vor. Bis zum andern Morgen. Blick in den Spiegel. Zum Kotzen.

Nein, trocken war besser. Taufrische Augen. Jeden Morgen.

Zur Sicherheit lag mein Rosenkranz neben mir.

»Heilige Maria, Mutter Gottes«, entfuhr es mir.

Aus dem Wald tauchte auf der schmalen Straße zur Alm eine Gestalt auf.

Kein Tourist.

Ich sah es daran, dass die Gestalt ohne Walkingstöcke ging.

Dem Gang nach war die Gestalt weiblichen Geschlechts.

Anmutig.

Aus der Gestalt wurde nach zwei Minuten eine Frau.

Im Dirndl.

Als würde sie spazieren gehen.

Blond.

Das Dirndl wohlgefüllt.

Jung.

Schätzungsweise Ende dreißig, höchstens vierzig.

Für einen jenseits der Fünfundsechzig-Schallmauer ist vierzig jung.

Das junge Ding winkte.

Ich schaute mich um, wem sie wohl winkte.

Niemand zu sehen.

Und den Kälbern auf den Weiden wird sie wohl nicht gewunken haben.

Nein, das ist doch nicht etwa die …

Mein Herz schlug auf einmal im Hals, hundertzwanzig, hundertdreißig, hundertvierzig …

Ich vergaß zu atmen.

Griff zum Rosenkranz. Als wäre das ein Rettungsring.

Ja, sie war es!

Johanna.

»Grüaß di!«, rief sie mir zu, als sie unter dem Apfelbaum am Weidezaun vorbeiging.

Ich stand auf, sagte: »Grüaß di. Das ist aber eine Überraschung. Welch ein Glanz in meiner Hütte.«

Johanna sagte: »Ich hab mir denkt, ich mach noch einen kleinen Spaziergang, und denk mir, gehst halt den Berg nauf, auf den See nunterschauen … und … so ein Zufall, da sitzt du vorm Haus.«

Ich sagte: »Ja, ich hock auch ganz zufällig hier. Hock dich halt her zu mir!«

»Aber ich will dich nicht aufhalten.«

»Du haltst mich nicht auf. Ich hab heut schon Feierabend gemacht.«

So dummes Zeug, was man halt redet, wenn man sich vorkommt wie ein Teenager.

Sie sagte: »Ich hab auch schon Feierabend gemacht. Mein Chef ist wie immer am Mittwochnachmittag weg, mit dem Auto, und kommt erst spät wieder zurück, wie immer.«

»Der Pfarrer?«

»Nein, mein anderer Chef, der Doktor.«

»Der hat ja eine umfangreiche Reisetätigkeit.«

»Ja, ich weiß auch nicht, wo er sich rumtreibt.«

Sie setzte sich neben mich auf die Bank.

Ich brachte ihr ein Sitzkissen.

Sie strahlte.

Ich sagte: »Magst was trinken?«

Sie sagte: »Ja, warum eigentlich nicht? Ein Mineralwasser …« Sie deutete auf das Adelholzener.

Ich fragte: »Bist du denn trocken?«

»Na, net direkt, ich trinkt sowieso nicht viel.«

»Ich hätt einen schönen Weißen. Einen Chardonnay aus Chile.«

Sie schaute so, als würde ihr weder Chardonnay noch Chile etwas sagen.

Ich ging in den Keller. Letzte Reserve.

Just in case.

Falls die Welt untergeht.

Nüchtern ist gut. Aber den Weltuntergang möchte ich nicht nüchtern erleben.

Ich stellte ein Glas vor sie auf den Plastikgartentisch, schenkte ihr Chardonnay ein, mir Adelholzener.

Sie sollte ruhig sehen, dass ich einen Willen hatte wie ein Allgäuer Stier.

Wir stießen an. Chardonnay mit Adelholzener.

Ich rückte ein Stückchen näher an ihre Seite.

Sie rückte nicht weg.

Ich sagte: »Wie geht das eigentlich, mit deinen zwei Chefs? Dem Doktor und dem Pfarrer?«

Sie sagte: »Die Toni kümmert sich mehr um den Pfarrer. Aber die zwei haben ja nix miteinander zu tun, der Doktor und der Pfarrer. Nicht wie früher, wo der Doktor und der Pfarrer viel beieinander waren.«

»Warens befreundet?«

»Weiß ich nicht. Jedenfalls ist der Doktor zweimal oder dreimal in der Woche abends beim Pfarrer gewesen.«

»Und was hams gemacht miteinander?«

»Das weiß ich nicht. Der Pfarrer hat mich immer weggeschickt. Ich hab nur gesehen, wie sie sich gegenübergesessen sind und Schach gespielt haben.«

»Schach?«

»Ja, warum net Schach? Ich hab dann immer eine Flasche Wein hingestellt und was zum Essen und rote Rosen, die waren ihm wichtig, und der Pfarrer hat dann jedes Mal gesagt: ›Dankschön, Johanna, das langt, wir kommen gut zurecht, du brauchst heut Abend nimmer vorbeischauen.‹«

»Ziemlich deutlich. Im Klartext: Schleich dich und lass dich nimmer sehen.«

»Also ... du sagst manchmal die Sachen so gradraus ... Der Pfarrer Messner, das war ein feiner Mann. Gebildet.«

Aha. Nicht so ein Rüpel wie ich. Was sollte ich darauf schon sagen? Ich sagte: »Schön, wie die Sonne untergeht ... immer wieder ...«

»Ja, wunderbar ...«

Mein rechtes Knie berührte ihr linkes.

Ich zog es nicht zurück.

Sie auch nicht.

Alles klar, dachte ich. Eindeutig. Konnte es aber nicht glauben. Die Johanna war ja schließlich schwul. Mit der Toni. Andererseits hatte sie auch Kinder ...

Die Knie blieben unter dem Plastikgartentisch angelehnt. Gegeneinander.

»Prost!«

Wir stießen an. Überm Tisch.

Ich schenkte uns nach. Sie Wein, ich Wasser.

Ich legte meinen Arm auf ihre Schulter, sagte, vertrauensschwanger: »Du, ich bin so froh, dass wir wieder miteinander reden ...«

Sie ließ meinen Arm auf ihrer Schulter ruhen.

Meine Finger strichen an ihrem Nacken entlang.

Sie zog ihren Nacken nicht zurück.

Schnurrte.

»Wie schmeckt der Wein?«, fragte ich.

»Gut ... wunderbar ... willst einmal probieren?«

Sie nahm einen Schluck, lächelte mich frontal an, Lippen halb geöffnet.

Soll ich oder nicht?

Mein Entscheidungsprozess war noch in vollem Gange, da waren ihre Lippen schon auf den meinen, und dann hatte ich ihre Zunge im Mund. Schmeckte nach Chardonnay. Konnte ich ihr aber nicht sagen, weil wir wie wild knutschten, als hätten wir unser halbes Leben nicht mehr geknutscht. War wohl was dran. Jedenfalls was mich betraf.

Sie öffnete die obersten zwei Knöpfe ihrer Dirndlbluse.

A view to kill.

Ich hielt mich vornehm zurück. Nicht gleich fummeln. Macht einen schlechten Eindruck.

Sie trank noch einen Schluck.

Nahm die Mund-zu-Mund-Weinprobe wieder auf, sagte zwischen zwei heißen Weinproben: »Sei doch nicht so verklemmt!«

Ich wusste nicht, was ich darauf sagen sollte. Musste ich auch nicht. Beim Küssen zu reden gehört sich sowieso nicht.

Ein Auto von den Nachbarn bretterte vorbei, hupte. Ich schreckte auf, sie auch, wir entflochten uns geringfügig.

Ich sagte: »Wahnsinn … und ich dachte, du wärst …«

»Schwul? Weil ich mit der Toni zusammenleb?«

»Ja.«

»Ja, ich bin schwul. In der Regel. Aber jede Regel hat auch ihre Ausnahmen.«

Ich sagte: »Da hast du recht.«

Sie schenkte mir von dem Chardonnay ein, sagte: »Du bist doch auch trocken.«

Ich sagte: »In der Regel ja. Aber jede Regel hat auch ihre Ausnahme.«

»Prost!«

»Prost!«

Der folgende Chardonnay-Kuss war himmlisch.

Als wir die Treppen zu meinen Gemächern hochwankten, kicherte sie. Ich schaute sie fragend an. Sie kicherte: »Mit so einem Alten hab ich noch nie …«

Ich sagte: »Da wirst schauen!«

Ich wache jeden Morgen um sechs auf.

Heute neben Johanna.

Sie schläft.

Tief.

Ich ziehe mir den Bademantel über.

Gehe in die Küche.

Werfe den Teekessel an.

Werfe PG Tips in zwei Haferltassen.

Werfe Zucker dazu.

Werfe mich in Pose.

Balanciere die Tassen ans Bett.

Johanna blinzelt.

Ich sage: »Frühstück!«

Sie lacht. Sagt: »Das ist ja wie am Muttertag. Frühstück kommt ans Bett.«

Wir sitzen nebeneinander im Bett, schlürfen englischen Tee.

Johanna oben ohne.

Ihr Busen ist ohne Dirndl noch schöner als mit.

Ich sage: »Der Tee tut gut.«

Sie lacht: »Der macht gleich wieder richtig lebendig!«

Wir schlürfen weiter.

Als hätten wir die letzten zehn Jahre nichts anderes getan, als nackig nebeneinander aufzuwachen und Tee zu trinken.

Sie sagt: »Weißt schon das Neueste? Letzten Mittwoch haben wir die Gesundbeterin aus ihrer Hütte geholt. Die ist dagehängt wie die Katz am Presssack.«

»Wer ist wir?«

»Der Doktor und ich. So ein junger Kerl aufm Motorrad hat uns Bescheid gesagt. Dann ist sie mit dem Notarzt ins Krankenhaus.«

»Und was ham die dann gefunden im Krankenhaus?«

»Kreislaufschwäche, sagt der Doktor.«

Ich frage: »Wie kommt der Doktor eigentlich mit der Gesundbeterin aus? Ist doch eigentlich Konkurrenz.«

»Der Doktor sieht sie nicht als Konkurrenz. Der sagt, die soll ihre Beterei ruhig machen, solang es nicht schadet. Er hat genug Arbeit.«

»Sie war ja eine Zeit lang weg, die Gesundbeterin …«

»Ja, ich glaub, seit die Geschicht mit dem Pfarrer passiert ist … Aber jetzt ist sie wieder aufgetaucht, auf einmal … Wie ich dem Doktor gesagt hab: ›Die Gesundbeterin ist wieder da‹, da hat er gesagt: ›Du spinnst, das gibt's gar nicht. Die ist doch ersoffen.‹ Ich hab gesagt: ›Das gibt's schon, ich hab's selber gesehen und die Wirtin vom ›Schwarzen Adler‹ und der Schlossers Michl … alle hams gesehen.‹«

»Ist ja wie bei der Auferstehung …«

Wir schlürfen unseren Tee zu Ende.

Sie sagt: »Wie viel Uhr ist es denn? Ich muss um neune in der Praxis anfangen.«

Ich sage: »Sieben.«

Sie nimmt mir die Tasse aus der Hand, stellt beide Tassen neben das Bett, sagt: »Dann ham wir ja noch eine Stunde Zeit … zum Frühstück«, und versenkt ihren Kopf in meinen Schoß, kichert: »Oh … schon wieder Auferstehung!«

Lebenskünstler

Wer war die Gesundbeterin, die mich mit einem Schuss Curare hatte kaltmachen wollen?

Sie musste wissen, wer ich war.

Wer wusste, wer ich war?

Wer konnte wissen, wer ich war?

Meine Nachbarin?

Mit der hatte ich ja die Perücke und den BH anprobiert.

Die Perücke und den BH aus dem See.

Nein, sie konnte es nicht sein.

Sie war einfach zu nett.

Ich sah die Postkarte mit dem Esel über meinem Schreibtisch.

»Glaube nicht alles, was du denkst!« stand dort geschrieben.

Nein, die Gesundbeterinnen-Nummer war ihr einfach ein paar Nummern zu groß.

Entweder die Gesundbeterin wusste nichts von der Geheimtür.

Unwahrscheinlich.

Oder die Gesundbeterei umfasste:

Gesundbeten.

Drogenhandel.

Illegale Abtreibungen.

Ein Großunternehmen.

Das einzig Legale dabei war das Gesundbeten.

Die Sache war auch mir eine Nummer zu groß.

Zu groß geworden.

Und jetzt noch die Geschichte mit der Johanna.

War schön.

Aber ich wollte es auch dabei bleiben lassen.

Ab und zu eine lustige Nummer.

Aber bitte keine Beziehung.

Ich bin Beziehungsphobiker.

Schlechte Erfahrungen.

Das Gute an Johanna war, dass sie schwul war.

Gebunden.

An die Kinder, an die Toni, ihre Partnerin.
Da war ich sicher.
Beziehungen sind für mich wie die Klebebänder, die bei den Bauern von der Decke hängen.
Damit die Fliegen daran kleben bleiben.
Soll ich den ganzen Kram hinschmeißen?
Jetzt, wo ich so nah dran bin?
Dann wäre ja der ganze Zauber in der Röhre und mit der Curare-Attacke umsonst gewesen.
Früher bin ich Marathons gelaufen.
Ich lief die meisten nur deshalb zu Ende, weil ich nicht verwinden konnte, dass die ersten dreißig Kilometer umsonst gewesen wären, wenn ich aufgegeben hätte.
Genau wie jetzt.
Aber allein ging das nicht.
Ich brauchte einen Partner.
Nur wen?
Die Johanna?
Mit der war ich nun anderweitig verwickelt.
Sex und Denken vertragen sich nicht.
Meine Nachbarin?
Die war nett, aber … sie war vom Dorf.
Der Doktor?
Der war nicht gesprächig genug.
Die Wirtin vom »Schwarzen Adler«?
Nein, da hätt ich gleich zur Zeitung gehen können.
Wer blieb da noch?
Einer, der nicht im Dorf verwickelt war … nicht in dem Dorf-Sumpf … nicht mit jedem verwandt, verschwägert oder versonstwas.
Wer?
Natürlich!
Ein alter Bekannter in Konstanz!
Warum bin ich denn da nicht gleich drauf gekommen?

Ich packte mein Fahrrad.
Fuhr Richtung Kempten.

In Durach entdeckte ich eine Filiale der Kreissparkasse.

Am Schalter stand ein junger Mann mit Krawatte und Anzug.

Seltener Anblick.

Er schaute mich freundlich an.

Wahrscheinlich erinnerte ich ihn an seinen Opa.

Ich sagte: »Ich kriege bald eine Lebensversicherung ausgezahlt. Ich brauche ein Konto. Zum Überweisenlassen. Kann ich bei Ihnen ein Konto aufmachen?«

»Kein Problem«, sagte er, holte Formulare aus der Schublade.

Er fragte: »Ham S' Ihren Ausweis dabei?«

Ich sagte: »Ja.«

Schob ihm meinen Personalausweis hin. Sagte: »Aber ich will das Konto unter meinem Künstlernamen laufen lassen. Geht das?«

»Kein Problem. Was für ein Künstler sind Sie denn, wenn ich fragen darf?«

»Lebenskünstler!«

Er lachte freundlich, sagte: »Im Ernst … Tät mich interessieren, hat nix mit dem Konto zu tun.«

Ich sagte: »Ich bin Schriftsteller.«

»Oh. Dann schreiben Sie Bücher.«

»Richtig.«

»Respekt!«

»Danke.«

Es gibt doch noch nette junge Leute. Heute. Nicht nur früher.

Er wurde wieder amtlich, sagte: »Sie können Ihren Künstlernamen nehmen, Sie können aber auch einen anderen Codenamen verwenden. Oder Ihren Namen abkürzen, nur die Anfangsbuchstaben. Oder aber einfach eine Zahl.«

»Ein Nummernkonto.«

»In der Schweiz sagt man Nummernkonto dazu. Haben wir auch, auch wenn's nicht so heißt. Einfach eine Nummer. Oder Buchstaben. Ein Name ist auch nichts anderes als mehrere Buchstaben, und wenn man die in Zahlen verwandelt, hat man eine Nummer.«

»Interessant!«

»Ja!«

Er war froh, dass er mir Dinge sagen konnte, die ich noch nicht wusste.

Ich fragte: »Und was auf meinem Ausweis steht, was passiert damit, mit den Daten?«

»Nix. Wir vermerken nur, dass wir Ihren Ausweis gesehen haben. Das langt.«

»Interessant!«

Er schaute erstaunt.

Ich sagte: »Wissen S', da muss ich erst drüber nachdenken. Nummern, Buchstaben, Künstlernamen. Die Steuer muss ja auch nicht gleich alles wissen. Ich lass es mir noch mal durch den Kopf gehen, dann komm ich wieder.«

Der junge Mann kriegte ein längliches Gesicht, legte die Formulare wieder zurück in die Schublade.

»Schauen S' halt wieder vorbei, wenn Sie sich entschieden haben. Wir haben im Übrigen sehr interessante Anlagemöglichkeiten für größere Summen.«

»Interessant! Da können wir miteinander ins Geschäft kommen!«

Er lächelte wieder.

»Dankschön für die ausführliche Information. Pfüad Gott.«

»Pfüad Gott.«

Ich steckte meinen Personalausweis wieder ein und ging.

Komisch, dachte ich, da hat wohl jede Sparkassenfiliale ihre eigene Politik.

Seltsam.

Hausbesuch

Ich ging an der Praxis vom Doktor von Tal vorbei.

Sein fescher Amarok stand auf dem Parkplatz.

Ich wollte die Johanna wiedersehen.

Dazu brauchte ich eine behandelbare Krankheit.

Ich hatte eine. Mein linkes Knie. Wollte ich aber nicht behandeln lassen. Die ersten Versuche waren nicht ermutigend gewesen. Sie steckten mir noch in den Knochen.

Ich läutete, der Türbrummer brummte, Johanna saß an der Rezeption.

Mit einer Aura wie die Mutter Teresa nach der Heiligsprechung.

Nur jünger.

Schöner.

Üppiger.

Die Eiweißdiät bei unserem letzten Treffen hatte ihr gutgetan.

Sie erblickte mich, errötete wie eine Konfirmandin, sagte: »Du? … Äh … Sie, Herr Dr. Bär.«

Mein Herz stolperte, raste, stolperte, ich setzte zum Reden an, aber schnappte wie ein Fisch auf dem Trockenen.

Eine heisere Stimme sprach aus mir: »Jetzt hab ich's!«

»Was ham Sie?«

»Meine Krankheit!«

Myokardie. Hypertonie. Aphasie. Wenn halt das Herz rast, der Blutdruck durch die Decke geht und man vor Stottern kein Wort mehr rausbringt.

Mit einem Wort: verknallt.

»Der Doktor ist drin, ich meld dich an.«

Wieder beim Du.

Wir waren ziemlich durcheinander, beide.

Sie meldete mich an.

Ich trat ein.

Der Doktor schaute mich nicht an, deutete auf den Stuhl vor seinem Schreibtisch.

Er hatte ein großes Glas Wasser neben sich stehen.

Er lutschte ein Eukalyptusbonbon.

Der Duft von Eukalyptus wurde von einer Fahne transportiert.

Alkoholfahne.

Als trockener Alki riecht man so was. Auch mit Eukalyptus.

Der Chardonnay vorgestern zählte nicht. Ausnahme von der Regel.

Neben seinem Schreibtisch stand ein neuer Arztkoffer.

Ich dachte, mit dem kann er drei Wochen in Urlaub fahren, so viel hat dadrin Platz. Aber vielleicht wurde er ab und zu gerufen, ein Kalb aus einer Kuh zu ziehen, wenn er den Tierarzt vertreten musste. Da brauchte er größere Geräte. Seilwinde und so …

Er schob sich seinen Rezeptblock zurecht. Faltete seine Hände wie zum Gebet, protestantisch, die Finger ineinander. Hilft gegen das Zittern.

Sagte: »Und?«

Ich räusperte mich, sagte: »Ich bin heiser.«

Er schaute aus dem Fenster, meinte: »Das ist keine Krankheit.«

»Ich hab Herzklopfen.«

»Gott sei Dank, sonst wär's vorbei mit Ihnen.«

»Ich mein Herzrasen.«

»Hm.«

»Und Hitzewallungen.«

»Hm.«

»Sprachstörungen.«

Er zuckte die Schultern.

»Potenzstörungen.«

Er runzelte die Stirn.

»Null Bock. Alles ist mir wurscht. Ab drei Uhr nachts kann ich nimmer schlafen, und um fünf in der Früh schlaf ich ein und komm vor zehn nicht mehr aus dem Bett. Ich bin müd und kann nicht schlafen. Ich lauf hin und her. Nix schmeckt mehr, ich werd immer weniger.«

Ich zog meinen Bauch ein.

»Ich hab so gern ein paar Halbe getrunken mit ein paar Obstler dazu, nicht einmal das schmeckt mehr.«

Zum ersten Mal schaute er mich an, sagte: »Das ist ernst!«

Er griff hinter sich ins Bücherregal, nahm ein blaues Taschenbuch raus. »ICD-10« stand drauf. »Internationale Klassifikation psychischer Störungen«. Er blätterte darin. Seine Finger zitterten, er tat sich schwer, die Seiten umzublättern.

»Das ist was Psychosomatisches«, murmelte er.

Welch eine Tiefe der Erkenntnis.

Ich hatte ihm eine Steilvorlage gegeben. War wohl nicht sein Fach, die Psychosomatik.

Ich sagte zwischen sein zittriges Geblättere hinein:

»Eff zweiunddreißig elf.«

Wenn er einen Obstler getrunken hätte, oder zwei, hätte er die Ziffer F 32.11 schneller gefunden.

Endlich hatte er sie, las: »Genau! Mittelgradige depressive Episode mit somatischem Syndrom.«

Er schrieb etwas auf seinen Rezeptblock, sagte: »Ich verschreib Ihnen Cipralex. Das hilft.«

Ich sagte: »Das macht aber auch impotent.«

Er sagte: »Na und … in Ihrem Alter …«

Ich dachte: Arschloch!

Sagte: »Wenn ich impotent werde, zieht mich das runter auf F 32.3.«

Er blätterte noch mal, las: »Schwere depressive Episode mit psychotischen Symptomen.«

Ich sagte: »Ich kann's ja mal probieren. Vielleicht trifft das auf mich nicht zu, mit der Impotenz … Oder ich geh zu der Gesundbeterin.«

Er ließ das Buch fallen.

»Zu der Gesundbeterin? Die gibt's doch nimmer! Die ist doch ersoffen!«

»Vor ein paar Tag hat es sie noch gegeben. Nimmt die Ihnen eigentlich nicht das Geschäft weg?«

»Nein. Die meisten Leut hier gehen zur Gesundbeterin, dann kommen sie zu mir, ich behandel sie, dann gehen sie wieder zur Gesundbeterin und glauben, dass die Beterei geholfen hat.«

»Haben Sie sie eigentlich schon mal persönlich gesehen?«

Er sagte: »Nein, wieso?«

»Hätt ja sein können.«

»Mit der hab ich nix zu tun.«

Er hob sein Diagnostikbuch vom Boden auf, stellte es wieder ins Regal.

Schob mir das Rezept über den Schreibtisch hin.

Ich stand auf, sagte: »Dankschön. Pfüad Gott.«

Er nickte stumm, ich ging zur Tür, er zum Schrank.

Ich schloss die Tür zum Behandlungszimmer, hörte ein Geräusch. Es triggerte ein Bild in meinen Kopf. Als ich junger Pfarrer war, saß immer ein Mann mit einer dicken Aktentasche in der Kirche. Während meiner Predigt ging er mindestens zweimal mit seiner Aktentasche raus und kam dann wieder. Jedes Mal, wenn er seine Aktentasche aufhob, und jedes Mal, wenn er sie wieder hinstellte, klirrte es. Wie wenn Flaschen zusammenstoßen. Ich hatte damals den Ehrgeiz, ihn von seiner Sauferei zu heilen. Besuchte ihn. Seelsorgerlich. Er stellte dann immer ein Zahnputzglas vor mich hin. Obstwasser. Bis zum Rand gefüllt. *Du schenkest mir voll ein.* Psalm 23. Ich trank das Glas aus. Man muss den Klienten dort abholen, wo er ist. Im Seelsorgekurs gelernt. Mit den Traurigen weinen, mit den Fröhlichen lachen, Paulus, und folglich, nach Bär-Logik: mit den Säufern saufen. Meine seelsorgerlichen Interventionen wirkten. Ich fing an zu saufen.

Ich schloss die Tür, dachte: Jetzt weiß ich, wozu der so eine große Arzttasche braucht!

Johanna leuchtete.

Ich wurde wieder vor Verlegenheit psychosomatisch, stotterte, schluckte, spürte das Herz im Hals mit Frequenz hundertachtzig rasen.

Griff in meine Jackentasche.

Legte eine kleine Schachtel Pralinen von Eilles auf die Theke, sagte: »Für dich.«

Einen Satz dieser Länge brachte ich gerade noch raus.

Sie leuchtete wie die Sonne, wenn sie hinter den Bergen am Horizont glutrot untergeht, sagte: »Das ist aber nett von dir! Von Eilles. Komisch, die hat der Doktor erst gestern noch auf seinem Tisch liegen gehabt.«

»Für dich?«

»Nicht für mich.«

»Für wen dann?«

»Keine Ahnung. Ist mir auch wurscht.«

»Wirst doch nicht eifersüchtig sein?«

»Schmarrn!«

Sie nestelte an der Verpackung, fragte: »Magst auch eine Praline?«

Ich sagte: »Nicht hier.«

»Wo dann?«

»Auf der Alm.«

»Soll ich wiederkommen?«

Ich wurde rot. Sagte: »Ja.«

»Wann?«

»Heut Abend, wenn die Sonn untergeht ... zum Frühstück.«

Sie wurde rot. Sagte: »Ja, zufällig hab ich heut Abend frei. Der Doktor fahrt wieder weg, und der Pfarrer braucht mich auch nicht. Und die Kinder sind noch mit der Toni in Ferien.«

Ich sagte: »Das passt ja prima. Ich koch für uns was zum Abendessen.«

Sie lachte, sagte: »Ach, des bissle, was ich ess, kann ich auch trinken.«

Ich dachte: Ja, besonders beim Frühstück. Sagte: »Dann stell ich den Chardonnay kalt.«

Ich verabschiedete mich unauffällig, die Tür vom Behandlungszimmer ging auf, ich sagte laut: »Dann pfüad euch Gott, ich geh gleich zur Apotheke. Der Doktor hat mir was verschrieben.«

»Auf Wiedersehen, Herr Dr. Bär.«

Ich trat in die Mittagssonne. Bewunderte den VW Allrad vom Doktor. Ja, der braucht so was, dachte ich, damit er im Winter die Steigungen hinaufkommt. Ich mit meinem Golf bleib dauernd stecken.

Ich schaute neugierig durchs Autofenster.

Neues Auto – aber dafür, so sah ich, hatte es schon einen stattlichen Kilometerstand.

Dann machte ich mich auf zur Alm.

Zog das Rezept für Cipralex heraus. Die Schrift war unleserlich.

War auch egal.

Ich zerknüllte das Rezept und warf es in den Mühlbach.
Gegen die Art von Krankheit, die ich hatte, half kein Cipralex.
Da half nur ein Hausbesuch.
Von Johanna.

Enigma

Trocken sein tat mir gut.

Klare Augen.

Klarer Sinn.

Besonders die Ausnahmen von der Regel gefielen mir.

Vielleicht machte ich wieder eine Ausnahme.

In Konstanz.

Aber erst nachher.

Vorher war ich verabredet.

Mit meinem neuen Partner. Er wusste noch nichts von seinem Glück.

An der Uni. Eine neue Uni, geboren 1966. Die Uni Konstanz. Bekannt für ihre Juniorprofessuren. Und für ihren Anblick: Sie sah aus wie ein Großklinikum. Mitten auf der grünen Wiese.

Ich suchte mich durch, fand, was ich suchte:

»Institut für Wehrkunde«.

Alles klar.

Der BND. Bundesnachrichtendienst.

An der Uni Konstanz hatten sie also auch eine Niederlassung.

Perfekte Tarnung.

Da kommt so schnell niemand drauf.

Hoffentlich vergaßen die Profis in Pullach nicht, dass sie noch einen Ableger in Konstanz hatten.

»Professor Dr. Adam Amgine« stand auf der Messingtafel.

Der Adam. Ich kannte ihn, als er noch nicht einmal seinen Bachelor hatte. Ein junger, dünner Abiturient. Ich war damals schon sicher, dass er ein IT-Genie in spe war. Wenn er redete, verstand ich Bahnhof.

Die Sekretärin sagte: »Herr Dr. Bär?«

»Ja?«

»Der Herr Professor erwartet Sie schon.«

Sie wies auf die offene Tür.

Ich trat ein.

Ein nüchternes Büro mit drei PCs.

Der ehemals ranke Jüngling war ein ausgewachsener Mann im besten Alter geworden. Zwischen dreißig und fünfzig oder so. Er kam auf mich zu, bewegte sich immer noch wie ein junger Mann.

Reichte mir die Hand zum Gruß, sagte: »Herr Dr. Bär, ist das eine Freude, Sie nach so langer Zeit wiederzusehen.«

Ich drückte seine Hand, der Handschlag war immer noch so lasch wie damals, daran konnte die ganze Psychoanalyse nichts ändern. Seine komplette Energie steckte wohl in seinem Hirn. Ich sagte: »Ganz meinerseits, Herr Professor Amgine.«

Er lächelte wie ein großer Junge, sagte: »Adam, bitte, wie damals. Nehmen Sie doch bitte Platz!«

Ich setzte mich an seinen Schreibtisch, ihm gegenüber.

Er lächelte. Immer noch verlegen, sagte: »Das finde ich eigenartig, ich bin nicht gewohnt, mit Ihnen von Angesicht zu Angesicht zu reden.«

Ich sagte: »Ich auch nicht.«

Er sagte: »Aber eine Couch habe ich nicht hier.«

Ich sagte: »Dann müssen wir neu reden lernen. Mit anschauen.«

Er lachte verlegen.

Ich sagte: »Was machen S' denn da so … mit Ihre drei Rechner?«

Er wurde sofort sicherer, sagte: »Kommen S' auf meine Seite vom Schreibtisch, dann sehen Sie auf die Bildschirme. Schauen S' hier, auf dem rechten …«

Und dann passierte das, was in den paar hundert Stunden Psychoanalyse, in denen er bei mir auf der Couch gelegen war, auch immer passiert war: Ich verstand weniger als nichts. Je mehr er erklärte, desto weniger verstand ich. Ich verstand nur, dass er von seinem Job begeistert war. Was auch immer sein Job war. Es musste um Zahlen gehen. Der rechte Bildschirm war voller Zahlenreihen. Der mittlere Bildschirm war voller Zahlenkolonnen. Der linke Bildschirm gefiel mir am besten. Die Zahlen hatten verschiedene Farben.

»Hübsch«, sagte ich.

»Ja«, sagte er, »das ist wunderbar, dass Sie das verstehen, die Farbe der Zahlen …«

Und schon wieder verstand ich nichts mehr.

Wir saßen nun nebeneinander, und die Verlegenheit war wie weggeblasen.

Nach einer halben Stunde holte er Luft und fragte: »Verstehen Sie?«

Ich sagte: »Nein, aber es ist faszinierend, und ich sehe, mit welcher Leidenschaft Sie in Ihrem Job aufgehen.«

»Ja … Aber da fällt mir ein: Was kann ich für Sie tun?«

Ich druckste herum, sagte: »Etwas … Ungewöhnliches … am Rande der Legalität … etwas Illegales.«

Er sagte: »Herr Dr. Bär, dass ich hier sitze und den Job meines Lebens mache, das verdanke ich Ihnen. Als ich zu Ihnen kam, war ich achtzehn und wollte mich umbringen. Sie haben mir das Leben gerettet. Sie waren der Einzige, der mich verstanden hat … Ich habe mich ja selber nicht mehr verstanden … Aber Sie haben Stunde um Stunde zugehört … und mich verstanden … bis ich wieder leben wollte.«

Ich schaute auf die drei Bildschirme, die Zahlen verschwammen. War gewaltig gerührt. Sagte: »Ja, ich bin froh, dass das so ausgegangen ist …«

»Deshalb«, sagte er, »tu ich für Sie, was ich kann, egal ob legal oder illegal. Für Sie bin ich zu jeder Schandtat bereit!«

Ein seltener Anflug von Humor.

Ich lächelte.

Sagte: »Ich will nicht lang drum rumreden. Ich brauche eine Kontonummer. Zugang zu einem Konto, weil ich wissen muss, wo das Geld ist.«

Er sagte: »Wo ist das Problem? Da sind Sie bei mir genau an der richtigen Adresse. Ich arbeite für den Computerschutz. Die Chinesen und die Russen und alle möglichen Typen wollen an unsere Daten. Und mein Job ist es, das zu verhindern.«

»Und wie machen Sie das?«

»Ich finde raus, wie man an Datenbestände gelangt, und wenn ich weiß, wie, kann ich verhindern, dass die andern reinkommen.«

»Hat das mit ›Hacker‹ zu tun?«

»Genau das ist es. Ich muss der bessere Hacker sein. Dann kann ich die andern ausbremsen … Und mit einem Konto ist das null Problem. Das können meine Studenten im Proseminar schon. Es gibt im Wesentlichen zwei Wege, an ein Konto zu kommen, egal von welcher Bank. Der eine ist über die Steuer. Steuerfahndung.

Der andere ist fast genauso einfach: über den Verfassungsschutz oder über unseren Verein, das Amt für Wehrkunde ...«

Ich ließ einfließen: »Also der BND ...«

»Genau.«

»Aber ist das nicht ... illegal?«

»Nicht direkt. Wir machen einen kleinen Umweg. Wir fragen unsere amerikanischen Freunde von der NSA um Amtshilfe und gehen über die an die Daten. Die Amerikaner sehen das nicht so eng, eher pragmatisch ... Also, kein Problem. Am einfachsten geht's mit der Steuer. Ich brauch dazu nur die Steuernummer des Kontoinhabers.«

»Hab ich nicht.«

»Dann eben über die NSA. Dazu brauch ich die Kontonummer und die Bank.«

»Die Bank weiß ich: Kreissparkasse Kempten.«

»Das ist schon mal was.«

»Aber die Kontonummer weiß ich nicht.«

»Dann haben wir ein Problem.«

»Können Sie es lösen?«

»Erst wenn ich das Problem kenne.«

Ich erzählte ihm von meinen Nachforschungen über das verschwundene Geld und das verschwundene Konto. Die einzigen Zahlen, die ich hatte, standen auf dem Bierdeckel. Sie stammten von dem Zettel, den ich bei der Gesundbeterin in der Bibel gefunden hatte.

Ich sah, dass er dachte.

Vorsichtshalber schwieg ich.

Um ihn nicht drauszubringen. Aus dem Denken.

Dann sagte er: »Wir müssen die Kontobewegungen anschauen. Wir wissen allerdings noch nicht, von welchem Konto. Wir müssen in ihren Hauptrechner rein. Der steht sicher in Kempten in der Hauptstelle.«

»Und wie kommen wir da rein?«

»Wir müssen das machen, was der große Unbekannte gemacht hat. Sie eröffnen bei der Kreissparkasse Kempten ein Konto. Und zwar so, dass man nicht weiß, wer das Konto eröffnet hat. Am besten mit falschem Namen, den wir in Buchstaben und in Zahlen verwandeln. Wir kennen dann die Verschlüsselung. Und wenn wir die Verschlüsselung kennen, kennen wir auch die Entschlüsselung. Mit ein bisschen Rechnerei.«

»Das ist ja wie die Geschichte mit den Engländern, die die deutschen U-Boot-Codes geknackt haben im Zweiten Weltkrieg.«

»Ja. Die Enigma-Maschine und die Kryptoanalytiker. Im Prinzip ja. Man muss nur den Verschlüsselungscode knacken ...«

Adam Amgine erinnerte mich schon damals immer an den genialen Alan Turing, Mathematiker und IT-Genie, der wesentlich zum Knacken von Enigma beigetragen hatte in Bletchley Park, siebzig Kilometer nordwestlich von London. Ich schenkte ihm während seiner Analyse eine Biografie über Turing, was ihn damals etwas beunruhigte, denn Turing war schwul.

Fast hätte ich vor lauter Erinnerung den Faden verloren, denn er redete einfach weiter: »Zum Vergleich eröffnen Sie dann noch ein Konto, aber auf Ihren eigenen Namen, und wenn wir zwei Sets an Daten haben, kommen wir rein in denen ihren Rechner ...«

»So einfach geht das?«

»Ja, wenn man weiß, wie. Und unsere drei Freunde, die helfen uns dabei.«

»Welche drei Freunde?«

Er lachte und zeigte auf seine drei Flachbildschirme. »Der Himmi, der Arschi und der Zwirni. Erinnern Sie sich nicht?«

»Nein, ich wüsst jetzt nicht ...«

»Den haben Sie mir doch damals erzählt, als ich auf Ihrer Couch lag ... Treffen sich zwei beim Klassentreffen. Fragt er sie: ›Na, wie geht's denn?‹ ›Ach‹, sagt sie, ›das Leben ist so schön, ich bin glücklich verheiratet, und wir haben drei liebe Kinder, die heißen Sonni, Moni und Sterni. Und wie geht's dir?‹ Sagt er: ›Und wir haben drei Buben, die heißen Himmi, Arschi, Zwirni.‹«

Er lachte. »Es war der einzige Witz, den Sie mir erzählt haben.«

Ich fand den Witz unterirdisch blöd. Aber dass er lachen konnte, das freute mich. Als er zu mir kam, konnte er nämlich nicht lachen.

Und sie hilft doch, die Psychoanalyse.

Ich lachte mit.

»Und hier«, er deutete auf ein Foto, das zwischen den Bildschirmen stand, »hier ist meine Frau, und unsere zwei Kinder.«

Ich pfiff durch die Zähne.

»Heißer Ofen … äh … 'tschuldigung … ich meinte …«

»Ja, Sie haben recht, meine Frau ist ein heißer Ofen … Hätte nie gedacht, dass ich mal so eine Wucht von Weib abschleppe … oder sie mich.«

Ich dachte: Ich auch nicht. Als er zu mir kam, war er noch Jungfrau. Er hasste Schwitzen. Und alles, was mit Körper zu tun hatte.

Ich sagte: »Hab ich mir schon gedacht, damals …«

Er sagte: »Ich hab sie nach der Analyse kennengelernt. Ich brachte ihr Mathematik bei. Und sie brachte mir …«

»Klar.«

Das Schwitzen.

Der Segen der Psychoanalyse: Lachen und Schwitzen.

Ich stand auf, sagte: »Dann mach ich mich mal an die Arbeit. Konten eröffnen.«

»Ja. Dann sehen wir weiter …«

Ansteckend

Zurück in Tal, konnte ich mich nicht entscheiden.

Zum Pfarrer reinschauen oder zum »Schwarzen Adler«.

Ich landete in der Mitte.

Auf dem Friedhof bei der Kirche.

Eine Gestalt beugte sich über ein Grab.

Eine Gestalt im Hausmeisterkittel.

Dunkle Haut. Weiße Leuchtzähne.

Der Pfarrer. Der Inder.

Schaufel und Rechen. Heckenschere.

»Grüaß di. Was machst denn da? Grabpflege?«

Er arbeitete tatsächlich an einem Grab.

Einem frischen.

Noch ohne Grabstein, nur mit einem Holzkreuz. Sagte: »Meinen Vorgänger pflegen. Sonst kümmert sich ja keiner drum. Vor ein paar Wochen noch sind sie ihm hint und vorn hineingekrochen, Herr Pfarrer hin, Hochwürden her ... Und jetzt? Keine Sau kümmert sich um sein Grab. Eine Schand ist das ...«

Ich sagte: »Vielleicht haben sie ihm nicht verziehen, dass er erstochen worden ist.«

Er sagte: »Aber da kann er doch nix dafür.«

Ich sagte: »Die Leut sind komisch. Sie wollen nix mit Opfern zu tun haben. Könnt ansteckend sein.«

»Wirklich?«

»Ja, ich hab gelesen: Wenn Leute wissen, dass zum Beispiel eine Jacke von dem Opfer eines Verbrechens getragen worden ist, ziehen sie das Ding nicht an. Sogar, wenn es gewaschen ist. Angst vor Ansteckung.«

Er schüttelte den Kopf. Sagte: »Deppen gibt's!«

Ich sagte: »So was Archaisches steckt in jedem von uns. Jedenfalls in mir. Ich hab mal ein hübsches kleines Haus mit Garten angeschaut. Es war zum Verkaufen. Es wär genau das Richtige gewesen für mich. Ich hab mir die Nummer von der Immobilienfirma aufgeschrieben. Dann kam der Nachbar vor die Haustür.

Ich frag ihn, warum ist denn das Haus frei geworden – ich dachte, vielleicht wohnten alte Leute drin, die ins Altersheim umgezogen sind. Der Nachbar sagt: ›Der Besitzer ist gestorben.‹ Ich sag: ›War er denn schon so alt?‹ Er sagt: ›Nein, er hat sich umgebracht. Aufgehängt. Im Dachgebälk.‹ Ich sagte Auf Wiedersehen, drehte mich um, zerriss den Zettel mit der Telefonnummer von der Immobilienfirma. Das war die Geschichte von meinem Häuschen im Grünen.«

Mein indischer Gesprächspartner schaute mich an.

Wahrscheinlich dachte er: Du Depp.

Dann sagte er: »Es kommen immer weniger Leut in die Kirch … Meinst, das hängt auch zusammen mit dem …«

»Kann schon sei. Der Ort ist mit Blut besudelt. Entweiht.«

»Ob da Weihrauch hilft?«

Ich lachte. Den Weihrauch, der da hilft, den kannte ich. Weihrauch zum Mit-der-Nase-Schnupfen. Sagte: »Schaden kann's nicht.«

Er fragte: »Hast denn schon was rausgefunden?«

Eine Menge hatte ich schon rausgefunden:

Die Kreissparkasse hatte kein Interesse, dass ich ein Konto aufmachte.

Wenigstens die in Tal.

Die Gesundbeterin handelte mit illegalen Abtreibungen, Drogen und schoss mit Curare um sich.

Der Doktor soff sich ratenweise zu Tode.

Trotz seines schönen VW Amarok.

Er war viel unterwegs.

Mein früherer Patient war ein Top-Hacker. Und verheiratet.

Johanna machte eine Pause von schwul.

Und da fragt mich mein indischer Freund: »Hast denn schon was rausgefunden?«

Ich sagte: »Nein, nix.«

Sein Handy läutete.

Ich sagte: »Tolles Gerät. Aus Indien?«

Er steckte es wieder ein, sagte: »Denkst vielleicht, wir in Indien haben so was nicht?«

»Doch natürlich. Siemens gibt's doch auch in Indien.«

Er schaute mich angepisst an, sagte: »In Indien ist das Handy verbreiteter als die Wasserspülung.«

Er zupfte weiter an den Grabpflanzen herum.

Sagte: »Die Gesundbeterin ist verschwunden. Hast du eine Idee, wo sie sein könnte?«

Ich sagte: »Vielleicht im Urlaub.«

»Da war sie doch erst … Ich bräuchte eine Auffrischung … von ihrer Behandlung …«

Ich fragte: »Heimweh?«

Er sagte: »Nein. Schlimmer.«

»Durst?«

Er seufzte: »Ja.«

Ich sagte: »Magst es nicht mal mit unserem Doktor probieren?«

Er schaute weg, sagte: »Hm …«

Klang nach »Leck mich am Arsch!«.

Ich sagte: »Dein Vorgänger, der da unten … Was redet man denn so … Warum musste er denn gehen?«

»Die Leut reden lauter Scheiß. Immer das Gleiche: Er war pädophil. Oder: Er war schwul.«

Ich sagte: »Die meisten Verbrechen sind Beziehungsverbrechen. Eifersucht zum Beispiel.«

»Oder Geld.«

»Oder beides … Hat er denn Feinde gehabt oder Freunde?«

Der Inder seufzte: »Ich renn hier dauernd gegen eine Wand. Eine Schweigewand. Die Leut sagen einfach nix. Ich hab das ganze Haus durchsucht … Wie ich dir schon gesagt hab: alles neu renoviert, alles neu gestrichen. Keine Spur von ihm. Als hätte er nie in der verdammten Hüttn gelebt.«

»Nach welcher Spur hast denn gesucht?«

Er wurde verlegen. Sagte: »Zum Beispiel Geld. Irgendwo muss doch das Geld sein. Mitnehmen hat er es nicht können … fünf Millionen.«

Ich fragte: »Ist denn ein Safe im Haus?«

»Ja, der steht offen, und ein Zettel klebt dran mit der Nummer. Dass man ihn auch wieder zumachen kann.«

»Und Kontoauszüge?«

»Kein Fetzen Papier. Nicht mal altes Klopapier. Außerdem hat er wahrscheinlich sowieso Onlinebanking gemacht. Mach ich ja auch.«

Ich nicht. Ist mir zu kompliziert. Ich sagte: »Ich hab lieber noch meine Auszüge. Bin kein Computerfreak. Aber ihr in Indien, ihr wachst ja mit dem Zeug auf.«

Er sagte, stolz: »Ja, bei uns lernt man schon als Schulkind, wie man einen Computer zusammenbastelt.«

Ich dachte: Deshalb haben sie keine Zeit für die Wasserspülung.

Sagte: »Phänomenal! Aber wenn er Onlinebanking gemacht hat, müsste ja auf dem Rechner von der Pfarrei was zu finden sein.«

»Da ist schon was zu finden. Am PC von der Pfarrei. Kollekten. Gebühren. Spenden ...«

»Spenden?«

»Lauter Pipifax. Fünf Euro. Fünfzig Euro. Wenn's hochkommt, hundertfünfzig Euro. Aber nix mit fünf Millionen Euro. Außerdem war der sicher nicht so blöd und hat sein Banking im Pfarramt gemacht. Wenn, dann hat er sicher einen Laptop gehabt. Einen eigenen.«

»Und? Was gefunden?«

»Nein. Natürlich nicht.«

Ich sagte: »Dann war's sicher so, dass er umgebracht worden ist von einem, der an sein Geld wollte.«

»Oder einer, der eifersüchtig war. Beziehungstat.«

»Oder beides.«

Er schaute mich an.

»Meinst?«

»Warum nicht? Aus zwei Gründen mordet man leichter, als wenn man nur einen hat.«

Er räumte seine Gartengeräte zusammen.

Ein geheimnisvoller Mensch, dieser indische Priester. Er wusste was, was ich nicht wusste. Aber was?

Ich ging die paar hundert Meter zum See.

Hatte mir mal sagen lassen, dass Wasser gut ist für die Seele. Und die Nerven.

Deshalb fahren auch so viele ans Meer.

Es ist gut. Sicher. Für die TUI, Discount Travel, 1-2-FLY, Aldiana, Hapag-Lloyd, Alltours, Attika, Dertour, FTI, Meiers Weltreisen, Neckermann, Schauinsland, Thomas Cook, Tjaereborg, Tropo … und viele andere.

Der See von Tal war klein. Aber schon eine kleine Stütze wär jetzt Gold wert!

Ich hatte mein Handy in der Hand.

Der Anruf lag mir im Magen.

Seit Tagen.

Ich hatte eine Nummer eingetippt.

Die Nummer der Dienstleistungen von den Schwarzhemden.

Wer war der Kommandant?

Ich hatte es nicht geschafft, den grünen Knopf zu drücken.

Ich hatte einen irrsinnigen Plan im Kopf.

Den ich mit niemandem besprechen konnte.

Sonst hätten sie mich sofort in die Irrenanstalt nach Kaufbeuren eingeliefert.

Ich traute mich nicht.

Oder doch?

Der Kiosk war offen.

Ob ein Weizen hilft?

Ein Ausnahme-von-der-Regel-Weizen.

Oder doch lieber einen Rosenkranz beten?

Oder beides? Doppelt genäht hält besser.

Der junge Bursche am Kiosk schenkte wortlos und gekonnt das Weizen aus der Flasche ins bauchige Glas. Schüttelte den Rest mit den Hefeflocken nach, krönte das goldene Getränk von Engelbräu mit Schaum.

Göttlich!

Ja, ein Engel wär jetzt recht.

Der mir Einsicht gibt. Oder eine Vision. Oder mir einfach in den Arsch tritt und haucht: »Los, tu's endlich, du feiger Hund!«

Ich trug das Weizenglas wie eine Monstranz ans Ufer, hinter die Holzhütte von der Wasserwacht, damit mich niemand sah.

Hockte mich hin, nestelte meinen Rosenkranz raus.

Schaute noch einmal in die Runde. Nein, niemand, der mich sehen konnte.

Nahm einen Schluck, wischte mir den Schaum vom Mund, nahm den Rosenkranz, Perle für Perle, murmelte: *»Im Namen des Vaters und des Sohnes und des Heiligen Geistes. Amen. Ich glaube an Gott … Vater unser im Himmel …«*

Lauter schwere Geschütze. Theologische Kavallerie.

»Gegrüßet seist du, Maria, voll der Gnade, der Herr ist mit dir. Du bist gebenedeit unter den Frauen, und gebenedeit ist …«

Nicht, dass ich religiös bin. Gut, ich hab mein Brot damit verdient und meine Rente.

So richtig ernsthaft religiös werde ich nur, wenn ich die Hosen voll habe.

Jetzt.

»Heilige Maria, Mutter Gottes, bitte für uns Sünder, jetzt und in der Stunde unseres Todes …«

Passt …

Aber bevor die Stunde meines Todes kam, musste ich erst anrufen. Sonst konnte ich die Stunde unseres Todes vergessen.

Und das Weizen wär umsonst gewesen.

Nach einer Dreiviertelstunde war der Rosenkranz zu Ende.

Viel zu kurz.

Das Weizen auch.

Viel zu wenig.

Dem Propheten Elia erschien ein Engel, laut dem ersten Buch der Könige. Elia hatte die Hosen voll wie ich, die Königin Isebel war hinter ihm her, weil er vierhundertfünfzig ihrer angestellten Baalspriester erst verarscht und dann vernichtet hatte. Er schämte sich so arg für seine Angst, dass er lieber abkratzen wollte: *So nimm nun, Herr, meine Seele … denn ich bin auch nicht besser als meine Väter.*

Mein Vater … war Soldat gewesen. Schon lange tot. Aber nicht im Krieg. Auf dem Kanapee. Er war gewaltig, besonders im Rückzug. Wenn sich meine Mutter hysterisch aufführte, zog er sich gern zurück.

Ich hätte mich jetzt auch lieber zurückgezogen.

Oder sollte ich lieber einschlafen?

Wie der Elia unterm Wacholderbaum. Zu dem kam ein Engel und brachte ihm zu essen und zu trinken. Wahrscheinlich Kässpatzen und Engelbräu.

Am liebsten wäre ich ins Wasser gegangen. Zum Ersaufen. So viel Feigheit konnte ich einfach nicht ausstehen. An mir. Betonklotz um den Hals, ab in die Tiefe.

Aber woher einen Betonklotz nehmen? Jetzt. Hier. Am Ende kommt die Wasserwacht und fischt mich wieder raus. Mit kaputtem Hirn. Wegen Sauerstoffmangel. Dann lande ich im Altersheim neben meiner Mutter. Die hat auch kein Hirn mehr. Im eigenen Blut ersoffen. Ihr Hirn. Ganglieneinblutung.

Der See leuchtete. Der Grünten strahlte. Das Mahnmal auf dem Gipfel mahnte stolz an die gefallenen Gebirgsjäger.

Was mich daran erinnerte, dass ich dort oben vor Kurzem noch einen grandiosen Auftritt hatte.

Ich drückte die grüne Taste.

Ich musste es hier unten am See tun.

Oben auf der Alm war kein Empfang.

Es tutete eine Weile.

Dann eine Stimme.

»Ja?«

»Ähhh … Grüß Gott … Ich weiß nicht, ob ich da richtig bin bei Ihnen … dem Dienstleistungsunternehmen … Ein Angestellter hat mir Ihre Nummer gegeben, weil Sie der Chef sind …«

»Ja.«

»Und weil Sie auch so humanitäre Einsätze machen … wie Dignitas und Exit …«

»Ja.«

Eine nichtssagende Stimme. Sie konnte von einem älteren Mann mit höherer Stimme sein, aber auch von einer älteren Frau mit tieferer Stimme. Ziemlich vernuschelt.

»Ich wollte fragen, ob Sie einen Auftrag übernehmen … auch weiter weg … in Augsburg …«

»Ja.«

»Es geht um eine alte Frau … und um ein humanitäres Ende …«

»Ja.«

»Ob Sie sie mit Ihrem Dienstleistungsunternehmen … erlösen können.«

»Ja.«

»Es handelt sich um meine Mutter … seit drei Jahren liegt sie da, schaut die Wand an …«

»Ja. Das geht ins Geld.«

Arschloch.

Recht hatte er.

Seit drei Jahren fraß die Pflege ihre Ersparnisse auf.

Mein Erbe.

Wenn man sie vor drei Jahren zwei Stunden später gefunden hätte in ihrem Haus, wäre sie seit drei Jahren im Himmel. Oder wo auch immer. Und ich auch. Finanziell. Dann hätte ich ausgesorgt.

Ich sagte: »Nein … doch, ja, es geht ins Geld. Jeden Monat viereinhalbtausend Euro. Aber darauf kommt es mir nicht an, nicht dass Sie denken …«

»Nein.«

Okay.

»Ein seliges Ende. Um ein seliges Ende geht's mir. Erlösung.«

Ein Engel flüsterte mir ins Ohr: »Hör auf, du Schleimer!«

Die Stimme – am Handy – sagte: »Ja.«

Ich fragte: »Und was tät so eine Dienstleistung denn kosten?«

»Dreißigtausend.«

»Euro?«

»Bar.«

»Vorher oder nachher?«

»Vorher.«

»Aber wenn ich zahl … und dann …«

»Sie können's auch bleiben lassen. Wir arbeiten mit Erfolgsgarantie, so was spricht sich schnell rum, sonst sind wir aus dem Geschäft. Aber aus Kulanzgründen veröffentlichen wir den Vollzug in der Allgäuer Rundschau. Abteilung Todesanzeigen.«

Überzeugte mich.

Ich sagte: »Wann wäre denn … der … Eingriff?«

»Mittwoch. Abend.«

»Welchen Mittwochabend?«

»Geheim.«

»Aber ich will doch dabei sein. Abschied nehmen. Letzte Ölung und so.«

»Geht nicht.«

»Warum nicht?«

»Angehörige haben nicht die Nerven für so was. Unsere Leute arbeiten allein. Professionell.«

»Hm.«

»Also?«

»Ja, also … Machen S' den Auftrag. Wo muss ich zahlen?«

»In der Kirche von Tal ist ein Weihwasserkessel am Eingang. Die Wasserschale rausheben, drunter ist ein Hohlraum. Da hineinlegen. Dann abhauen. Sonst kann ich für Ihr Leben nicht garantieren. Und nix an die Öffentlichkeit. Sonst zeigen wir Sie an. Wegen Mord.«

Ich atmete tief durch.

»Und wann soll ich das Geld … in den Weihwasserkessel …«

»Unter den Weihwasserkessel. Drunter! Morgen Abend.«

»Und wie schnell wird der Auftrag ausgeführt?«

»Innerhalb von drei Wochen. Wo befindet sich das Objekt?«

»Marienheim. Ostheim bei Augsburg. Zimmer 007. Emmy Bär. Achtundachtzig.«

»Alles klar.«

Die Verbindung brach ab.

Ich begann wieder zu atmen.

Schweißgebadet.

»Heilige Maria, Mutter Gottes, bitte für uns Sünder, jetzt und in der Stunde …«

Aber, vorher, heilige Maria, Mutter Gottes, verrate mir, wie ich an dreißigtausend Euro kommen soll!

Die Maria, Mutter Gottes, war wohl gerade am Fürbitten, ich wartete vergeblich auf eine Eingebung, aber ich brauchte eine Maria, und die nächste, die mir einfiel, war die Maria vom »Schwarzen Adler«, die Wirtin.

Ich betrat die Wirtschaft.
Der Fernseher lief. Wie immer.
Ich setzte mich so, dass ich den Fernseher sah.
Mit dem Rücken zu dem gerahmten Rottweiler.
Maria, die Wirtin, rauchte.
Sie betrachtete die Gaststube als ihr Wohnzimmer.
Ihre drei Kinder wuselten vor dem Fernseher herum.
Um den runden Stammtisch saßen ein paar alte Männer.
Maria kam mit ihrer Haarpracht, fragte: »Was soll's denn sein heut?«
Früher war das keine Frage.
Unsere Kommunikation ging immer ohne Worte.
Symbiotisch.
Ich hockte mich hin, sie stellte ein Weizen vor mich hin.
Früher.
»Was soll's denn sein heut?«
Hoppla, sie war ja gesprächig. »Heut«. Hatte sie noch nie gesagt.
Ich sagte: »Einen Kaffee, bittschön. Mit einem Glas Wasser.«
»Immer noch trocken?«
»Ja, meistens.«
Eine Längsfalte zeigte sich zwischen ihren Augen oberhalb der Nasenwurzel.
Ich sagte: »So gut wie immer.«
Die Falte verschwand.
Ich sagte: »Weißt du, wo die Gesundbeterin ist? Mein Knie spinnt schon wieder.«
Sie schüttelte den Kopf, sagte: »Die ist nicht mehr da. Vor ein paar Tag war sie noch hier in der Wirtschaft.«
Ein Stammtischler warf ein: »Und beim Schlossers Michl war sie auch.«
Sein Nachbar steuerte bei: »Und in der Sparkass war sie auch.«
Ich fragte: »Und jetzt, weiß man, wo sie jetzt ist?«
Sie reagierten nicht.
Ich zwickte mich in den Arm.
Ja, es gab mich noch.
Die Typen taten, als wäre ich Luft.

Ich war eben kein Einheimischer. Seit zwei Jahren war ich hier in Tal. Die Probezeit für Eingemeindung liegt bei zwanzig Jahren.

Die Wirtin sagte: »Weiß einer von euch, wo sie ist?«

»Vielleicht ist sie in Rente gegangen.«

Sie lachten. Warum eigentlich? Warum sollten Gesundbeterinnen nicht in Rente gehen? Geistliche gehen auch in Rente. Auch Ärzte. Neuerdings sogar der Papst.

Ich sagte zur Wirtin: »Dann verkommt ja ihre Hüttn. Wär schad drum!«

Ein Stammtischbruder sagte: »Um das Glump wär's nicht schad.«

Die Wirtin sagte nichts, biss sich auf die Lippe und verschwand in der Küche.

Schweigen.

Vom Stammtisch hörte ich: »Des Altersheim Marienbrunn in Mühlberg habens auch zugemacht.«

Ein anderer: »Jetzt, wo es immer mehr Alte gibt.«

»Man sagt, es ist nicht mehr gegangen. Es sind viele gestorben, sie ham gesagt, ein Virus sei schuld dran gewesen …«

»Andere sagen, es ist ein Fluch drauf gewesen … deshalb sind so viel gestorben, und wo viel sterben, will keiner mehr hin.«

»Früher hat man keine Altersheime braucht. Ich hab meine Mutter daheim gehabt, bis sie gestorben ist, sieben Jahr lang gepflegt …«

Maria sagte: »Doch net du, deine Frau!«

»Kommt aufs Gleiche raus, jedenfalls hätten wir sie nicht ins Altersheim getan. Man schiebt seine Mutter nicht einfach ab.«

Ich blieb ganz cool.

Am liebsten wäre ich hingegangen und hätte dem Deppen eine geschallert.

Er hatte mich bei meinen Schuldgefühlen erwischt.

Ich, einziger Sohn, in Rente, trieb mich auf der Alm rum und steckte die Nase in jeden Dreck, der mich nichts anging, statt dass ich meine Mutter zu mir genommen hätte.

Aber ich wusste, ich hätt's nicht ausgehalten.

Ich hielt sie höchstens immer zwei Stunden aus.

Wenn ich gut drauf war.

Am Schluss, vor ihrem Schlaganfall, hielt ich sie nur noch eine halbe Stunde aus. Alle paar Wochen.

Sie erzählte mir immer von Söhnen aus der Nachbarschaft, die so nett zu ihren Müttern waren.

Steigerung: von Schwiegertöchtern in der Nachbarschaft, die so nett zu ihren Schwiegermüttern waren.

Sie wusste nicht, dass ich wusste, dass sie mich enterben wollte, damit meine Frau nicht an ihr Geld rankam.

Sie konnte hassen wie die Pest. Besonders ihre Schwiegertochter. Die nette Frau Bär.

Außerdem stank sie nach Urin.

Sie war die letzten Jahre undicht.

Ich sagte immer zu ihr: »Zieh dir was Frisches an, du riechst so verbieselt.«

Dann war sie beleidigt, sagte: »Das muss ich mir von meinem Sohn sagen lassen … Die andern Leut sagen nichts … Das kann nicht sein … Wennst mich nicht mehr riechen kannst, dann …«

Dann wurde sie noch beleidigter.

Sie sagte gar nichts mehr.

Bei so einer gepflegten Unterhaltung ist eine halbe Stunde mehr, als was auf eine Kuhhaut geht.

Ich stand auf, legte einen Fünfer neben meine Tasse, ging.

Grußlos.

Ich kam beim Doktor vorbei.

Herzklopfen.

Sollte ich reingehen?

Zu Johanna.

Ich ließ meinen Blick auf das Armaturenbrett vom Doktorauto schweifen.

Nobel.

Der Kilometerzähler zeigte hundertfünfzig Kilometer mehr als gestern an.

Der Doktor.

Machte wohl viele Hausbesuche.

Im Umkreis von knapp hundert Kilometern.

Ich mühte mich bergauf zu meiner Alm.

Schloss die Tür auf.

Ging nicht.
Sie war schon auf.
Ging in mein Dachzimmer.
Tag der offenen Tür.
Das Bücherregal durcheinander.
Das Bett zerwühlt.
Ich ergriff meine alte Bibel.
Alle Geldscheine lagen noch zwischen den Blättern.
Ich öffnete das Gefrierabteil vom Kühlschrank.
Leer.
Der Weihrauch war weg!
Jedenfalls der, den ich eingefroren hatte.
Ich langte in meine Jackentasche.
Fühlte ein paar Teebeutel.
Gott sei Dank.
Eine Jackentasche ist halt einbruchssicher.

Offenbarung

Lindau leuchtete.

Ich stand vor Eilles. Dem Schokoladengeschäft.

Das konnte nicht sein.

Obwohl, er hatte noch gesagt: »Wo der Eilles ist, in dem Haus.«

Mein Ex-Patient. Der Meister-Hacker vom Bodensee.

Ich suchte die Hausnummer.

Stimmte.

Suchte weiter.

Tomaten auf den Augen?

Endlich sprang es mich an, ein kleines, unscheinbares Messingschild: »Institut für Wehrkunde. Erster Stock«.

Ich läutete.

Professor Adam Amgine öffnete mir.

Der Geheimniskrämer.

Der Enigma-Experte.

Er sagte: »Die Uni Konstanz ist zu öffentlich. Wir haben hier eine kleine Filiale …«

Ich ergänzte: »In süßer Umgebung … überm Eilles!«

Er sagte: »Unverfänglich. Und abhörsicher. Wenigstens bis letzte Woche noch. Da haben unsere Leute wieder sauber gemacht.«

»War's denn so verdreckt?«

»Verwanzt!«

Er führte mich in einen kleinen Raum.

Er setzte sich vor seine drei Flachbildschirme. Sagte: »Es hat geklappt. Ich bin reingekommen.«

Ich sagte: »Super. Dann schauen wir mal.«

»Was?«

»Wir schauen, ob wir größere Kontobewegungen entdecken können. Um den Tag X.«

Der Tag X war der Tag, an dem der Pfarrer von Tal beim Predigen von hinten erstochen worden war. Und am selben Tag war die Gesundbeterin verschwunden. Zum ersten Mal.

Das brauchte außer mir im Augenblick niemand zu wissen.

Ich sagte: »Können wir mal die Zweigstelle Tal am See unter die Lupe nehmen?«

Professor Amgine klickte ein paarmal, und Zahlenkolonnen erschienen.

Diverse Beträge mit den Namen der Kontoinhaber.

»Bingo!«, sagte ich. »Ich glaub, ich seh was …«

»Meinen Sie diesen ungewöhnlich großen Betrag … hier … fünf Millionen? Fünf Millionen … und die gehören einem oder einer MTT. Wer ist MTT?«

»Keine Ahnung … Ach, übrigens, ich hab da eine Nummer gefunden …«

Ich zog einen Bierdeckel aus meiner Brusttasche.

»132020« stand drauf. Ich schob ihm den Deckel hin, fragte: »Könnte es da eine Verbindung zwischen MTT und dieser Zahl geben?«

Professor Amgine schaute sich die Zahl an.

Dann zählte er etwas an den Fingern seiner Hände ab. Sagte: »Primitiv!«

»Was ist primitiv?«

»Die Verschlüsselung. Grundschulniveau … Eine monoalphabetische Substitution. Schauen Sie: Wenn Sie für MTT die Zahlen nehmen, die den Buchstaben des Alphabets entsprechen, kriegen Sie für M die 13 und für T die 20. Das heißt: 132020 ist MTT in Ziffern des Alphabets übersetzt.«

»Wahnsinnig …«

»Ja, wahnsinnig primitiv.«

»Und doch wär ich nicht drauf gekommen …«

Professor Amgines Begeisterung nahm Fahrt auf, er deutete mit dem Zeigefinger auf Zahlenreihen, sagte: »Da tauchen Auszahlungen auf … immer mit der Nummer 132020. Barauszahlungen …«

Ich sagte: »Ja, stimmt, und dazu noch so seltsame Beträge: fünfundneunzigtausend … neunundneunzigtausend … neunundneunzigtausendfünfhundert … Alle knapp unter hunderttausend Euro.«

»Warum?«

»Ich vermute, die Bank hat ein internes Checksystem. Alle Beträge von hunderttausend und aufwärts werden kontrolliert. Es kann auch mit der Steuer zu tun haben ... Jedenfalls fliegen alle Abhebungen unter dem Hunderttausend-Euro-Radar ...«

»... und können gut verstaut werden. Es sind weniger als zweihundert Fünfhunderterscheine.«

»Jetzt müssen wir nur noch rauskriegen, wer MTT und wer 132020 ist. MTT hat überwiesen auf 132020, und das Geld ist in bar ausgezahlt worden, an 132020.«

Was nur ich wusste: 132020 gehörte zur Gesundbeterin. Ich hatte die Nummer bei meinem ersten heimlichen Besuch in ihrer Hütte gefunden. In der Offenbarung des Johannes.

Jetzt musste ich nur noch MTT finden ...

Katzenpfoten

Dreißigtausend Euro waren unterm Weihwasserkessel in der Kirche versenkt worden.

In gemischten Scheinen.

Es war eine Sauarbeit gewesen, die Nummern auf den Scheinen alle aufzuschreiben. Zur Sicherheit.

Ich war extra nach Augsburg gefahren.

Zur Bank meiner Mutter.

Hatte mir ein Darlehen von ihr geholt.

Versprach, es gut verzinst zurückzuzahlen. Sagen wir 0,05 Prozent. Entsprach dem Leitzins der EZB.

Der erste Mittwoch, der in Frage kam, war da.

In aller Herrgottsfrüh tuckerte ich mit meinem altersschwachen Golf Diesel über Görisried, Marktoberdorf und Landsberg am Lech nach Augsburg.

Zuerst zum Bahnhof.

Ein Leihauto mieten.

Zur Tarnung.

Dann ins Pflegeheim.

Sagte Hallo zu meiner Mutter. Sie lächelte zurück und schaltete dann wieder ab.

Ich atmete flach.

Pflegeheimluft bringt mich immer an den Rand des Kotzens.

Desinfektionsmittel, Urin, Scheiße, Sauce bolognese, freitags Fischstäbchen.

Es war ein Upperclass-Pflegeheim.

Wie musste es erst in einem Proletenpflegeheim stinken?

Das Personal sprach Variationen von Russisch, Tschechisch, Kroatisch, Südamerikanisch, Vietnamesisch, Rumänisch, Bulgarisch.

Ein internationales Haus.

Ich steuerte in Richtung Pflegedienstleitung.

Sie sprach Schwäbisch mit russischem Einschlag.

Fragte professionell freundlich, was ich wollte. Es ging ihr am Arsch vorbei.

Ich schob ihr meine Visitenkarten von vor zwei Jahren über den Schreibtisch, sagte: »Ich bin hier im Auftrag vom Bistum.«

Ich hatte schlagartig ihre ungeteilte Aufmerksamkeit.

Der Bischof war ihr oberster Chef.

Die PDL las halblaut: »Dr. Emil Bär. Consultant Bistum Augsburg.«

Ich sagte: »Ich muss für den Bischof was rausfinden. Es geht um Leben und Tod und ein paar Millionen.«

Sie war beeindruckt.

Ich erklärte ihr meinen Plan.

Sie war davon so sehr beeindruckt, dass sie sagte: »Da mach ich nicht mit.«

Ich sagte: »Aber der Bischof …«

Sie sagte: »Aber ohne meine Verantwortung.«

»Klar. Ich nehm alles auf meine Kappe. Ich brauch nur einen Pfleger oder eine Schwester, die schnell spritzen kann …«

Ich erklärte ihr den Rest, soweit sie ihn wissen musste.

Meine Mutter wurde in ein anderes Zimmer verlegt.

Sie schaute, sagte aber nichts.

Konnte sie auch nicht. Ihr Sprachzentrum war zerstört, ihre Stimme auch.

Ich redete beruhigend auf sie ein: »Es dauert nur kurz, dann kommst du wieder auf dein Zimmer. Und ich bin auch im Haus. Alles ist in Ordnung. Gell!«

Es klang ziemlich beruhigend.

Für mich.

Ein frisches Bett wurde ins Zimmer geschoben.

Ich schloss die Tür.

Zog mich aus bis auf die Unterwäsche.

Dann zog ich mich an.

Mit einem Nachthemd.

Meine Nachbarin auf der Alm hatte es mir geliehen.

Eine graue Perücke.

Eine dicke Hornbrille.

Rasiert hatte ich mich schon auf der Alm.

Die PDL brachte mir einen halb gefüllten Urinbeutel mit Katheter.

Eine Magensonde.
Und eine Rolle Klebeband.
Der Katheter wurde mir an die Oberschenkel geklebt.
Der Schlauch der Magensonde auf den Bauch.
Eine fertige Spritze ins Nachtkästchen gelegt.
Schließlich wurde ich ins Bett gebettet mit vielen Kissen, wie das Christuskind in die Krippe.
Ich sah aus wie meine Mutter.
War auch Sinn des Manövers.
Ich war meine Mutter.
Stellte sicher, dass »Emily Bär« auch überm Bett geschrieben stand.
Das Licht wurde gedimmt. Es war schummrig.
Ich wartete auf den Mörder meiner Mutter.
Ich wartete.
Schaute an die Decke.
Wie meine Mutter.
Rührte mich nicht.
Wie meine Mutter. Die ganze rechte Seite gelähmt, und von der linken Seite funktionierte auch nur noch die Hand.
Es war still.
Mein Herz raste.
Draußen auf dem Gang röhrte der Fernseher.
Bei jedem Geräusch zuckte ich zusammen.
Ich weiß, dass mein Erlöser lebt.
Ich weiß, dass mein Mörder kommt.
Er musste denken, dass ich hohes Fieber hatte.
Der Schweiß stand mir auf der Stirn.
Kalter Schweiß.
Pinkeln musste ich.
Wenn ich Angst habe, muss ich immer pinkeln.
Alle fünf Minuten.
Was nützt mir der Katheter, wenn ich ihn nicht reinstecken kann.
Pfui Teufel.
Notfalls lass ich's ins Bett laufen.
Riecht dann noch echter.
Draußen war es Nacht geworden.

Die Fernsehansagerin sagte an, dass gleich die Einundzwanzig-Uhr-Nachrichten kamen.

Jede Minute wurde es wahrscheinlicher, dass …

Ich erstarrte.

Die Tür öffnete sich.

Im Rahmen stand ein Bulle von einem Mann. Ich konnte sein Gesicht nicht sehen.

Seine Stimme erhob sich, bedrohlich: »Herr Dr. Bär, Sie können wieder aufstehen. Ich muss jetzt das Heim absperren, dann kommt keiner mehr raus oder rein.«

Der Hausmeister.

Gelobt sei Gott für den Hausmeister.

Ich nahm meine Perücke vom Kopf.

Mein Nachthemd konnte man auswinden.

Ich hatte mindestens zwei Liter Wasser verschwitzt.

Mehr, als ich hätte schiffen können.

Ich sagte: »Danke für die Information. Jetzt muss ich das Scheißtheater nächsten Mittwoch noch mal machen!«

Um Mitternacht war ich zurück in meiner Alm.

Das Licht brannte, ich sah es von ferne. Ich hatte wohl vergessen, es auszuschalten.

Die Haustür war offen.

Hereinspaziert!

Ich nahm zwei Treppen auf einmal zum Dachgeschoss, stürmte ins Zimmer, stolperte, schlug auf den Boden.

Verdammt, war ich über den Fußabstreifer gestolpert?

Nein.

Über ein Wollknäuel.

Eine Katze.

Tot.

Erschlagen.

Die weißen Vorderpfoten abgeschnitten. Zwischen den blutigen Pfotenstümpfen ein Blatt Papier.

Darauf stand geschrieben, mit Blut, Katzenblut: »Letzte Warnung«.

Ich spürte meinen Mageninhalt nach oben steigen, kotzte ins Klo.

Suchte nach meiner eisernen Reserve.

Wasser.

Obstwasser. Fand keines.

Dann eine Erleuchtung.

Ins Bad.

Schrank auf.

Klosterfrau Melissengeist raus.

Als die Flasche nach einem Zug leer war, atmete ich tief durch, sagte zu mir selbst: »Wenigstens auf der richtigen Spur!«

Pervers

Ich spazierte den Kamm zwischen der Alm und Oberberg entlang.

Nein, ich spazierte nicht.

Spazieren deprimiert mich.

Ich brauche ein Ziel.

Das Ziel war Oberberg.

In Oberberg gibt es alles, was man zum Leben braucht, reichlich:

Eine Kirche.

Zwei Wirtschaften.

Einen Laden.

Im Laden gab es das Wichtigste:

Zeitungen. Sogar drei. BILD. SZ. Allgäuer Rundschau.

Brot.

Brezn.

Bergkäse.

Bier. Aus dem Kühlschrank.

Luxus pur.

Ich konnte mich nicht zwischen BILD, SZ und Allgäuer Rundschau entscheiden.

Kaufte alle drei.

Ich bin nicht gut im Entscheiden.

Vielleicht geh ich mal zu unserem Doktor in Tal.

Vielleicht hatte er etwas gegen Entscheidungsschwäche.

Er war gut im Entscheiden.

Entschied sich immer für Alkohol.

Ich verzichtete auf das Bier, das mich aus dem Kühlschrank anlachte wie die Johanna, wenn sie mich verführte.

Packte die Zeitungen in meinen Rucksack.

Sagte: »Ich glaub, ich hab's passend.«

Kramte aus meiner Hosentasche eine Handvoll Münzen.

Zählte ab.

Legte die Münzen auf den Ladentisch.

Ließ eine Münze fallen.

Sie rollte unter das Gemüseregal.

Gemüse in Dosen.

Ich tauchte der Münze nach, wischte dabei aus Versehen die Handvoll Münzen auf dem Ladentisch weg. Sie ergossen sich auf den Boden.

Ich sammelte sie ein.

Alle.

Zählte noch mal.

Sagte: »Ich hab's gleich!«

Der Hüter des Ladens, die Ruhe selbst: »Pressiert itta.«

Ihm nicht. Er hatte eine Geduld wie eine Herde Kühe.

Ich sagte: »Verreckt, ich hab's doch nicht passend.«

Schob dem Mann hinter dem Ladentisch einen Fünfer hin.

Er gab das Wechselgeld raus.

In Zeitlupe.

Der Mann war schon älteren Datums. Älter als ich. Noch älter. Musste eine Ausbildung in angewandtem Buddhismus hinter sich haben. Nichts brachte ihn aus der Ruhe.

Ich hängte mir meinen Rucksack um, schloss die Ladentür. Entdeckte ein Schild.

Es zeigte eine Couch.

Hatte der Allgäuer Buddhist auch eine psychoanalytische Praxis? Tät zum Tempo passen.

Auf dem Schild stand:

»Geöffnet 8–12. Dann Mittagsruhe«.

Sie dauerte wohl bis zum andern Morgen um acht.

Ich bedauerte, dass ich die Flasche kühlen Bieres hatte stehen lassen.

Aber ich war ja schließlich trocken.

Meine Entscheidungskrankheit brach wieder aus.

Soll ich oder soll ich nicht?

Bei der Hütte von der Gesundbeterin vorbeischauen oder nicht?

Liegt genau am Weg, nur ein kleiner Abstecher.

Man gönnt sich ja sonst nichts.

Ich tat so, als schlenderte ich zufällig durch die Landschaft.

Hockte mich demonstrativ lässig auf eine Bank, las den Leitartikel in der SZ. Dann den in der BILD. Wusste danach nicht mehr, was drinstand. Der in der BILD war nur ein Drittel so lang wie der in der SZ, und der in der Allgäuer Rundschau ungefähr halb so lang wie der in der SZ. Alle schrieben das Gleiche mit unterschiedlich viel Wörtern und verschiedenen Abstufungen von Geschwurbel. Keine Ahnung, worüber sie das Gleiche schrieben. Ich war mit dem Kopf woanders.

Bei der toten Katze von gestern Abend.

Bei der Hütte von der Gesundbeterin.

Bei dem leeren Gefrierfach von meinem Kühlschrank.

Da hat man keinen Kopf mehr für Leitartikel.

Ich schlenderte an die Gesundbeterinnenhütte heran. Touristisch.

Schaute um die Ecke.

Erschrak.

Er erschrak genauso.

Auf seiner Bank an der Sonne.

Braun.

Strahlend weiße Zähne.

Der Inderpfarrer von Tal.

»Du?«, sagte er.

Ich antwortete: »Du?«

Er hatte in der einen Hand eine Bierflasche, in der andern einen Rosenkranz.

Hatte er auch ein Entscheidungsproblem?

Er sagte: »Setz dich her.«

Ich setzte mich her, sagte: »So ein Zufall, ich komm grad vom Zeitungholen …«

Er sagte: »Ich hab auch einen Spaziergang gemacht. Und hab denkt: Ich schau mal hier vorbei, vielleicht ist die Gesundbeterin wieder da.«

Ich sagte: »Schaut nicht so aus. Alles verschlossen. Fensterläden zu. Ich glaub, die kommt nimmer …«

»Schad.«

»Warum schad?«

»Mit der hat man so gut reden können …«

Er seufzte.

Ich nahm meine Gauloises Blondes raus, hielt ihm die Schachtel hin: »Rauchst eine mit?«

Er zögerte. Er wusste nicht, mit welcher Hand er sich eine Zigarette aus der Schachtel fischen sollte, ob er das Bier oder den Rosenkranz behalten sollte.

Ja, ein Leidensgenosse. Entscheidungskrank.

Der Rosenkranz siegte. Er stellte das Bier neben sich und nahm sich eine Zigarette.

Wir rauchten still vor uns hin.

Ich sagte: »Schon schön hier oben, gell, in der frischen Luft … an der Sonne.«

»Ja«, sagte er mit einer Begeisterung von Windstärke null.

Ich merkte, wie mein Körper automatisch in den Seelsorgemodus wechselte.

Leicht zugeneigt, ernster Blick, viele Hmmms auf Lager, verständnistriefend.

Ich sagte mit Frageintonation: »Heimweh?«

»Hm … ist nicht leicht … immer so allein … weißt es ja selber …«

Ich sagte: »Ja, seit zwei Jahr leb ich single auf meiner Alm. Im ersten Jahr hab ich noch einen Kollegen gehabt … aber der ist dann auch … gegangen … und seitdem …«

Ich seufzte. Eine traurige Geschichte. Brauchte er nicht zu wissen.

Er sagte: »Dabei tust du es ja freiwillig.«

»Was?«

»Allein sein … Ich muss es, ob ich will oder nicht … Der scheiß Zölibat.«

Aha, darauf lief sein Leiden hinaus.

Ich schwieg vornehm über meine überraschende Auszeit vom freiwilligen Zölibat, sagte: »Manche nehmen es nicht so genau damit … und die Gemeinden wissen ja … mit der Haushälterin … das ist doch meistens so ein unausgesprochenes Übereinkommen. Jeder weiß, keiner red't drüber.«

Er lachte bitter, sagte: »Und der Witz ist, ich tät das ja auch nicht so eng sehen … auch mit meiner Haushälterin …«

»Die Johanna?«

»Ja, die ist ja ganz nett … eigentlich sehr nett …«

Er verschluckte sich an seiner Zigarette. Ich konnte nicht sehen, ob er errötete. Mit der braunen indischen Haut.

»Aber«, fuhr er fort, »die ist ja schon vergeben …«

Ich kriegte ein Herzstolpern, hustete, sagte: »Scheiß Zigaretten.«

Er sagte: »… an die Toni. Die beiden sind ja ein schwules Paar …«

Ich sagte: »Ja, schad drum … Da kann man nix machen, das ist genetisch.«

Er seufzte, sagte enigmatisch: »Die, die man will, wollen einen nicht, und die einen wollen, sind zu schwul oder zu jung …«

Ich ergänzte: »Oder zu alt … Aber horch, mit dem Zölibat, manche können das, und manche wollen's sogar …«

»Die, wo schwul sind, oder die ganz anderen, die Pädos …«

»Nein, echt. Da hab ich erst neulich ein Buch gelesen von einem Paar, das im Zölibat lebt. Er und sie, Mann und Frau, der Jesuit Niklaus Brantschen und die Ordensfrau vom Katharina-Werk Pia Gyger. Freiwillig. Seit vierzig Jahr. Und die schreiben beide: Es geht. So heißt auch ihr Büchle: ›Es geht um die Liebe. Aus dem Leben eines zölibatären Paares‹. Es geht. Sagen die beiden.«

»Und wie?«

»Man muss nur transformieren, schreiben sie. Den Eros transformieren in Agape und Caritas …«

Er: »Also quasi die … das … Begehren vom Genitalbereich in den Mentalbereich verschieben.«

Er schwieg wieder, sagte: »Ich glaub, ich könnt das nicht. Macht auch keinen Sinn. Die Genitalien sind ja schließlich nicht bloß zum Schiffen da.«

Ich seufzte, sagte: »Du, ich bin froh, wenn das noch geht. In meinem Alter … weißt schon … Prostata.«

Er nickte. Als wüsste er. Nix wusste er. Weder von der Prostata noch von der Schwulenpause der Johanna noch von meiner Zölibatsunterbrechung. Aber auch ich wusste nichts. Nichts von ihm. Nicht, was ihn wirklich bedrückte.

Wir schwiegen, hörten dem Kuhglockenläuten zu.

Sein Handy läutete.

Scheiß Ton, schrill, nach der Melodie von »Ja, mia san die lustigen Holzhackerbuam …«

Er sagte: »Ja?«

Horchte.

Sagte entsetzt: »Nein!«

»Was ist los?«

Er, atemlos: »Ein Todesfall!«

Seine Stimme ganz weinerlich.

»Wer ist denn gestorben?«

»Meine Katze, die kleine weiße, ist verschwunden. Und jetzt hat man sie gefunden …«

Er konnte kaum sprechen, so mitgenommen war er.

»… in der Marienkapelle neben der Biselalm …«

Er schluchzte herzzerreißend, ich konnte ihn nur noch schwer verstehen: »… tot … und das Schlimmste: mit abgeschnittenen Pfoten …«

Er weinte.

Jesus wept.

Dann ging ein Ruck durch seinen Körper, er richtete sich auf, schaute mir geradlinig in die Augen, sagte: »DU?«

Ich sagte: »Du spinnst. Nur weil sie neben meiner Alm gefunden worden ist … Ich bin doch nicht pervers!«

Er sagte: »Die Katze war das einzige Lebendige, was ich gehabt hab … Den, wenn ich derwisch, den bring ich um.«

Stand auf und ging mit hängenden Schultern talwärts.

Ich hatte die Katze in den Garten der »Alm« gelegt, ein paar Steine drauf.

Wer hatte sie in die Marienkapelle gelegt?

Und warum?

Pervers!

Jungfrau

Tal fieberte.

Oberhalb vom See war eine Wiese zum Festplatz hergerichtet.

Es war Sonntag.

Kurz vor zehn.

Ich:

Rasiert.

Gekämmt.

Gewaschen.

Im Trachtenjanker.

Auf der Wiese: großes Bierzelt für mindestens fünfhundert Leute.

Junge. Alte. Und die dazwischen.

Die Bierbänke voll besetzt.

Vorne, wo die Blaskapelle spielte, war ein Altar aufgebaut.

Die katholische Landjugend feierte fünfzigjähriges Jubiläum.

Bunte Fahnen.

Bunte Dirndln.

Dralle Füllungen.

Volle Maßkrüge.

Du schenkest mir voll ein.

Der Parkplatz, eine Bauernwiese, war voll belegt.

In der Nacht hatte es geregnet.

Wenn man vom Auto zum Festzelt schritt, quatschte jeder Schritt.

Bierwagen.

Pinkelhäuschen.

Grillbude.

Fischbraterei. Vom Fischereiverein Tal.

Alles.

Am Rande des Areals, hinter den Bauwagen zum Schiffen, stand am Rande der Wiese zur Straße hin die Jungfrau Maria.

Ein Marterl.

Winzig.

Wenigstens eine Jungfrau.

Mindestens eine.

Ich suchte nach dem unauffälligsten Platz.

Am Rande des Zeltes.

Eine Limonade vor mir. Almdudler.

So weit war ich gekommen.

Tiefer ging nimmer.

Limonade!

Wie beim Kindergeburtstag.

Die Leute, die um mich rum saßen, kannten mich nicht.

Jedenfalls taten sie so.

In Tal kennt jeder jeden.

Aber es grüßt nicht jeder jeden.

Mich jedenfalls grüßte keiner.

Vielleicht wegen der Limonade.

Rauchen ging auch nicht.

Jedenfalls nicht vor oder während der Messe.

Kurz nach zehn gab die Kapelle einen Tusch, und die Leute verstummten.

Dann: *Großer Gott, wir loben dich.*

Der Priester zog ein, umgeben von der Landjugend, die ministrierte.

»Der Herr sei mit euch!«

»Und mit deinem Geiste.«

Ich kannte noch die lateinische Form.

»Dominus vobiscum.«

Übersetzt: Dominus, wo bist du? Dachte ich. Als Bub. Als Bub wusste ich noch nicht, dass es Lateinisch gab.

Ich wusste, dass es Englisch gab.

So redeten die Leute von der Amerikanersiedlung am Ende unserer Straße. Ich war erstens davon überzeugt, dass das keine Sprache war, zweitens, dass man sich damit nicht verständigen konnte.

Ich kannte nur eine Sprache.

Schwäbisch.

Jemand neben mir sagte zu jemand anderem neben mir: »Da schau, der neue Pfarrer!«

»Ja, ich seh ihn. A bissle klein ist er. Aus Indien kommt der. Ein Inder.«

»Das hört man … an seinem Dialekt.«

Der indische Pfarrer sprach perfekt Oberbayerisch.

»Dass die keinen ausm Allgäu gefunden ham. Einen von uns.«

»Ich glaub, da geht keiner mehr her nach Tal. Da ist das Unfallrisiko zu groß.«

»Kann sein. Da ist ein Inder schon sicherer dran. Dem passiert nix.«

»Warum?«

»Gäschte werden bei uns geschont. Einen Inder bringt doch keiner um! Dazu noch so einen kleinen.«

»Stimmt.«

So, so.

Ich kannte meinen indischen Freund kaum wieder. Bei unserem letzten seelsorgerlichen Gespräch vor der Hütte von der Gesundbeterin war er noch deprimiert wie ein geprügelter Hund. Heute war er quicklebendig, predigte mit Menschen- und Engelszungen, wie wunderbar die katholische Landjugend sei und dass es in seinem Land auch eine Landjugend gebe, eine indische katholische Landjugend, und durch die sei er Priester geworden, und das höchste Glück von allem: dass er nun hier in Tal sein durfte, bei diesen prächtigen Burschen und Mädchen und ihren tüchtigen Eltern, in einem Land und in einer Gegend, da noch Zucht und Ordnung herrschten, Sitten und Anstand, Ehrlichkeit und Treue, Ehrfurcht vor den Alten und Furcht vor dem Herrn.

Ich dachte, ob er wohl besoffen ist? Oder hatte er zu viele Rosenkränze gebetet? Oder beides. Oder … war er die Nacht zuvor im Puff in Kempten gewesen? Aufgekratzt war er jedenfalls wie ein junger Hund.

Die Gemeinde soff und sang, die Blaskapelle blies.

Er kannte kein Erbarmen, der Inder.

»Und der Herr, unser Gott, hat Wohlgefallen. In der Nacht hat er mit Strömen der Liebe geregnet …«

Ja, meine Füße waren nass. Soichnass.

»… und jetzt, zum heiligen Sonntag, lässt er seine Gnade erscheinen wie die Sonne am Himmel.«

Oh Gott. Billige Predigerpunkte. Wenn's regnet, kommen die Ströme der Liebe, wenn die Sonne scheint, strahlt die Gnade. Wettertheologie. Kannte ich. Aus eigener Erfahrung. Dümmer geht's nimmer.

Ich war enttäuscht. Von ihm. Dem Dr. Gandhi.

Irgendwas Schreckliches musste passiert sein.

Er hatte seinen Verstand verloren.

Oder war er wirklich besoffen? Verliebt? Bekifft? Entrückt? Manisch?

Die Blasmusik erlöste die Zuhörer von dem unsinnigen Schleim, der sich aus Indermund in Oberbayerisch über die fünfhundert Gläubigen ergoss.

Jetzt wird es besser, dachte ich. Es kann nur noch besser werden.

Die Landjugend führte eine audiovisuelle Show mit Beamer über ihre Geschichte vor. Es waren fünfzig Jahre Geschichte, es kam mir aber vor wie fünftausend Jahre Geschichten.

Ich hätte alles um eine Maß Bier gegeben.

Sogar meinen Almdudler.

Als ich dachte, jetzt ist es endlich vorbei, fingen die Fürbitten an.

Die jungen Menschen fürbitteten für alles, was in der Zeitung stand:

Die armen Inder.

Die armen Kinder.

Die Armen in der Welt.

Die Allgäuer Viehwirtschaft.

Faire Milchpreise.

Die heilige katholische Kirche.

Den Bischof Zdarsa von Augsburg.

Den Erzbischof von München und Freising, Kardinal Reinhard Marx.

Den Papst Franziskus in Rom.

Die Gerechtigkeit.

Den Frieden.

Die Schöpfung.

Die Jugend.

Die Alten.

Ein seliges Ende. Ja bitte. Aber schnell.

Nein, es ging weiter.

Ich dachte, ich habe eine auditive Halluzination.

Ich hörte, wie ein Bursche ins Mikrofon hineinbetete: »Für das deutsche Volk.«

Mich riss es.

»Für die Wehrsportgruppe Allgäu.«

Ich fiel fast von der Bierbank.

»Für die gefallenen Helden.«

»Für unsere Helden in Afghanistan.«

»Für unsere Helden im Kosovo.«

»Für unsere Helden in Zentralafrika.«

»Für das Wiedererwachen des deutschen Geistes. In der Welt.«

… über alles in der Welt …

Ich schaute meine Nachbarn an.

Sie schauten fromm in ihre Schöße.

Nickten.

Wahrscheinlich hörten sie was anderes.

Ich setzte meine Brille auf.

Der Fürbitter trug ein schwarzes Hemd, Glatze, Springerstiefel.

Der Capo von der Wehrsportgruppe.

Seine Augen waren inzwischen nur noch leicht gelb eingefärbt.

Aber dann passierte etwas, was ich noch weniger glauben konnte.

Er stockte, seine Stimme wurde dünn und bröselte, und er piepste ins Mikrofon, weinerlich: »Und für unsere Alten in den Alten- und Pflegeheimen …«

Er war kurz vorm Losheulen.

Seine Nachfolgerin rettete ihn, übernahm das Mikro.

Fürbittete weiter für die Landwirtschaft und die Wiesen und die Felder und die Natur überhaupt.

Mein schwarzer Freund Mannfred wischte sich die Augen, verschwand unter seinen Freunden.

Nach zwei Stunden kam die Erlösung.

Vaterunser, Segen, *Nun danket alle Gott.*

Ich hatte für meine gesammelten Sünden gebüßt. Jetzt konnte ich mir bestimmt neue leisten. Eine Menge.

Ich hatte genug.

So viel konnte ich gar nicht saufen, wie ich gebraucht hätte, um meinen Verstand wiederzuerlangen.

Massenhaft Bierkrüge wurden angeschleppt. Die öffentliche Sauferei konnte anfangen. Hemmungslos. Klar, wer so eine Messe aushält, hat spirituelle Nahrung nötig. Hektoliterweise.

Die Burschen hatten alle glasige Augen. Noch vom Vortag. Sie würden die kommende Woche brauchen, um wieder auf unter ein Promille runterzukommen.

Die Mädchen waren noch nicht so besoffen, sie kicherten, ich schaute sie an, merkte, wie uralt ich war.

Eine schaute zurück.

Sie erkannte mich.

Ich erkannte sie.

Es war die, die ich zu Dr. Curie geschickt hatte.

Die Vroni vom Geisenhof.

Sie schaute schnell weg.

Rannte auf und davon.

Warum?

Todesengel

Mir graute vor dem Mittwoch.

In Augsburg.

Pflegeheim. Zweiter Versuch.

Same procedure as last time.

Mutter raus.

Ich rein in ihr Zimmer.

Verkleidung.

Spritze.

Steckte dem diensthabenden Pfleger einen Fünfziger zu.

Fürs Schmierestehen.

Wies ihn an: »Sobald zwei oder drei oder vier Typen kommen auf Motorrädern: melden bei mir. Sie tragen Wehrmachtshelme, schwarze Hemden, Springerstiefel und sehen aus wie deutsche Soldaten aus dem Zweiten Weltkrieg, denen niemand gesagt hat, dass der Krieg aus ist.«

»Wie?«

Ach ja, er kam aus Chile.

Sagte: »Deutsch nix gut.«

Merkte ich auch so. Sagte: »Motorrad. Vier Motorrad.«

Ich zeigte ihm mit den Fingern die Vier. Machte mit der rechten Hand eine Bewegung von Gasgeben am Motorrad, dazu intonierte ich »Brummbrumm«. Sagte: »Hitler. Die kommen zu mir. Gefährlich. Mord.«

Er wurde blass.

Sagte: »Ich melden Hitlerjugend. Ich sehe aus Büro. Dir helfen. Angst.«

Ich sagte: »Ich auch. Mir geht der Arsch auf Grundeis.«

»Arsch kalt? Heizung auf?«

»Nein, ist schon in Ordnung.«

Er ging.

Ich lag in der Dämmerung.

Schwitzte vor Angst.

Spritze im Nachtkästchen.

Atemmaske daneben.

Wenn meine Theorie stimmte, stimmte alles.

Wenn nicht, lag ich noch heute Abend mit eingeschlagenem Schädel im Bett. Wie die Katze auf meinem Fußabstreifer. Vielleicht die Pfoten noch abgeschnitten. Oder erdrosselt. Oder erstickt.

Wer soll dann die Pflegerechnungen für meine Mutter bezahlen?

Ich dachte nicht, dass die Deppen so doof sein würden, zu viele Spuren zu hinterlassen. Sie standen unter der Fuchtel des Kommandanten.

Ich hoffte, der Kommandant käme mit. Drum hieß er ja Kommandant.

Und der war nicht doof.

Die Zeit verging nicht.

Wenn man alle zwei Minuten auf die Uhr schaut, vergeht die Zeit nicht.

Um zwanzig Uhr dröhnten aus allen Zimmern die Fernseher. Deutsche Messe: die »Tagesschau«.

Die meisten Bewohner waren schwerhörig.

Man hätte mich unbemerkt erschießen können.

Ohne Schalldämpfer.

Ich hörte Motorräder.

Der Pfleger stürzte herein.

Keuchte: »Hitlerjugend da!«

Ich hielt ihm meinen Arm hin.

Er nahm die Spritze aus dem Nachtkästchen.

Versenkte sie in meinem Oberarm.

Wie abgemacht.

Licht aus, nur die Nachtbeleuchtung, wo man nichts sieht außer dem Weg zum Klo.

Ich tauchte ab.

Der Pfleger verschwand.

Ich pinkelte ins Bett.

Nur ein paar Tropfen.

Angsttropfen.

Aber das gab der ganzen Angelegenheit ein authentisches Aroma.

Kannte ich von meiner Mutter.

Hoffentlich funktioniert mein Schließmuskel besser.

Vater unser im Himmel …

Ich vergaß, wie es weiterging.

Die Tür öffnete sich sachte.

Die Wehrsportgruppe Allgäu marschierte auf Katzenpfoten ein.

Gespenstisch. Ohne Worte.

Zwei von den Typen postierten sich neben dem Bett, rechts und links.

Drückten mich an meinen Oberarmen ins Bett.

Der Chef, der harte Hund, der am Sonntag bei den Fürbitten noch um seine Oma geflennt hatte, stellte sich ans Kopfende.

Ich dachte:

Die Todesengel.

Zwei zu meiner Rechten
Zwei zu meiner Linken
Zwei zu meinen Häupten
Zwei zu meinen Füßen
Zwei, die mich decken
Zwei, die mich wecken
Zwei, die mich weisen
Ins himmlische Paradeise.

Einer stand an der Tür. Schmiere.

Der Oberengel nahm meinen laschen Arm – Hemiparese. Ich täuschte eine halbseitige Lähmung vor.

Schaute an die Decke.

Er drückte eine kleine Nadel in meinen Arm.

Gott sei Dank, meine Theorie stimmte.

Bislang.

Ich spürte einen Stich.

Den Mückenstich kannte ich.

Meine Augenlider wurden schwer.

Mein Atmen wurde schwer.

Ich verfiel in Schnappatmung.

Hatte ich dreißig Jahre lang gesehen. Im Krankenhaus. Kurz bevor die Leute starben.

Ich wusste, wie das ging.

Atmete immer weniger. Immer längere Pausen zwischen dem Schnappen.

Ganz schön anstrengend, das Sterben.

Der Oberengel sagte leise: »Passt!«

Ich starb weiter.

Röchelnd.

Der Oberengel sagte: »Los, weg. Schnell.«

Sie huschten behände und leise wie Ballettschülerinnen auf ihren Springerstiefeln aus dem Zimmer.

Hatten gute Manieren. Die Burschen. Deutsche Manieren.

Ich stellte meine Schnappatmung ein.

Wischte mir den Schweiß vom Gesicht.

Sagte laut: »Scheiße.«

Ich wusste nun, wie die Typen arbeiteten, wusste, wer ihr Häuptling war. Aber der Kommandant war nicht dabei. Hätte ich mir denken können. Er war nicht doof, der Kommandant.

Ich läutete.

Der Pfleger kam.

Schaltete das Licht ein.

Sagte: »Du leben. Gut.«

Rümpfte die Nase. Sagte: »Riecht. Wie Mutter.«

Meine Mutter war inkontinent. Harn- und darmmäßig.

Jetzt ahnte ich, wie es ihr ging.

Ich schämte mich. Zu Tode. Fast.

Ich sagte zum Pfleger: »Sorry. Kleines Unglück.«

Er lachte. Sagte: »Angst groß, Scheiße groß!«

Gescheiter Junge, der Chilene.

Zum Glück hatten sie eine Dusche in der Einrichtung.

Ich duschte.

Wartete noch eine halbe Stunde.

Die Wirkung der Spritze war okay.

Dr. Graf aus Kempten hatte sie zusammen mit der Anästhesistin aus Amerika gemischt: Atracurium, Mivacurium, Pancuronium, Vecuronium, und der Clou, neu aus Amerika: C-666. Einen Namen hatten sie noch nicht dafür. C-666 war ein Arbeitstitel.

Ein hübscher Cocktail. »Zur Präkurarisierung«, sagten die gelehrten Damen im Klinikum Kempten.

Ich konnte die Namen nicht mal aussprechen. Es waren Mittel, die Curare unschädlich machten. Mehr musste ich nicht wissen.

Über Präkurarisierung.

Wichtiger war: Wer war der Kommandant?

Gnadenbrünnele

Wie kam ich an den Kommandanten?

Die Burschen von der Wehrsportgruppe kannten ihn ja selber nicht. Oder verrieten ihn nicht.

Aus Angst.

Der Pfleger schob meine Mutter wieder in ihr Zimmer.

Das Fenster stand offen.

Frische Luft.

Ich drückte ihr ein Bussi auf die Wange.

Sie verzog ihr Gesicht zu etwas, das ich als Lachen interpretierte.

»Schlaf gut«, sagte ich, »ich fahr jetzt wieder auf die Alm. Bissle was arbeiten.«

Keine Reaktion.

In Landsberg am Lech bog ich auf die A 96 Richtung Lindau ein.

Fuhr dem letzten Abendrot entgegen.

Abendrot, leuchtest mir zum frühen Tod …

Nein, das hatte ich schon hinter mir.

Bei Buchloe-West zweigte ich Richtung Kempten ab.

Ein langes Stück auf der Schnellstraße.

Zeit zum Denken.

Der Kommandant …

Die Kommandantin?

Nein, die Burschen konnten schließlich einen Mann von einer Frau unterscheiden.

Meine Gedanken wollten nicht denken.

Wahrscheinlich waren sie vom Curare lahmarschig geworden.

In Marktoberdorf verließ ich die Schnellstraße.

Noch eine halbe Stunde durch die Voralpen-Pampa.

In Oy brannte noch ein Licht beim Penny.

Wahrscheinlich die Putzfrau.

Da fiel bei mir der Penny, und ein Licht ging mir auf.

Ich schwenkte auf den Parkplatz ein.

Tippte eine gespeicherte Nummer in mein Mobiltelefon.

Wickelte ein Tuch um das Gerät.
Wegen der Stimme.
»Ja?«
Es war die gleiche Stimme wie letztes Mal.
Der Kommandant.
Ich sagte: »Do you speak English?«
»Jess.«
»Can you do a job for me?«
»What job?«
»To make an old lady meet her maker.«
»Jess … name … location?«
»St. Mary's Home. Kempten.«
Ich sprach Kempten aus wie Camden.
»Jess.«
»How much?«
»Thirty thousand … And the name?«
»Mrs. Margreiter.«
»Oh … forty thousand.«
»Why?«
»Special case.«
»Why?«
Ich wusste, warum das ein special case war.
Er sagte: »Forty thousand. Cash.«
Arsch. Ich sagte: »Okay. Where am I to depose the money?«
»Forum Allgäu. Hugendubel. Tomorrow lunchtime. Behind the Allgäu-Krimis on the shelf.«
»And if things go wrong?«
»Things won't go wrong.«
Haha!
»Okay.«
Die Verbindung brach ab.
Wo kriegte ich bis morgen Mittag vierzigtausend Euro her?
Ich rief meinen Auftraggeber an.
Hochwürden Schorsch Metzger von der Kirche.
Er war sofort am Telefon. Mobil. Sagte: »Dr. Bär?«
Er hatte meine Nummer auf seinem Display.
»Ja. Es gibt Neuigkeiten.«

»Da bin ich aber gespannt. Hab schon die ganze Zeit gewartet.«

»Ich bin ganz nah dran an der Lösung. So gut wie erledigt, der Fall.«

»Wirklich?«

»Ja, mir fehlt nur noch eine Kleinigkeit.«

Ich machte eine Pause, hörte ihn eine Zigarette anzünden, sagte: »Ich brauche bis morgen Mittag vierzigtausend Euro.«

»Wieso?«

»Beweismaterial beschaffen.«

»Aber vierzigtausend Euro … wo soll ich vierzigtausend Euro hernehmen? Und wer garantiert, dass ich sie wieder zurückkriege?«

»Woher Sie sie nehmen, müssen Sie wissen. Sie können ja das Bistum Limburg um Amtshilfe bitten. Vielleicht verzichten die dann auf eine Badewanne für ihren Bischof …«

Ich hörte ihn nervös den Rauch der Zigarette in sich hineinziehen.

Klang nach Marlboro Lights.

Er war genervt.

Ich sagte zur Beruhigung: »Ich garantiere, dass Sie sie wieder zurückkriegen.«

»Auf Ihre Garantie ist …«, entfuhr es ihm.

Ich sagte: »Ich kann ja auch zur Polizei in Kempten gehen. Vielleicht sind die spendabler. Die haben bis jetzt keine heiße Spur. Sind von der Presse unter Druck gesetzt. Die täten mir wahrscheinlich noch zehn Prozent Trinkgeld geben, wenn ich ihnen den Täter auf dem Tablett servieren tät.«

»Um Gottes willen …«

Wenn ein katholischer Theologe schon mit Gott kommt … Er war in Panik.

Er sagte mit seiner geräucherten Weihrauchstimme: »Also gut. Aber lassen S' den Unsinn mit der Polizei. Sonst ist es aus mit Ihrer Zehn-Prozent-Gage. Von fünf Millionen, nicht von läppischen vierzigtausend Euro.«

»So, so. Auf einmal sind vierzigtausend Euro läppisch. Wo kann ich sie denn abholen? Bei Ihnen in Augsburg?«

»Nein, es muss diskret bleiben. Wir sind nicht sicher, ob unsere Ämter nicht von der NSA observiert werden.«

Paranoid war er also auch. Hatte wohl einen Joint zu viel geraucht. Er sagte: »Kennen Sie Maria Rain?«

»Klar. Kenn ich. Die Wallfahrtskirche. Halbe Stunde mit dem Fahrrad.«

»An der Ostseite von der Kirche ist eine kleine Quelle.«

»Ja, die Heilquelle. Genauer gesagt: das Gnadenbrünnele. Ich kenn sogar die Aufschrift am Schild:

Gnadenbrünnele
Unserer lieben Frau
Von
Maria Rain
Seit 1086.
Kein Trinkwasser –«

Er fiel mir ins Wort: »Das tut jetzt nichts zur Sache, Trinkwasser hin oder her. Sie sollen ja nicht trinken. Sie warten da morgen früh um neun. Jemand wird kommen. Mit einer Aldi-Tüte. Ihr Kennwort ist …«

Ich hörte ihn kurz überlegen.

»… Der Herr ist mein Hirte.«

»Psalm 23.«

»Ja, und seine Antwort ist …«

Ich sagte, schlau: *»Mir wird nichts mangeln.«*

Er, unwirsch: »Schmarrn, das wär zu einfach. Das kann sich jeder Depp ausdenken. Sein Kennwort ist: *Ich hatte von dir nur vom Hörensagen vernommen; aber nun hat mein Auge dich gesehen.*«

Ich sagte: »Hiob 42. Raffiniert. Da kommen nicht mal CIA, BND und NSA zusammen drauf!«

Er sagte, besser gelaunt: »Aber gell, nix mit der Polizei. Wenn Sie Ergebnisse haben, lassen Sie es mich wissen. Dann treffen wir uns.«

Ich fragte: »Auch mit Aldi-Tüte und Kennwort aus der Heiligen Schrift?«

»Schmarrn, wir kennen uns doch«, raunzte er mich an.

Legte auf.

Der Depp.

Shopping

Das Forum Allgäu ist ein Shoppingparadies. Dreiundzwanzigtausend Quadratmeter Shopping. Ich hatte noch Zeit bis zur Lunchtime.

Nutzte sie.

Im obersten Stock ist die Redaktion von der Allgäuer Rundschau. Abteilung Anzeigenaufnahme.

Am Schreibtisch saß eine Dame.

Eine Frau.

Ein Weib.

Ich ging wieder raus.

Rieb mir die Augen.

Ging wieder rein.

Sie sah mich, rief: »Ja, wer kommt denn da auf Besuch?«

Ich sagte: »Ja, was machst denn du hier?«

Meine Nachbarin.

Die mit dem Piercing am Bauch.

Man sah das Piercing nicht.

Sie war angezogen.

Anders als beim Kuhhüten.

Sie roch auch anders.

Sie war anders. Sagte: »Ich schaff hier. Anzeigen aufnehmen. Überwiegend Todesanzeigen.«

Sie wies auf ein druckfrisches Exemplar der Allgäuer Rundschau.

Abteilung Todesanzeigen.

Ich blickte gelangweilt auf die geschmacklosen Anzeigen, sagte: »Interessant. Schön! Toller Job!«

Bis mein Blick auf eine kleine Anzeige fiel, mit Kreuz und Palmwedel.

Ich riss ihr die Zeitung aus der Hand, las:

Gott, dem Herrn, hat es gefallen, Emily Bär zu sich zu nehmen.
**1926–2014*
Die Beisetzung fand in aller Stille im engsten Familienkreis statt.

»Geht's dir gut, was hast denn? Jemand gestorben, den du kennst?«

»Ja.«

»Wer ist denn gestorben?«

»Meine Mutter!«

»Oh, Beileid, das tut mir leid.«

Mir nicht. Ich sagte: »Es war eine Erlösung.«

»Ja, das glaub ich … im Pflegeheim …«

»Mit Schlaganfall. Tag und Nacht die Decke anschauen müssen …«

Sie war sichtlich erleichtert.

Ich sagte: »Kann ich die Zeitung haben?«

Sie sagte: »Das ist erst die Korrekturfahne. Aber ich kann dir die neue Ausgabe bringen. Heut Abend, wenn ich heimfahr, steck ich sie dir schnell in den Briefkasten.«

»Ausgezeichnet. Dank dir schön. So, ich hab jetzt was zu tun.«

Sie fragte: »Shopping?«

Ich antwortete: »Nein. Einkaufen. Genauer gesagt, Geld ausgeben.«

Ganz genau gesagt: vierzigtausend Euro.

Musste sie ja nicht wissen. Hätte sie mir auch nicht geglaubt.

Diese Betrüger. Von wegen Erfolgsgarantie.

Ich rollte auf der Rolltreppe eine Etage tiefer.

Drückte mich vorm Hugendubel rum.

Zwölf Uhr.

Schlenderte hinein.

Wie so oft.

Ich wusste, wo das Regal mit Allgäu-Krimis stand.

Hinter den Büchern war Raum.

Raum für einen Umschlag.

Ich ging davon aus, dass ich beobachtet würde.

Aber von wem?

Um die Mittagszeit war der Laden relativ belebt.

Ich nahm ein Buch aus dem Allgäu-Regal.

»Kruzifix«. Schöner Titel.

Ein Rindvieh in Porträtaufnahme auf dem Umschlag. Schönes Rindvieh.

Ich nahm den Umschlag mit dem heiligen Mammon in die eine Hand, stellte mit der anderen das »Kruzifix« wieder zurück und zugleich den Umschlag dahinter.

Schweißperlen auf der Stirn.

Ich schaute unauffällig herum, bewegte mich zum Ausgang zu.

Stieß mit jemand zusammen, stammelte automatisch: »'tschuldigung.«

Eine blonde Frau.

Sie sagte auch: »Entschuldigung.« Dann: »Was machst denn du hier?«

»Einfach so rumschauen, ob ich was zum Lesen find. Und du?«

»... Ah ... äh ... unser Pfarrer hat morgen Geburtstag, da schau ich nach einem guten Buch für ihn ...«

Die Johanna!

Ich, geistesgegenwärtig, ausnahmsweise, sagte: »Wennst willst, kannst mit mir zurückfahren.«

Sie zögerte einen Augenblick, sagte dann: »Ja, das wär praktisch. Weißt was, ich such g'schwind nach dem Buch für den Pfarrer, und dann treffen wir uns unten im Café, dem Café direkt an der großen Schwingtür ...«

Sie hätte auch sagen können: »Schwing dich, ich kann dich jetzt hier nicht brauchen.«

»Ja«, sagte ich, »bis gleich. Aber lass dir Zeit.«

Ich verließ den Hugendubel. Schaute mich kurz um. Johanna eilte zur Information vom Geschäft.

Jemand sprach mich an: »Ah, da bist du ja wieder. Ich bring den Erstdruck heut Abend mit. Tschüs!«

Meine Nachbarin von der Alm.

Hatte es eilig, in den Hugendubel hineinzukommen.

Ich stand auf der Rolltreppe, Rolle abwärts.

Als ich sie sah, dachte ich: Aller guten Dinge sind drei.

Die Dame von der Sparkasse.

Sie kam mir von unten nach oben entgegengerollt.

Tief in Gedanken versunken.

Ich sagte laut: »Hallo, die Lolita von Tal! Auch beim Geldausgeben?«

Sie erschrak. Sagte knapp, gar nicht lolitamäßig: »Grüß Gott.«

Stieg die Rolltreppen hoch. Eilig.

Die Rolltreppe endet direkt vor dem Eingang von Hugendubel.

Drei Damen.

Ich dachte, da sieht man wieder mal, dass Frauen mehr für die Bildung tun als Männer.

Unten im Café drückte ich mich in eine Ecke.

Bestellte einen doppelten Espresso.

Hätte gerne eine geraucht.

Ging nicht. In unserer Gesundheitsdiktatur.

Tröstete mich mit der Aussicht auf eine heiße Heimfahrt mit Johanna.

Rosenrot

Johanna saß auf dem Beifahrersitz.

Zurück nach Tal.

Ich erfuhr, dass sie mit dem Doktor nach Kempten gekommen war.

»Er hat gemeint, ich kann mit ihm fahren, weil er sowieso in Kempten zu tun hat. Und für den Rest vom Tag fahrt er auch noch umeinander.«

»Und die Praxis?«

»Ist zu, heut Nachmittag.«

Ich schaute sie an, sagte: »Dann hast ja frei!«

Sie lachte, schaute mich an, sagte: »Ja, ich hab frei. Du auch?«

Ich schaute wieder auf die Straße, sagte: »Ja … Dann hätten wir ja beide frei.«

Sie legte ihre Hand auf meinen rechten Oberschenkel.

Ich legte meine Hand auf ihre Hand.

Dann brauchte ich meine Hand wieder zum Schalten. So eine Automatik wär jetzt recht. Wir bogen auf die Autobahn Richtung Füssen-Reutte ein.

Ich fragte: »Hast was Schönes gefunden für deinen Pfarrer zum Geburtstag?«

»Wieso Geburtstag … Ach ja richtig, der hat morgen ja Geburtstag … Ja, die Verkäuferin war recht nett. Die hat gemeint, wenn's was Geistliches und zugleich was Unterhaltliches sein soll, dann hätte sie einen Allgäu-Krimi. Der spielt sogar hier in der Gegend …«

Sie kramte ein Buch aus ihrer Tasche. Mit einem Kuhporträt auf dem Buchdeckel. Sagte: »›Kruzifix‹, das passt doch …«

»Schöner Titel«, sagte ich. »Da wird sich der Pfarrer aber freuen. Wie geht's ihm denn?«

»Er ist in letzter Zeit ein bisschen komisch … als hätt er Sorgen …«

»Vielleicht hat er Heimweh?«

»Vielleicht. Er pflegt das Grab von seinem Vorgänger …«

»Wenigstens einer, der es pflegt … Er war so beliebt, aber jetzt ist es, als wär er nicht da gewesen in Tal. Ein Phantom-Pfarrer … Was hat er eigentlich so gemacht, wenn er nicht Messe gehalten hat?«

Johanna dachte. Sagte: »Ich glaub, er hat sehr viel gelesen.«

»Und Freunde … oder Feinde …?«

»Die Bücher waren seine Freunde … Und Feinde hat er keine gehabt.«

»Nur Bücher … Davon kann man doch nicht leben!«

Johanna seufzte. Sagte: »Ab und zu hat er mit dem Doktor Schach gespielt …«

»Was heißt ab und zu …?«

Johanna schaute. Misstrauisch. Sagte: »Einmal oder zweimal die Woche. Dann hab ich immer freigehabt.«

»Wie?«

»Er hat halt gesagt, wenn ich alles hergerichtet hab zum Abendessen … und das war ihm schon wichtig, dass alles schön ist … Silberbesteck … Leinenservietten … dreierlei Gläser … Blumen auf dem Tisch … am liebsten Rosen. Rote Rosen.«

Ich lachte. Intonierte wie ein Bariton an der Kemptener Oper: *»Rote Rosen, rote Rosen, sind die ewigen Boten der Liebe …«*

Summte weiter. Weil ich den Text nicht kannte.

Zog Freddy Brecks Stimme an für den Refrain:

»Schön, wie die Rosen sind, so bist auch du, mein Kind,
schön wie die Rosen blühn, blüht unser Glück …«

Ich schaute ihr tief in die Augen.

Der Blick endete abrupt mit einer Vollbremsung.

»Pass doch auf!«, sagte sie.

»Ach, wenn der Volldepp davor einfach mir nichts, dir nichts bremst … Wenn ich nicht so blitzartig reagiert hätte …«

Sie schaute missbilligend. Ich sagte, kleinlaut: »’tschuldigung. Kann doch mal passieren. Besonders, wenn man neben dir sitzt.«

Sie errötete versöhnt.

Ich schaute wieder auf die Straße, sagte: »Ham die beiden wirklich rote Rosen auf dem Tisch stehen gehabt?«

Sie sagte: »Ja, wirklich. Und wenn alles hergerichtet war, hat der Pfarrer gesagt, ich kann gehen, alles Weitere macht er selber … Das Schachbrett war auch da, die Figuren aufgestellt …«

»Und wie lang ham die dann Schach gespielt?«

»Ich weiß es nicht ... Manchmal hat um Mitternacht noch das Licht gebrannt. Ich hab nicht so genau aufgepasst.«

»So viel Schach ... Muss ganz schön anstrengend sein.«

Sie lachte. Sagte: »Ja, das glaub ich auch. Und Durst macht es. Am andern Morgen hab ich immer aufgeräumt, das Geschirr in den Geschirrspüler, und da waren immer leere Flaschen herumgestanden ... drei oder vier ...«

»Wein?«

»Meistens Wein. Aber auch Schnaps ... so ein französischer ... Cognac oder so ähnlich.«

»Wann haben die denn zuletzt Schach gespielt?«

»Ich weiß es nicht, kann mich nicht erinnern, aber es ist schon eine Weile her. Am Schluss ... bevor ... weißt schon ... vor dem Unglück, da haben sie länger nicht mehr gespielt ...«

»Ham sie sich gestritten?«

»Keine Ahnung. Jedenfalls haben sie nicht mehr so viel gespielt ... und es waren auch weniger leere Flaschen am Morgen da ...«

Wir fuhren an der Ausfahrt Oy-Mittelberg von der Autobahn.

Ich sagte: »Ich lad dich zum Mittagessen ein. In die ›Rose‹, den ›hintra Wirt‹ oder lieber in die ›Krone‹?«

Sie schaute geradeaus durch die Windschutzscheibe, legte mir die Hand wieder auf den Schenkel, sagte in die wogende grüne Weite des Allgäus: »Wennst mich schon fragst, am liebsten auf die Alm.«

Ich errötete. Sagte: »Gute Idee. Auf der Alm, da gibt's kei Sünd ...«

Sie kicherte: »Wird Zeit, dass sich das ändert!«

Mein Kampf

Donnerstag.

Ich ging hinunter nach Tal.

Semmeln und Brezn holen.

Zum Frühstück.

Nicht dass ich Hunger gehabt hätte.

Johanna und ich hatten schon Frühstück gehabt.

Von der Art, wo einem der Hunger nach Semmeln und Brezn bis auf Weiteres vergeht.

Ich hatte Hunger nach Johanna.

Je mehr ich von ihr hatte, desto größer wurde mein Hunger nach ihr.

War ja auch seit über einem Jahr ausgehungert.

Ich schlenderte so unauffällig wie möglich an der Praxis von ihrem Doktor vorbei.

Sein Auto stand nicht da.

Machte er schon wieder Hausbesuche, der fleißige Doktor?

Ich tat, als müsste ich mir die Schuhe binden.

Eine Stimme überfiel mich von hinten.

Johannas Stimme. Sie sagte: »Was machst denn du da?«

Ich sagte: »Ich bind mir die Schuhe.«

Sie sagte: »Aber die ham doch gar keine Schuhbändel!«

Ich sagte, verlegen: »Hab ich auch grad g'merkt. Alte Gewohnheit. Heutzutag kriegt man ja nur noch Schuhe mit Klettverschluss. Weil's so viel alte Leut gibt. Sie können sich nicht mehr bücken, und sie können keine Schuhe mehr binden. Sie können nur noch Rollator fahren. Ich bin noch mit Schuhebinden aufgewachsen … Das steckt einem in den Knochen. Aber heutzutag kann nicht mal mehr jedes zehnte Kind seine Schuhe binden … hab ich gelesen.«

»Dafür kann jeder vierte Fünfjährige mit dem Smartphone umgehen«, sagte Johanna. »Das hab ich gelesen. Aber du hast schon recht, jetzt, wo du es sagst, fällt's mir auf: Unsere Kinder daheim haben auch nur noch Klettverschluss-Schuhe.«

Ich: »Da leidet die Feinmotorik drunter, auf die Dauer!«

Sie lächelte, schaute almwärts, sagte: »Ja, deine Feinmotorik ist noch voll in Ordnung … in deinem Alter …«

Ich war nicht sicher, wie sie das meinte, nahm es vorsichtshalber als Kompliment.

»Danke«, sagte ich, »aber was machst du da mit dem Zettel in der Hand?«

Sie sagte: »Den papp ich jetzt an die Praxis. Schau!«

Der Zettel war ein PC-Ausdruck, Schriftart Times New Roman in Größe zwanzig:

»Praxis wegen Krankheit geschlossen!«

Ich fragte: »Wer ist krank?«

Sie antwortete: »Der Doktor. Das Krankenhaus in Kempten hat antelefoniert vor einer Stunde. Der Doktor ist eingeliefert worden, heut Nacht.«

»Was hat er?«

»Es heißt: einen Schlaganfall!«

Ich sagte: »Kein Wunder, wenn der so viel arbeitet … und Hunderte von Kilometern jede Woche macht … Hausbesuche … Altersheime.«

Von seiner Sauferei sagte ich anstandshalber nichts. Auch nicht von anderen Lastern. Von denen ich wusste. Zu wissen glaubte. *Glaub nicht alles, was du weißt.* Tiroler Bauernweisheit. Fragte: »Und wie lang wird er weg sein?«

»Die im Krankenhaus haben gesagt, ein paar Tag werden es schon werden.«

Ich sagte: »Vielleicht werd ich ihn dann mal besuchen. Seelsorgerlichen Besuch machen.«

Sie sagte: »Du, ich muss schnell nach den Kindern schauen, die haben heut schulfrei … dass sie nix anstellen. Kannst du derweil hier … falls jemand kommt, Patienten oder Lieferanten … und den Zettel an die Tür pappen?«

»Ja, klar, mach ich gern.«

»Ich schick mich. In spätestens einer halben Stunde bin ich wieder da.«

Ich sagte: »Lass dir Zeit!«

Sie entschwebte.

Ein Geschenk des Himmels. Nicht nur die Johanna. Auch der Schlaganfall.

Ich klebte den Zettel mit der Krankmeldung an die Praxistür, ging hinein, sperrte die Tür von innen zu, stürmte in die Ordination vom Doktor.

Suchte.

Ich wusste nicht genau, was.

Hatte aber das Gefühl, ich könnte was finden. Was Nützliches.

Ich durchwühlte den Schreibtisch.

Außer einer Flasche Gin fand ich nichts Brauchbares. Tanqueray No. 10. Die schlanke grüne Flasche. Geschmack hatte er! Und Durst auch: Die Flasche war so gut wie leer.

Die Regale gaben auch nichts her. Eine Menge Schreibkram. ICD-10. Pschyrembel. Das Übliche.

Ich durchblätterte die Schinken. Sie hatten eine dünne Staubschicht. Der Doktor teilte nicht meine geheime Leidenschaft, Hundert-Euro-Scheine in Bücher zu legen. Meine lagen in der alten Bibel. Er hatte auch eine Bibel. Blätterte eilig durch. Fand leider keine Geldscheine. Sogar einen Schutzumschlag hatte er der Bibel verordnet. Daneben stand ein Schachbuch. Ich blätterte durch, fand Fotos, Urlaubsfotos et cetera … steckte sie ein, gemütliches Fotoanschauen kam später.

In der Schreibtischschublade lagen eine Handvoll Schlüssel, meistens kleine. Ich ließ sie in meiner Jackentasche verschwinden.

Ich schaute auf die Uhr. Johanna musste jeden Augenblick zurück sein.

Ich verließ das Ordinationszimmer, schaute noch mal hinein, ob alles normal aussah. Mein Blick fiel auf einen Arztkoffer. Neben seinem Schreibtisch. Daneben noch ein zweiter. Beide ziemlich groß.

Der erste war verschlossen.

Scheiße.

Der zweite auch.

Doppelt Scheiße.

Ich hatte jetzt keine Zeit, drei Dutzend Schlüssel auszuprobieren. Selbst wenn einer passte, war es wie immer der letzte.

Ich lupfte die beiden Arztkoffer.

Flaschen waren jedenfalls nicht drin.

Auch keine leeren.

Es klang nicht nach Flaschen.

Aber die Taschen waren voll. Wogen einiges. Sicher schweres Gerät für große Operationen.

Ich schüttelte noch mal. Es klapperte nichts. Normalerweise klappert irgendwas in einem Arztkoffer.

Was war dadrin?

Windeln für seine Patienten in den Altersheimen?

Mullbinden?

Wissenschaftliche Literatur?

Nein, wenn Literatur, dann traute ich ihm eher Pornos zu.

Mein Blick fiel noch mal auf das Regal mit den verlorenen Büchern drin. Irgendwas hatte ich gesehen, aber auch übersehen.

Ich griff aus dem Bauch raus noch mal zur Bibel. Schlug sie auf. Und dann nahm ich wahr, was ich sah:

Altdeutsche Schrift. Durchgehender Text.

Ich lüftete den Schutzumschlag, auf dem »Bibel« stand.

Auf dem Cover des kleinen Buches, das als Bibel verkleidet war, stand:

»Mein Kampf«.

Ich hörte, wie jemand an der Haustür rüttelte.

Schlug die Tür zu.

Eilte zur Haustür.

Öffnete.

Johanna war zurück.

Ich fummelte an meinem Hosenladen, sagte: »Ach, ich war grad mal einen Augenblick schiffen. Alles in Ordnung mit den Kindern?«

»Ja. Die tun fernsehen. Sind froh, wenn ich nicht da bin. Wenn ich da bin, dürfen sie nicht fernsehen.«

Ich sagte: »Ist aber gut für die Allgemeinbildung … Du, ich muss jetzt gehen … Ich muss heut Vormittag nach Kempten hinein.«

Wo ich sonst noch hinmusste, sagte ich ihr nicht.

Posttraumatische Belastungsstörung

Ich fuhr mit meinem Fahrrad. Mountainbike.

Erst runter nach Tal, dann rüber nach Moosbach. Hinauf nach Sulzberg. Hinunter nach Durach. Weiß Gott, wie viele Höhenmeter. Genug, um sich nass zu schwitzen.

Körperliche Ertüchtigung. Gut fürs Knie. Sagt der Doktor.

Und gut fürs Denken.

Durch das Gewusel der Kemptener Innenstadt hindurch.

Zum Klinikum Kempten. Die Gesundheitsfabrik. Lehrkrankenhaus der Universität Ulm.

Stellte mein Fahrrad ab, ließ das Schloss einklicken, neben der neuen Notaufnahme.

Viele Computer, viel Geschussel, viel Gesundheit.

Ich ging an der Aufnahme vorbei. Steckte mir meinen Ex-Ausweis vom Klinikum Würzburg an mein weißes durchgeschwitztes Hemd. Setzte mein amtliches Gesicht auf, schaute nicht rechts und nicht links. Stechschritt.

So kommt man ungefragt überallhin. In jedem Krankenhaus.

Ich wusste den Weg, klopfte an das Arztzimmer mit dem Schild: »Dr. Vasthi Graf«.

»Ja«, rief eine junge Stimme durch die schalldichte Tür.

»Grüaß di, Vasthi.«

»Grüaß di. Das ist ja was ganz was Neues.«

»Was?«

»Dass du ohne gebrochene Nase und ohne abgeschnittene Ohren und ohne Vergiftung kommst.«

Ich setzte mich auf den Patientenplatz an den Schreibtisch, vis à vis von ihr.

Sagte: »Wie geht's denn der kleinen Anna?«

Ein Lächeln huschte über das stolze Muttergesicht. »Sie wird immer lebhafter. Ein liebes Kind. Manchmal a bissle anstrengend.«

»Das glaub ich. Die hat das Temperament von ihrer Mutter!«

Sie lachte verlegen, sagte: »Aber du kommst doch nicht, um dich nach der Anna zu erkundigen.«

Ich sagte: »Mich interessiert noch mehr, wie's dir geht!«

»Also los, was willst du wirklich? Wir können nicht bis zum Feierabend miteinander Small Talk machen. Die Feriensaison ist immer arg turbulent.«

»Okay. Ich bin dabei, was herauszufinden.«

»Wie immer.«

»Ihr habt gestern Abend oder Nacht einen Patienten gekriegt. Einen Dr. Siegwart Semmelweis. Aus Tal am See. Unseren Doktor. Was fehlt ihm denn?«

Sie wand sich, fuchtelte mit ihrer Fielmann-Brille herum, sagte was von Datenschutz.

Ich deutete auf mein Ausweisschild. Sagte: »Ich stehe unter Schweigepflicht. Seelsorge.«

»Ja, will er denn Seelsorge?«

»Er hat mich angefordert«, log ich. »Außerdem braucht er sie. Die Seelsorge.«

»Wieso?«

»Wegen seiner Seele. Die ist nicht ganz gesund. Braucht zu viel Beruhigung. Chemisches.«

»Wirklich?«

»Ja, wirklich. Also?«

»Ja, ich war heut bei der Visite … bei ihm … Ja, ich erinner mich. Was ihm fehlt? Also mindestens zwei Zähne … eine gerade Nase … und ein paar Erinnerungen.«

»Warum?«

»Er war bei einem dienstlichen Besuch im Altersheim. Er sagt, auf einmal ist ihm schwindlig geworden, und er ist hingeflogen. Gegen die Bettkante. Eisenkante. Und dann ist ihm der Film gerissen, sagt er.«

»Und deshalb hat er sich wohl zwei Zähne ausgeschlagen und die Nase gebrochen …«

»Ja, das gibt's … aber …«

Sie war nachdenklich geworden.

»Was aber?«

»Er hat auch noch mehrere Quetschungen. Hoden. Niere. Und die Schienbeine schauen zum Erbarmen aus.«

»Alles wegen einem kleinen Schwindel? Also bei den Verletzungen muss er entweder einen epileptischen Anfall mit Veitstanz gehabt haben oder einer Leichenschändung zum Opfer gefallen sein.«

»Er sagt, er weiß nix, kann sich nicht erinnern. Alles, was er sagt, ist, wann er wieder entlassen wird.«

»Wann?«

»Ich hab ihm gesagt, ein paar Tag wird er schon noch bleiben müssen. Wir müssen ihn auf innere Verletzungen untersuchen.«

»Im Hirn?«

Sie lachte, sagte: »Das ist eher dein Ressort.«

Ich sagte: »Eher die Seele. Vielleicht hat er ja auch eine Seelenquetschung. Oder ein Trauma. Oder posttraumatische Belastungsstörung. Reaktive Depression. Hysterische Amnäsie.«

Sie war sichtlich beeindruckt.

Ich sagte: »Ich kümmer mich schon drum. Du reparierst seine Nase, Hoden und so weiter, und ich seine Seele. Ganzheitliche Medizin. Psychosomatisch.«

Sie war immer noch beeindruckt. Wahrscheinlich, weil sie mich bislang noch nie so viele Fachwörter am Stück hatte sagen hören. Fehlerfrei.

Ich sagte: »Sei so nett, lass mich wissen, wann er wieder entlassen wird.«

»Warum? Ist das wichtig für dich?«

»Ja, es ist wichtig. Damit ich ihn mit dem Auto abholen kann. Er hat mir in letzter Zeit auch geholfen … mit meinem Knie … mit meiner Depression … du weißt schon …«

Sie schaute schräg. »Depression? Meinst du deine Sauferei?«

Typisch Vasthi. Man wusste nie, wann man eine Watschn kriegte.

Ich sagte, eingeschnappt: »Die Sauferei ist das Symptom. Die Depression ist die Ursache.«

Ich sah ihr an: Sie hielt das für eine blanke Ausrede. Typisch Medizinerin. Die glauben nur, was sie sehen.

Selig sind, die nicht sehen und doch glauben …

»Gut«, sagte sie, »weilst es du bist.«

»Danke!«

Ich langte in meine Tasche, zog ein Plastikteil heraus, legte es auf den Schreibtisch, sagte: »Gummibärchen. Für die Anna.«

Sie strahlte.

Ich langte noch mal in die Tasche, zog ein kleines Tütchen mit Pralinen heraus, legte es auf den Schreibtisch, sagte: »Was Süßes. Für dich!«

Sie kriegte feuchte Augen. Schaute weg, schaute auf die Verpackung mit der schicken Geschenkschleife, sagte: »Oh, und sogar vom Eilles.«

Schaute noch mal genauer hin.

»Vom Eilles in Lindau? Was machst denn du in Lindau?«

»Ich unterhalt da eine kleine Zweigstelle.«

Sie schaute unsicher. Ich sagte: »Zweigstelle Lindau, Seelsorge.«

Sie schaute verunsichert.

»Kleiner Scherz«, sagte ich.

»Du und deine Scherze!«

Leichenstarre

Der Teufel ritt mich.

Er lenkte meinen Schritt zu einem Krankenzimmer.

Für Privatversicherte.

Einzelzimmer.

Am Schild neben der Tür stand mit Filzstift:

»Dr. Siegwart Semmelweis«.

Ich nahm mein amtliches Schild wieder von der Brust.

Privatbesuch. Für Privatversicherte.

Trat ein.

Beim Doktor trat eine Art Leichenstarre ein.

In seinen blau verschwollenen Augen stand das Entsetzen geschrieben.

Ich holte meinen jovialen Seelsorgerton hervor.

»Ja, Herr Doktor, was machen Sie denn hier?«

Es kam nichts.

»Die Johanna, Ihre Sprechstundenhilfe, hat mir heut früh schon gesagt, dass Sie im Krankenhaus sind. Und weil ich grad zufällig in der Gegend zu tun g'habt hab, hab ich mir denkt, ich schau einmal bei Ihnen vorbei, wie es Ihnen geht. Sie ham mir ja so geholfen … mit meinem Knie … und mit meiner Depression. Eigentlich müsst *ich* hier liegen und nicht Sie. Was ist denn passiert?«

Es kam nichts.

»Ham S' gwieß die Sprach verloren?«

Er atmete wieder. Zwar flach, aber immerhin.

Er deutete auf seine Zahnlücke. Sagte krächzend: »Hingefallen bin ich.«

Ich sagte: »Aber gscheit!«

»Ja. Auf einmal ist's mir schwarz vor den Augen geworden, und dann hat's mich hing'haut. Gegen irgendwas.«

»Ich glaub, Sie arbeiten zu viel. Die Praxis und die Hausbesuche … und die Heimbesuche. Die Johanna hat auch schon gesagt: ›Unser Doktor‹, hat sie gesagt, ›der arbeitet sich noch kaputt.‹«

Er sagte: »Als Landarzt … hat man keine andere Wahl. Die Kassenärztliche Vereinigung zahlt ja schier nix.«

Der Arme. Ob er sich seinen neuen VW Amarok Canyon wohl auf Pump gekauft hat?

»Ja, 's ist schlimm. Und die Konkurrenz … zum Beispiel die Gesundbeterin, die nimmt Ihnen ja auch eine Menge Kundschaft weg.«

Er atmete wieder kürzer.

»Die soll ja verschwunden sein. Ersoffen.«

»Ja, man sagt, sie ist weg. Keiner weiß, wo … Ist schon schlimm. Erst der Pfarrer … dann die Gesundbeterin … Warum der hat sterben müssen … Sie haben ja immer Schach miteinander gespielt, sagt die Johanna.«

Schweißperlen traten auf seine Stirn.

Es konnte nicht an der Außentemperatur liegen. Das Zimmer war klimatisiert.

Er sagte: »Ja, ab und zu.«

»Sie ham ihn ja gefunden, in der Kirch, wie die Messe war. Aber Sie ham auch nichts mehr machen können … und auf so eine Weise umkommen … erstochen … und die Polizei kriegt auch nicht heraus, wer es gewesen ist. Warum Menschen nur so was tun? Aber er hat einen tüchtigen Nachfolger. Aus Indien.«

Er nickte. Nichtssagend.

»Er kümmert sich rührend um seinen verstorbenen Bruder im Herrn. Pflegt das Grab … fast jeden Tag … So was gibt's auch bloß in der Kirch …«

Die Schweißperlen verdichteten sich und bildeten kleine Ströme. Als läge er in der Sauna bei neunzig Grad Celsius.

Ich griff in meine Brusttasche, holte meinen Flachmann heraus, schraubte ihn auf, setzte an, trank. Sagte mit Genuss: »Das tut gut!«

Aus seinen Augen verschwand die Angst.

Die Gier machte sie rund und groß, die Augen.

Seine Hände lagen auf der Bettdecke, zitterten.

Ich sagte: »Mögen S' auch einen Schluck? Die Schwester muss ja nichts davon erfahren.«

Ich hielt ihm den offenen Flachmann hin. Sagte: »Ist zwar nicht ganz hygienisch, aber der Alkohol desinfiziert. Kommen S', ein Schluck kann nicht schaden … in Ihrem Zustand.«

Er nahm den Flachmann, setzte ihn zittrig an und sog wie ein durstiger Ochs. Der Flachmann gab ein Röcheln von sich.

Leer.

Seine Hände wurden ruhig. Er gab mir den Flachmann zurück, sagte: »Dankschön. Gin?«

»Ja, ein besonders guter. Tanqueray Nr. 10.«

Er hustete. Heftig.

Tat seiner Niere und seinen Hoden sicher nicht gut.

Ich sagte: »Manchmal braucht man das Zeug. Ich find, Ihre Tabletten und der Gin ist eine edle Mischung. Hilft mir durch schlechte Zeiten. Und die Zeiten sind schlecht. Eigentlich wollte ich heut früh wieder in Ihre Sprechstunde kommen, Nachschub gegen die Depression besorgen …«

Ich rieb mir die Augen, tat, als würde ich gleich zu heulen anfangen.

Er fragte: »Depression? Ist was passiert?«

Ich zog aus meiner Brusttasche ein Blatt hervor. Zeigte es ihm: »Da schauen S': eine Todesanzeige. In der Allgäuer Rundschau.«

Er las.

Zitterte so, dass selbst ein halber Liter Gin nicht geholfen hätte.

Sagte: »Bär? Emily Bär? Verwandt?«

»Ja … Meine Tante.«

Das Zittern ließ nach, der Schweiß rann langsamer.

Er fragte: »An was ist sie denn verstorben?«

»Die vom Personal im Pflegeheim sagen, an Herzversagen … angeblich.«

»Wieso angeblich?«

»Ich glaub es nicht so recht … Wenn da nicht einer nachgeholfen hat. Ihr Neffe ist ein ganz raffgieriger Hund. Er wartet nur auf ihr Erbe. Aber wegen der dreißigtausend Euro tut man doch so was nicht … es sei denn … es ist noch mehr da.«

Die Gier verschwand aus den Augen, Angst kam wieder.

»Wie alt war sie denn?«

»Achtundachtzig.«

»Da stirbt man leicht an Altersschwäche.«

»Ja, schön, dass Sie das sagen. Es war eine Erlösung. Den ganzen Tag bloß an die Decke schauen.«

Ich stand auf, sagte: »So, jetzt muss ich aber weiter. Gute Besserung. Und wenn ich was für Sie tun kann, lassen Sie es mich wissen. Ich muss noch einen Besuch machen. Seelsorge. Gleich in der Nähe … Im Marienheim.«

Ein Ruck ging durch ihn.

Ich reichte ihm die Hand zum Abschied.

Das heißt, ich nahm sie einfach.

Sie war eiskalt.

Ich dachte, das liegt nicht nur am Alter, die Kälte.

Befehlsverweigerung

Ich fuhr mit meinem Mountainbike zum Marienheim.

Ein Pflegeheim.

Heimspiel.

Fragte nach Frau Margreiter.

»Ach, die Frau Margreiter«, sagte die Dame vom Büro.

Sorgenbelegte Stimme.

Was auch immer das bedeuten sollte.

Es roch nach Problem.

Es roch auch nach Desinfektionsmittel, Scheiße, Urin, Kässpatzen auf dem Weg zum Zimmer 09.

Klopfte.

Nix.

Öffnete die Tür.

Trat ein.

Eine uralte dünne Frau lag im Bett, starrte an die Decke.

Am Bett saß ein junger Mann.

Kahlkopf.

Schwarzes Hemd.

Schwarze Hose.

Schwarze Springerstiefel.

Rot geheulte Augen.

»Du?«, sagte ich, als wäre ich überrascht.

»Du«, sagte er, »was machst denn du hier?«

Ich sagte: »Meine Mutter liegt auch im Pflegeheim. Genau so.«

»Hier?«

»Nein, in Augsburg.«

Schreck in seinen Augen. Panik.

Er schluckte.

Seine Augen wurden wieder wässrig, seine Stimme zittrig.

Ich fragte: »Ist was passiert?«

Er fing an zu schluchzen.

Am liebsten hätte ich den Arm um ihn gelegt, gesagt: Junge, das wird schon wieder.

Schmarrn.

Nix wird wieder.

Schwieg.

Er fing sich wieder, sagte: »Es ist alles aus!«

»Was ist alles?«

»Alles.«

Pause.

»Ich hab sie umbringen sollen.«

»Wen?«

»Meine Oma.«

Er deutete mit einem Nicken in Richtung der alten dürren Frau. Sie starrte weiter an die Decke.

»Deine Oma?«

»Ja. Der Kommandant hat gesagt: ›Wir haben einen Auftrag gekriegt. Dienstleistung wie üblich.‹ ›Aber‹, hab ich gesagt, ›das ist doch meine Oma. Das ist doch was ganz anderes. Das kann ich nicht …‹«

Er schluchzte wieder.

»Der Kommandant hat gesagt: ›Das ist nix anderes. Das ist ein Befehl. Und du tust, was ich dir sag. Ein deutscher Mann tut, was ihm befohlen wird.‹ Ich sag drauf: ›Nein, das geht nicht. Meine Oma umbr…‹ Der Kommandant sagt: ›Du tust es. Ende der Ansage.‹ Ich sag: ›Und wenn ich's nicht tu?‹ Der Kommandant sagt: ›Dann tu ich es. Bei dir. Befehlsverweigerung wird mit dem Tod bestraft.‹ Ich frag: ›Erschießt du mich dann?‹ Er sagt: ›Das tät dir so passen. Du wirst langsam ersticken. Und dann wird deine Oma langsam verrecken. Dafür werd ich sorgen. Du hast die Wahl.‹«

Ich sagte: »Der Sauhund, der verreckte!«

Er nickte.

Schluchzte wieder.

Mein Blick fiel auf ein uraltes Foto überm Bett. Schwarz gerahmt. Es zeigte einen blutjungen Soldaten. Wehrmachtsuniform. Stahlhelm.

Er folgte meinem Blick, sagte: »Mein Opa. Wehrmachtssoldat. Wie er noch jung war. Drei Tag, bevor er gefallen ist. Am 5. Mai 45 hams das Foto gemacht.«

»Dann ist er ja am letzten Kriegstag gefallen. 8. Mai 45. Er sieht dir gleich.«

Er sagte, dünne Stimme: »Die Oma ist nie richtig drüber hinweggekommen.«

»Wie hat er denn geheißen, dein Opa?«

»Manfred.«

Oh Gott. Manfred mit einem N.

Der Mannfred mit zwei N schluchzte schon wieder. Nicht wegen seines Opas. Wegen seiner Oma. Er sagte zwischen den Schluchzern: »Außerdem kann ich das Heim nimmer bezahlen. Seit die Gesundbeterin weg ist, krieg ich keinen Weihrauch mehr … und von meinen paar Kröten vom Kommandanten kann ich die Rechnung nicht zahlen. Was hätt ich machen sollen? Ich hab dann gesagt: ›Zu Befehl, ich mach's.‹ Wir sind dann gestern Abend hierher. Ich hatte die Spritze in der Hand. Aber der Sauhund hat mir nicht getraut. Sonst machen wir das immer allein. Er lässt sich nicht sehen. Aber gestern Abend …«

»Ist er gekommen?«

»Ja, selber.«

»Zum Kontrollieren?«

»Ja. Ich hab die Spritze in der Hand, sag: ›Ich kann's nicht. Bitte …‹ Er zieht eine Pistole raus, sagt: ›Los!‹ Dann hab ich rotgesehen. Seine Pistole war mir scheißegal. Ich bin einfach auf ihn los und hab auf ihn eingedroschen und eingetreten. Bis er sich nicht mehr gerührt hat. Meine Kameraden haben mich zurückhalten wollen. Aber sie haben's nicht geschafft. Wie er am Boden gelegen ist, sind wir auf und davon … Und jetzt hab ich Angst, dass er wiederkommt. Meine Oma umbringt. Selber. Oder ich ihn. Falls er noch lebt.«

Ich sagte: »Wir müssen ihn kriegen. Wir zwei.«

Er fragte: »Wie?«

»Wie heißt er denn?«

»Kommandant.«

»Das bringt uns nicht weiter. Wir können keine Anzeige in die Allgäuer Rundschau setzen: *Kommandant, bitte melden*. Wie sieht er denn aus?«

»Normal. Vielleicht so groß wie du.«

»Tätst du ihn erkennen?«

»Ich glaub nicht. Ich hab sein Gesicht noch nie gesehen.«

»Auch gestern Abend nicht?«

»Nein. Er hat so eine Mütze aufgehabt wie die Bankräuber, wo nur Löcher für die Augen sind.«

»Eine Balaklava. Die hat er wohl immer aufgehabt, wenn er mit dir oder den andern geredet hat.«

»Ja, stimmt.«

»Hat er einen besonderen Gang? Meistens erkennt man Leute an der Art, wie sie gehen oder sich bewegen.«

»Nein, da ist mir nix aufgefallen. Ich war mehr mit mir beschäftigt und wie ich ihn erschlagen kann.«

»Hat ihn jemand gesehen, jemand vom Personal, gestern Abend? Ich nehm an, er hat seine Balaklava erst aufgesetzt, bevor er ins Zimmer gekommen ist. Tät arg auffallen, wenn einer wie ein Bankräuber ins Pflegeheim stürmt.«

»Ich glaub nicht. Es war spät, alles schon gemacht, da sitzen die vom Personal immer nur in ihrem Büro rum und unterhalten sich. Oder schauen Fernsehen. Sind ja nur zwei da für die Nachtschicht.«

Ich sagte: »Das bringt uns nicht weiter. Aber ich hab ein paar Ideen. Ich muss jetzt wieder gehen. Wenn dir irgendwas einfällt oder er taucht auf – was ich nicht glaub –, dann rufst mich an.«

Ich nannte ihm meine Mobilnummer. Sagte: »Tipp's ein, damit du nicht erst rumsuchen musst. Kannst mich Tag und Nacht erreichen. Und jetzt gibst mir deine Nummer. Ich hab bald ein paar Aufträge für dich. Dienstleistungen.«

Er riss die Augen auf. Sagte: »Nein, keine Dienstleistungen mehr.«

Ich sagte: »Keine Angst. Ordentliche Dienstleistungen. Keine Morde.«

»Ah, gut!«

Er atmete erleichtert durch.

Ich griff in meine Tasche, sagte: »Und hier, ich hab von der Gesundbeterin noch einen Weihrauch. Hat sie mir geschenkt, bevor sie in Rente ist. Das bringt deine Oma über den nächsten Monat.«

Er nahm den Weihrauchbeutel.

Fiel mir um den Hals.
Weinte wie ein kleiner Bub.
Ich haute ihm auf die Schulter.
Sagte: »Bua, des wird schon wieder.«
Ich wusste: Es wird wirklich wieder.
Aber ich sagte ihm nicht, warum.
»Wir bleiben in Verbindung«, sagte ich. »Pfüadi.«
»Servus.«
»Pass auf deine Oma auf!«

Er setzte sich wieder neben ihr Bett. Das Foto von dem jungen deutschen Wehrmachtssoldaten drüber. Sein Opa.

Müll

Ich hatte nur noch wenig Zeit.

Bis ich zum Abschuss fällig war.

Die musste ich nutzen.

Ich radelte von Kempten zurück nach Tal.

Kam schweißgebadet an.

Die letzten drei Kilometer hoch von Tal zur Alm sind der Killer.

Eine Steigung von gefühlt fünfundvierzig Prozent. Mit der kleinsten Übersetzung gerade noch tretbar.

Das Schlimmste sind die Bremsen.

Nicht die vom Fahrrad.

Die aus der Luft.

Sie nehmen in aller Ruhe auf den schweißigen Armen Platz, stechen mit Genuss zu, und man kann nichts dagegen machen, weil man den Lenker mit beiden Händen halten muss. Gegenkraft für die Beine schaffen, die treten, treten, treten.

Ich radelte auf dem Feldweg zur Hütte der Gesundbeterin.

Der Schlüssel passte. Der letzte. Wie immer.

Ich machte die schwere Stahltür auf. Schaltete das Neonlicht an.

Sprang die Treppen hinunter.

Dieser gynäkologische Stuhl ekelte mich an.

Aber ich hatte keine Zeit, mich zu ekeln.

Spürte meine Prostata.

Zeit zum Pinkeln.

Nein, keine Zeit. Später.

Ich durchwühlte alle Schubladen.

Regale.

Schränke.

Sogar den Mülleimer.

Nichts. Nicht mal Müll.

Nichts von dem, was ich suchte.

Verdammt!

Das war so steril wie die Wohnung vom Pfarrer nach seinem Tod.

Fehlte nur noch die neue Farbe an den Wänden.

Ich schlug die Stahltür wieder zu, sperrte ab.

Meine Prostata meldete sich schon wieder.

Ich ging in das angebaute Klo.

Pinkelte.

Erinnerte mich, wie ich dort das erste Mal gepinkelt hatte. Mit einem seltsamen Gefühl. Aber ich wusste nicht, was mir da aufgefallen war. Irgendwas. Egal.

Mein Blick fiel auf den Metalleimer. Wozu brauchte man im Klo einen Abfalleimer aus Metall?

Wahrscheinlich für Damenbinden.

Ich war so gefrustet, dass ich gegen den Eimer trat.

Der Deckel sprang auf, und der Müll ergoss sich über den Betonboden.

Kruzifix!

Ich bückte mich, sammelte das Zeug wieder ein.

Meine gute Erziehung.

Eklig. Das Zeug.

Tatsächlich gebrauchte Binden.

Zerknülltes Papier.

Eine BUNTE.

Eine alte Plastiktüte.

Mit spitzen Fingern hievte ich sie in den Eimer zurück.

Die Tüte raschelte.

Als wären Erdnüsse drin. Oder Walnüsse.

Ich schaute.

Langte hinein:

Da schau her!

Ich hatte was gefunden. Was ich gar nicht gesucht hatte. Wahnsinn!

Trinität

Wir trafen uns in Lindau. Professor Amgine, mein Ex-Patient, mein psychischer Adoptivsohn, und ich.

Am Telefon hatte er gesagt: »Ich bin auf was gestoßen. Bin die Zahlen alle noch mal durchgegangen. Heiße Sache. Wir sollten drüber reden.«

Ich hatte gesagt: »Dann komm ich wieder in Ihr Büro.«

»Das ist zu unsicher. Wir brauchen einen Ort, wo wir nicht abgehört werden können. Einen öffentlichen. Wo die NSA und der BND kein Interesse dran haben.«

Deshalb trafen wir uns in Lindau. Im Spielkasino.

Das war der eine Grund.

Der andere Grund war in meiner Jackentasche verstaut. Ein paar von den braunen Dingern, die ich im Klo der Gesundbeterin gefunden hatte.

Der Professor war schon drin.

Handschlag. Etwas lasch. Immer noch. Wie früher. Er brauchte wohl alle Kraft zum Denken.

Ich schaute mich um, sagte: »Und hier soll es sicher sein? Über jedem Tisch hängt eine Videokamera. Wahrscheinlich mit Mikrofon drin.«

»Ja, aber die hier sind nur interessiert am Geld. Dass nicht geschummelt und geklaut wird …«

Die Tische waren alle gut besetzt. Es kamen immer mehr Leute rein. Gut gekleidet. In Lindau achtet man auf so was. Sogar ich hatte mein einziges weißes Hemd an. Und meinen Trachtenjanker. Der einzige im Saal. Mein Professor hatte eine schicke Tweedjacke mit Ellbogenaufnäher. Wie eben ein englischer Professor aussieht. Ich sah eher aus wie ein Allgäuer Bauer auf dem Weg zur Sonntagsmesse.

Wir holten uns Getränke. Er Wasser. Ich auch. Zum Denken.

Stellten uns ans Ende des Saales. Wo selbst das Kasino keine Kameras installiert hatte.

Taten so, als wären wir in Small Talk vertieft.

Waren wir.

Ich fragte neugierig: »Adam, weil wir schon mal hier sind: Gibt's einen sicheren Trick, im Roulette zu gewinnen oder bei anderen Glücksspielen? Sie als Mathematiker …«

Er sagte: »Wenn ich das wüsste, bräuchte ich nicht mehr zu arbeiten.«

»Was täten Sie dann?«

»Gute Frage, habe ich mir noch nicht überlegt. Am liebsten Computer spielen. Aber im Ernst: Es gibt Regale voll mathematischer Theorien zum Glücksspiel. Aber DEN Trick hat noch keiner gefunden. Das Sicherste, was man weiß, haben die Engländer am University College London herausgefiltert. Natürlich die Engländer, die verspielte Nation.«

»Bingo zum Beispiel«, warf ich sachkundig ein.

»Das auch, aber das ist mehr für die alten Ladys in den Kirchengemeinden. Die Kollegen in London haben dreihundertsiebzigtausend Sportwetten von vierhundert Spielern untersucht …«

»Und?«

»Kurz gesagt: Wenn man am Gewinnen ist, gewinnt man mehr, und wenn man am Verlieren ist, verliert man immer mehr.«

»Ah … dann macht man am besten weiter, wenn man eine Glückssträhne hat, und wenn man merkt, man hat eine Pechsträhne, hört man auf. Sofort.«

»Genau. Dazu braucht man keine Mathematik. Man muss halt aufhören können. Daran hakt's meistens. Spieler können nicht aufhören, vor allem nicht, wenn sie verlieren.«

Ich sagte, versonnen: »*Denn wer da hat, dem wird gegeben. Wer aber nicht hat, dem wird auch das genommen, was er hat.* Matthäus 13,12.«

»Wer ist Matthäus? Ein Mathematiker?«

»Muss wohl einer gewesen sein. Oder ein gewiefter Spieler. Jedenfalls hat er das schon im Jahr dreißig gewusst, was die an der Uni London herausgefunden haben.«

Er sagte: »Aber deshalb sind wir ja wohl nicht hier, wegen einem gewissen Matthäus aus dem Jahr dreißig und Glücksspiel.«

»Genau.«

Er hatte genug von Small Talk. Sagte: »Ich bin noch mal alle Zahlen durchgegangen. Es gab vor dem besagten Termin –«

»Sie meinen, vor dem Mord an dem Pfarrer Messner?«

»Ja, davor gab es Kontobewegungen. Und danach gab es Kontobewegungen.«

»Klar. Was ist neu dran?«

»Die Kontobewegungen vor dem … ah … Termin gingen an drei Konten. Das eine Konto kennen wir, das hatte die Codenummer 132020. Das zweite hatte den Codenamen MTT. Wir wissen nicht, ob es sich bei dem Inhaber des Kontos um eine Person handelt oder um zwei. Nun ist mir aufgefallen, dass noch eine Kontonummer im Spiel ist: 363345. Ich kann sie nicht zuordnen. Macht keinen Sinn.«

Wir schwiegen. Dachten.

Ich sagte: »Also, dann haben wir einen Topf. Das Konto, auf dem fünf Millionen gebunkert sind. Das ist nach dem Tod vom Pfarrer Messner aufgelöst worden. Dann haben wir drei Kontoidentifikationen. Bis zum Tod von Messner gingen Überweisungen auf Konto a, b und c. Danach gingen Überweisungen auf die Konten b und c. Wir wissen aber nicht, ob die Konten a, b und c einem Inhaber gehörten oder zwei oder drei.«

Wir nippten schweigend an unseren Wässerchen.

Die Stimmen im Saal summten wie mehrere Bienenschwärme, die sich näherten. Immer lauter.

Nach einer Weile sagte ich: »Mir kommt grad eine lustige Idee. Vielleicht stimmt beides. Theoretisch ist es ja möglich. Wie in der Trinitätslehre.«

Er schaute verständnislos.

»Trinitätslehre? Ich kenn nur die Relativitätstheorie.«

Ich klärte ihn auf: »Was die Relativitätstheorie in der Physik ist, ist die Trinitätslehre in der Theologie.«

»Ah … Und was hat das mit unseren Konten zu tun?«

»Wir wissen nicht, ob eine Person im Spiel war oder zwei …«

»Oder vielleicht, nach unseren neuesten Erkenntnissen, drei.«

»Okay. Lassen wir es einfach. Machen wir das Ding mal mit zweien. Die Trinitätslehre sagt 1 = 3, die Christologie, eine Unterabteilung der Trinitätslehre, sagt 1 = 2.«

»*Ich aber sage euch:* Das ist mathematischer Unsinn.«

»Mathematisch ja. Aber theologisch nicht. Es gibt etwas, worauf zutrifft: 1 = 3. Zum Beispiel: eine Familie = drei Personen. Oder: zwei Personen = ein Paar.

Er schaute skeptisch. Meinte: »Wenn man es so sieht … Also noch mal: B und C sind wahrscheinlich so was wie ein Paar. Aber die Beziehung innerhalb des Paares ist noch nicht klar. Auf beide Konten wurden fast gleiche Beträge überwiesen und dann in bar abgehoben, immer knapp unter hunderttausend Euro. Dann wären B und C sozusagen verschiedene Gestalten eines Paares: Er ist, in Ziffern gekleidet, 132020, sie in Buchstaben MTT.«

Ich nahm den Faden auf: »Oder es ist ein Täuschungsmanöver, sodass man meint, es handelt sich um ein Konto und zwei Inhaber.«

»Wozu?«

»Oder aber es handelt sich um ein Paar von zwei Personen. Dann fragt sich: Wer ist der Dritte im Bunde, die dritte Kontonummer, die Sie gefunden haben?«

»Wenn wir wüssten, an wen die Zahlungen vor dem Todestermin gingen … Wem das Konto mit der Zahl 363345 gehört …«

Ich sagte: »Vielleicht gibt es einen Zusammenhang zwischen MTT, 132020 und 363345?«

»Da müsst ich mal schauen in meinem Enigma-Gerät.«

Er holte sein Mobiltelefon heraus. Sagte: »Das kann ich auch als Rechner benützen. Notfalls an meinen großen Rechner im Büro übers Netz anschließen … aber nein, da schaut ja die NSA zu. Ich versuch's mal ohne Netz. Hier ist's zu laut zum Denken. Ich muss mich konzentrieren.«

Ich schlug vor: »Vielleicht aufm Klo?«

»Gute Idee«, sagte er und verschwand. Mit seinem Wasser. Inwendig. Sein Glas war leer.

Ich nutzte die Zeit.

Ging zu dem Schalter, wo die Chips ausgegeben oder gegen Geld getauscht wurden.

Griff in die Tasche. Wahrscheinlich ein Griff ins Klo.

Legte den braunen Chip auf den Tresen, sagte, so cool ich konnte: »Ich hätt den gern gegen Bares eingetauscht. Das einzige Geld, was ich heute gewinne, ist, was ich selber wechsle.«

Der Typ mit dem Pokergesicht war nicht im Geringsten an

meinem Geschwätz interessiert. Er nahm den Chip, steckte ihn in einen Kasten mit vielen in Reihen angeordneten bunten Chips. Nahm aus seiner Kasse einen Schein. Legte ihn wortlos auf den Tresen.

Der Anblick machte mich schmerzfrei. Doppelt. Im Knie und in der Prostata.

Fünfhundert Euro.

Kein Griff ins Klo.

Na ja, in der Psychoanalyse sind Geld und Scheiße das Gleiche.

Und ich hatte von dem Zeug noch eine Plastiktüte voll. Daheim. Auf meiner Alm.

Ich sagte: »Danke.«

Ging weg.

»He, Sie da!«, rief mir der Angestellte in Uniform nach.

»Ja, was ist?«

Angst in meiner Stimme.

Hatte er sich getäuscht, hatte er mir zu viel gegeben, wollte der den dicken Fünfhunderterschein zurück?

»Wollen S' nicht auch den Rest noch haben?«

Er hielt eine Handvoll Scheine hoch, sagte: »Der Rest … Sind S' wohl etwas durch den Wind?«

Er wartete nicht auf meine Antwort.

Er bekam auch keine.

Ich erstarrte zur Salzsäule, hörte ihn die Scheine hinblättern, wie am Bankschalter, professionell: »… tausend, tausendfünfhundert, zweitausend, zweitausendfünfhundert, dreitausend, dreitausendfünfhundert, viertausend, viertausendfünfhundert, fünftausend … Das ist alles. Ist Ihnen nicht gut?«

»Doch … nur mein Blutdruck … vielen Dank …«

Meine Hände zitterten. Ich konnte die Scheine kaum halten.

Schob ihm einen hin.

Sagte: »Für Sie!«

Sein Gesicht erhellte sich. Er schob sich den Fünfhunderter nonchalant in die Brusttasche, sagte: »Danke. Und alles Gute für Ihren Blutdruck!«

Ich sank auf eine Bank.

Tief durchatmen.

Herr Jesus Christus, Gottes Sohn, erbarm dich meiner!

Er erbarmte sich meiner.

Beruhigte die zitternden Hände.

Gab mir eine Idee:

Jetzt könnte ich mitspielen. Ganz groß!

Aber Spielen ist eine der wenigen Süchte, die ich nicht habe.

Noch nie hatte. Weder Schwarzer Peter noch Schafkopf noch Blackjack noch Roulette noch Vorspiel.

Wie bestellt, trafen wir uns wieder an selber Stelle. Mein Professor hatte eine Aura, wie sie der Chefchirurg in meinem früheren Krankenhaus immer hatte, wenn ihm eine komplizierte Herzoperation gelungen war.

»Sie sehen nach Erkenntnis aus«, sagte ich.

Er strahlte, als hätte er gerade die Relativitätstheorie neu erfunden.

Sagte: »Es ist ganz einfach. Wenn man drauf kommt. Die Zahl 132020 hat was gemeinsam mit MTT und 363345.«

»Nämlich? Machen S' es halt nicht so spannend.«

Er genoss seinen Auftritt:

»Die Zahl 363345, das sind die ersten Ziffern der Quadratwurzel von 132020.«

»Wahnsinn. Gratuliere. Ich werd Sie zum nächsten Nobelpreis für Mathematik vorschlagen.«

»Unsinn«, sagte er.

»Wieso Unsinn? Nur keine falsche Bescheidenheit!«

»Ich tät ihn ja gern annehmen, den Nobelpreis für Mathematik. Aber den gibt's nicht.«

»Wirklich? Es gibt doch für jede Popelwissenschaft einen Nobelpreis.«

Er lächelte, sagte: »Alfred Nobel hat keinen Nobelpreis für Mathematik eingesetzt.«

»Warum nicht?«

»Weil seine Frau mit einem Mathematiker durchgebrannt ist.«

Ich lachte.

»Hab ich noch nie gehört.«

Er lachte mit, sagte: »Das wird bei den Ansprachen zu den Nobelpreisverleihungen auch nicht erwähnt.«

Ich sagte: »Was kriegen dann die Mathematiker, wenn sie was erfinden … oder beweisen?«

»Die Fields-Medaille.«

»Dann schlag ich Sie für die Fields-Medaille vor!«

Er schüttelte den Kopf. »Langsam: Wir wissen das Wichtigste noch immer nicht. Wir wissen, dass von einem Konto – dem Spendenkonto – an ein anderes Konto Zahlungen gingen, und das andere Konto hatte drei verschiedene Codierungen, die aber dasselbe in drei verschiedenen Formeln sagen.«

Ich fiel ein: »Ab dem kritischen Termin gab es keine Bewegungen mehr auf das Konto mit der Quadratwurzelnummer. Aber da gab es auch keine Bewegung mehr beim Pfarrer Messner Theopold aus Tal …«

Er zuckte zusammen. Hatte schon wieder seine Erscheinungsaura um die Birne, sagte: »Halt: Sagen S' es noch mal …«

»Was?«

»Was Sie grad gesagt haben, beim Pfarrer …«

»… gab es keine Bewegung mehr beim Pfarrer Messner Theopold aus Tal.«

Er wiederholte, dirigierte dabei den Rhythmus mit den Händen wie ein Karajan:

»Messner Theopold … Tal … Messner Theopold Tal … Merken Sie was?«

»Nein.«

»**M**essner **T**heopold **T**al … MTT!«

»Ja richtig, ist doch ganz einfach MTT … Das sieht doch ein Blinder mit dem Krückstock!«

Er schaute mich an, sagte: *»Sehenden Auges sehen sie nicht, und hörenden Ohres hören sie nicht …«*

Ich sagte unwirsch: »Das ist mein Gebiet. Bleiben Sie bei Ihrer Mathematik … Also meine Hypothese ist: Der Pfarrer MTT hat die fünf Millionen gehortet. Und dann hat er angefangen, sie in Bargeld abzuheben. Bis zu seinem unseligen Ende. Und dann …«

»… und dann?«

»Dann hat ein anderer oder zwei andere MTT alias 132020 ganz schnell den Rest vom Zaster abgehoben. Jetzt müssen wir nur noch rausfinden, wer das war.«

»Was ist denn mit Ihnen los?«, fragte er.

Es hatte mich gerissen. Ich starrte mit offenem Mund durch den Saal.

Stellte mich so, dass ich den Professor als Sichtschutz hatte. Damit ich nicht gesehen werden konnte. Sagte: »Nicht bewegen! Da ist jemand, der mich hier nicht sehen darf. Sonst bin ich tot.«

Er.

Dicke Sonnenbrille.

Schwarzer Anzug.

Fliege.

Weißer Schal.

Weiße Handschuhe.

Gequälter Gang.

Ja. Er. Trotz Maskerade.

An seiner Seite, untergehakt:

Sie.

Weißer Cape-Mantel mit Kapuze. Sah aus wie eine Mönchskutte für Besserverdienende.

Dunkelrotes langes Pferdehaar.

Dicke Hornbrille.

Weiße Handschuhe.

Die Gesundbeterin.

Die Mutter Teresa aus Tal.

Ein sauberes Paar.

Ein Paar, zwei schräge Gestalten.

Und dann durchzuckte mich die Erleuchtung:

Mutter Teresa Tal … MTT!

MTT und 132020. Mutter Teresa aus Tal mit dem Doktor aus Tal. Im Kasino. Kasse machen.

»Da schau her!«, sagte ich.

Der Professor trat zur Seite, um zu schauen, wo ich hinschaute.

In dem Augenblick trafen sich unsere Blicke.

Er. Sie. Ich.

Trotz Horn- und Sonnenbrillen.

Wir wussten: Wir hatten uns erkannt.

Und die beiden wussten: dass ich jetzt alles wusste. Alles.

Dachte ich.

Ich dachte nicht lange. Ich sagte zum Professor: »Ich muss weg hier, ich renn um mein Leben, ich erzähl's Ihnen später, wenn ich dann nicht tot bin …«

Und rannte zum Ausgang
um mein Leben.

Fahrerflucht

Ich raste, so schnell ich konnte. Bergab mit Rückenwind hundertzwanzig Stundenkilometer. Mit meinem alten VW Golf Diesel. Richtung Kempten. Richtung Tal. Auf der B12.

Wenig Verkehr.

Ich schaute mehr rückwärts als vorwärts.

Sie waren hinter mir her.

Wahrscheinlich jagten sie mich.

Die beiden.

Der Doktor und die Gesundbeterin.

Die beiden brachten mich durcheinander. Sie passten nicht in meine Theorie.

Meine Theorie konnte doch nicht falsch sein!

Sie war so schön!

Ich nahm mein Handy.

Die Nummern waren schon gespeichert.

Linke Hand das Lenkrad, rechte Hand das Handy.

Verboten.

Aber wurscht.

War ja Nacht.

Die Verbindung klappte.

»Horch«, sagte ich, »wir haben den Ernstfall. Ich brauch dich. Dienstleistung ... Personenschutz ... Ich bin die Person, wer sonst ... und du musst mich schützen. Ich bin grad von Lindau weggefahren, und wenn ich überhaupt lebend auf der Alm ankomm, wird es in einer guten Stunde sein. Also sei bis dahin droben. Und wart auf mich. Aber unauffällig. Pass auf, ob jemand in die Alm hineingeht ... Und dein Schlagring könnt nicht schaden ... Okay?«

Es war okay. Der Mannfred von der Wehrsportgruppe war bereit. Er machte sich mit seinem Motorrad auf den Weg. Von seiner Oma im Pflegeheim auf die Alm. Netter Kerl.

Der nächste Anruf war schwieriger.

Klinikum Kempten.

Die Krankenschwesternstimme quäkte kurz angebunden: »Nein, die Frau Dr. Graf ist nicht da … Das darf ich nicht sagen, wo sie ist … außerdem weiß ich es nicht, aber wo wird sie wohl sein, abends um die Zeit … Nein, die Nummer darf ich Ihnen auch nicht geben … Nein, überhaupt keine Auskunft … Nein, auch meinen Namen nicht … Jetzt langt's aber, Sie perverses Mannsbild, Sie Saukerl!«

Ich hatte sie nach ihrer Körbchengröße gefragt.

Ich wählte die nächste Nummer.

Die vom privaten Handy von Dr. Graf.

Sie hatte sie mir gegeben nach meinem Curare-Einsatz. Weil sie Angst um mich gekriegt hatte. Mehr als ich selber. Seit meinem Absturz vor einem Jahr hatte ich aufgehört, Angst zu haben. Um mich.

Nicht, dass ich mutig geworden wäre. Mir war es einfach wurscht geworden, ob ich lebte oder nicht. Das ist so gut wie tot. Nicht unangenehm. Seit ich trocken war, war die Angst wieder da. Um mich.

Ich ließ das Handy lange klingeln.

Eine verschlafene Stimme meldete sich: »Du? Um die Zeit? Ist was passiert?«

»Noch ist nix passiert, aber ich ruf dich an, damit mir nix passiert. Ich muss noch was rausfinden …«

»Lass doch endlich die Finger aus der Geschichte.«

»Geht nicht, steck schon zu tief drin … Aber ich erklär's dir, wenn ich mehr Zeit hab. Es kann sein, dass ich wieder einen Schuss Curare verpasst krieg oder so was Ähnliches. Kannst du einen Notarzt auf die Alm schicken?«

Dr. Graf erklärte mir, dass sie zu Hause sei. Wusste ich.

Dass die Notfallambulanz unterbesetzt sei.

Wusste ich.

Dass nur der diensthabende Oberarzt einen Notarzt schicken konnte.

Wusste ich.

Dass es einfach nicht ging.

Das hatte ich inzwischen auch kapiert.

Es fiel mir schwer, sie zu bitten. Ich sagte: »Kannst du nicht selber … ausnahmsweise … Da stehen doch mehr Sanitätsfahrzeuge rum, als ihr Personal habt. Da nimmst halt eines …«

»Aber …«

»Warum hast du mich denn nicht antelefoniert und mir gesagt, dass euer Dr. Semmelweis aus Tal schon wieder entlassen ist?«

»Oh … wirklich, aber … Tut mir leid, es war so eine Hektik … sorry.«

»Nix sorry. Du kannst es jetzt wiedergutmachen.«

Ich hörte ein langes Seufzen, dann: »Gut. Aber nur, weil du es bist.«

Auch noch eine Liebeserklärung!

»Und stell dich zur Nachbarin aufs Anwesen. Damit mein Feind nicht gleich davonläuft, wenn der den Empfang sieht! Dank dir. Pfüadi!«

Ich legte mein Mobiltelefon auf den Beifahrersitz.

Musste mich konzentrieren.

Da kam einer schon eine ganze Zeit lang hinter mir her.

Immer schneller.

Ich drückte aufs Gaspedal.

Mein Rennauto blieb auf hundertzwanzig stehen, egal, wie ich aufs Gas drückte.

Der Schweiß rann mir auf die Nase, tropfte aufs Hemd.

Jetzt haben sie mich also!

Sie werden mich von der Straße wegdrücken.

An den nächsten Baum hin.

Dann bin ich auch hin.

Ich erschrak.

Blaue Blitze.

Martinshorn.

Gott sei Dank. Nur die Polizei.

Eine blaue Schrift erschien in meinem Rückspiegel.

»Polizei. Anhalten.«

Ich hielt an. Am Straßenrand.

Ein Polizist erschien an meiner Seite.

Ich kurbelte das Fenster runter.

Sein Begleiter erschien auf der anderen Seite. Neben dem Beifahrersitz.

Profis.

Der Polizist an meiner Seite setzte sich seine Mütze zurecht.

»Ihre Papiere bitte!«

Ich kramte nach meinen Papieren.

Führerschein. Kfz-Schein. Rentnerausweis. Konnte nicht schaden.

Meine zittrigen Hände wurden von einem Lichtkegel begleitet. Wo sie auch immer fahrig herumtasteten, sie blieben im Lichtkegel. Er kam von der Taschenlampe auf der Beifahrerseite.

Profis eben.

Gut eingespielt.

Der Beamte auf meiner Seite checkte

Führerschein.

Kfz-Schein.

Der Rentnerausweis interessierte ihn nicht. Hätt ja sein können. Mildernde Umstände fürs Alter. Ein Seniorenknöllchen. Es gibt ja auch Seniorenteller.

Er fragte: »Wissen Sie, warum wir Sie anhalten?«

Ich antwortete, wahrheitsgemäß: »Nein, weiß ich nicht, aber ich bin so froh, dass Sie es sind! Der liebe Gott hat Sie geschickt!«

»Wollen S' uns verarschen?«

»Nein, da ist jemand hinter mir her, und ich hab gedacht, ich fahr ihm einfach davon. Er trachtet nach meinem Leben!«

Klang dramatisch.

Die Polizisten tauschten Blicke aus.

Die Blicke sprachen Bände.

Überschrift: *Gleich nach Kaufbeuren mit ihm oder später?*

In Kaufbeuren ist das Bezirkskrankenhaus. Ehemals »Irrenanstalt«.

»Und warum sollte der, wo Sie angeblich verfolgt, Ihnen nach dem Leben trachten?«

»… Ah … äh … weil ich bin vorm Casino in Lindau beim Ausparken in seinen Luxusschlitten geschrammt … eine Delle und ein Kratzer … aber ein nagelneues Auto … und bin dann weggefahren … und er muss mich noch gesehen haben … und ist hinter mir her …«

Der Polizist wiegte den Kopf. Wusste nicht, ob er mir glauben sollte. Aber die Wahrheit hätte er mir noch weniger geglaubt. Außerdem ging es ihn nichts an.

Er sagte: »Wenn das so ist, ist es Fahrerflucht.«

Oh Gott, auch das noch. Ich sagte: »Jetzt, wo Sie's sagen, fällt's mir auch auf. Ich war einfach zu deprimiert, hab eine Menge Geld verloren im Kasino …«

Schnäuzte.

Der an der Beifahrerseite funzelte immer noch mit seinem Lichtkegel herum. Schweigend.

Vielleicht war er stumm.

Der Gesprächige sprach, sachlich: »Wissen Sie, dass Sie mit hundertzwanzig durch Wohmbrechts gebrettert sind?«

Ich sagte: »Das müssen Sie verstehen. Ich hab nur den hinter mir gesehen, wie er immer näher kommt, und weil er immer schneller geworden ist, hab ich nicht mehr auf die Schilder aufpassen können. Wenn Sie gleich Ihr Blaulicht eingeschaltet hätten, wär ich vor Glück sofort langsamer gefahren, aber ich hab ja nicht gewusst, dass Sie hinter mir her sind. Wenn die Polizei hinter mir ist, fahr ich immer sofort langsamer …«

Er konnte sich der Logik nicht ganz entziehen, legte aber eine Schippe drauf: »Und telefoniert ham S' auch noch beim Fahren.«

Ich sagte, geistesgegenwärtig: »Ich wollt die Polizei rufen. Aber Sie sind zum Glück ja gekommen. Dankschön.«

Sie warfen sich wieder den Kaufbeuren-Blick zu.

Der Gesprächige sagte, betont sachlich: »Wir werden Sie anzeigen müssen. Wegen Geschwindigkeitsüberschreitung. Und wegen Telefonieren am Steuer. Und Fahrerflucht. Wird teuer.«

Ich sagte: »Das ist es mir wert. Wie viel wird's denn?«

»Sie kriegen Post von uns.«

»Krieg ich Ermäßigung? Ich hab hier meinen Rentnerausweis.«

»Interessiert mich nicht. Rentner sind ja nicht behindert.«

Ich sagte: »Doch. Man hindert sie am Arbeiten.«

»Schmarrn. Wir haben hier kein soziologisches Seminar. Da müssen S' an die Uni Konstanz gehen.«

Ich atmete tief durch. Fragte: »Kann ich nicht gleich zahlen? Dann hab ich's hinter mir. So eine Banküberweisung ist so unpersönlich. Und jetzt mit dem neuen BIC- und IBAN-Wahnsinn bin ich einfach überfordert. In meinem Alter. Ich könnt's bar zahlen. Oder mit Chips – von dem Kasino in Lindau. Ohne Rechnung. Ohne Quittung.«

Ich griff zu meiner Brieftasche.

Unter dem Flutlicht der Taschenlampe.

Der Aktive von den beiden wurde ungemütlich, sagte: »Versuchte Beamtenbestechung kommt auch noch dazu.«

In dem Augenblick raste ein schwerer Geländewagen an uns vorbei.

Ein VW Amarok Canyon. Mit einer Flutlichtanlage auf dem Dach. So einer, wie der Doktor hatte. Zwei Gestalten hinter der Scheibe.

Ich sagte: »Das ist er. Der vom Parkplatz. Schauen S'. Der hat mindestens hundertsechzig drauf. Glauben Sie mir jetzt?«

Er sagte: »Wir sind hier nicht in der Kirche. Glauben. Glauben tun wir gar nichts bei der Polizei. Wir verlassen uns auf Fakten.«

»Okay. Faktum ist, dass der rast wie ein Depperter, da bin ich ein Kinderwagen dagegen ... Sagen Sie, können Sie mir Geleitschutz geben? Ich hab nämlich Angst ... dass der in der nächsten Kurve auf mich wartet. Dann hab ich ausgeschissen ...«

Die beiden Polizisten schauten sich an.

Der Raser hatte sie doch beeindruckt.

Der Polizist an der Beifahrerseite nickte.

Sein Einverständnis.

Der Chef von den beiden sagte zu seinem Kollegen: »Könnt mein Opa sein. Der spinnt genauso.«

Ich sagte ungefragt, setzte meinen Hilflos-Blick auf: »Ihrem Opa täten S' auch Geleitschutz geben. Ob er spinnt oder nicht.«

Er lachte. Sagte: »Also, bis Kempten. Nicht länger. Fahren S' hinter uns drein. Wir lassen das Blaulicht an. Aber nicht überholen!!!«

Ich schnaufte aus.

Sagte: »Ihr Opa hat Glück!«

»Warum?«

»Weil er so einen netten Enkel hat.«

Er wusste nicht, was er darauf sagen sollte. Sagte nichts.

Sie stiegen ein, ich fuhr ihrem Blaulicht hinterher.

Erleichtert.
Pause für ein paar Kilometer.
Weiß Gott, was mich dann erwarten würde, auf der Alm.
In Kempten schalteten sie das Blaulicht aus, hupten, bogen ab.
Jetzt begann der Ernst des Lebens wieder.
Ich fuhr Richtung Alm.
Durch Tal.
An der Kirche vorbei.
Ich dachte, ich seh eine Gestalt zwischen den Gräbern.
Vielleicht war morgen eine Beerdigung, die Bestatter hatten noch schnell einen hingeschickt, um das Grab auszuheben.
War ja wurscht. Ich hatte Wichtigeres vor.
Vorbei an der Praxis vom Doktor.
Sie war noch erleuchtet.
Vielleicht war's auch nur die Putzfrau.
Wahrscheinlich hatten die Polizisten doch recht.
Ich war einfach vor Angst durchgeknallt.

Massaker

In fünf Minuten war ich oben, fuhr die letzten zweihundert Meter langsam auf die Alm zu.

Sie war kuhnacht.

Der Notarztwagen war nicht sichtbar.

Falls er überhaupt da war.

Ich fuhr am Bauernhaus vorbei. Zehn Meter daneben steht die Marienkapelle.

Eine Gestalt hockte auf der Bank vor der Kapelle.

Mein Freund von der Wehrsportgruppe. Man sah ihn kaum. Er hatte seinen üblichen Tarnanzug an: schwarz von oben bis unten.

Seine BMW lehnte an der Marienkapelle.

Pietätlos.

Aber wenigstens war er da.

Ich fragte ihn: »Hat sich was getan in der letzten halben Stunde?«

»Nix. Gar nix. Außer den Kuhglocken. Die läuten in einer Tour. Immer. Aber sonst nix. Nix und niemand.«

Aus der Dunkelheit kam vom Nachbarhof eine Gestalt hergerannt.

Eine weibliche.

»Ach du!«

Dr. Vasthi Graf.

Ich stand jetzt ziemlich blöd da. Fand ich. Sagte: »Nett, dass du gekommen bist.«

Sie lief zu alter Form auf, sagte: »Weißt, ich mach nichts lieber, als nachts um elf aufzustehen und eine kleine Spazierfahrt von Kempten nach Tal zu unternehmen.«

»Es kann eine Falle sein«, sagte ich zu den beiden. »Vasthi, kannst du noch zehn Minuten Schmiere stehen? Der Manni und ich schauen noch, ob im Haus alles in Ordnung ist.«

Was ich sagen wollte, war: ob jemand im Haus wartet, um mir einen Mückenstich zu verpassen, an dem ich erstickte, oder der sonst wie unangenehm wurde.

Dr. Graf seufzte genervt. »Zehn Minuten. Mehr nicht.«

Ich sagte: »Wenn wir nach zehn Minuten noch nicht zurück sind, stimmt was nicht.«

Sie fragte: »Und was soll ich dann machen?«

»Schauen, was passiert ist.«

»Dass ich auch noch eins auf die Rübe krieg.«

»Wenigstens die Polizei kannst dann rufen.«

»Hier oben ist kein Empfang.«

»Dann machst halt mit deinem Notarztauto irgendeinen Krach, dass die Leut zusammenlaufen von der Nachbarschaft.«

Sie widersprach nicht, zuckte die Schultern, trabte wieder zu ihrem mobilen OP.

Der schwarze Mannfred und ich durchsuchten das ganze Haus, vom Keller bis zum Dachboden, dazu den Garten: absolut kein Mensch, nicht mal ein Tier.

Ich war meiner eigenen Phantasie zum Opfer gefallen. Ich dachte, der Doktor oder die Gesundbeterin oder beide erwarten mich und machen mich dann kalt.

Ich bedankte mich bei Dr. Graf und dem Manni. Er rauschte mit seinem Motorrad talabwärts. Der Notarztwagen folgte. Lautlos. Blaulichtlos.

Ich kam mir ziemlich beschissen vor.

Sperrte die Haustür ab.

Drehte den Schlüssel zweimal rum.

Sicher ist sicher.

Die Zeit drängte.

Ich hatte keine Zeit, Angst zu haben.

Ich klappte meinen Laptop auf.

Eröffnete eine neue Datei. Titel: *Bericht*.

Er musste bis morgen fertig sein.

Zum Hinterlegen beim Notar in Kempten.

Zu meiner Sicherheit.

Ich fing an zu tippen.

Voll konzentriert.

Es lief.

Dann lief es mir den Rücken hinab. Kalt.

Eine Stimme hinter mir sagte: »Interessant!«

Ich fuhr herum.

Erstarrte.
Herzstolpern.
»Du?«
»Ja, ich«, sagte die Gesundbeterin.
Mit einer Pistole in der Hand. Schalldämpfer drauf. Befahl: »Hände hoch. Sitzen bleiben!«
Ich war nicht dafür, aber sie hatte das stärkere Argument. Die Pistole.
»Ich schalt bloß schnell den PC aus!« Tippte ein paar Tasten.
Ich hob die Hände.
Die Hände zum Himmel …
Es klickte. Die Handschellen.
Ich fragte: »Schon wieder eine Curare-Behandlung?«
Die Gesundbeterin hielt mir die Pistole ans Genick. Der Lauf war kalt.
Ich ließ die gefesselten Hände sinken.
Mein Herz sank gleich mit.
Das war's dann wohl.
Ich fragte: »Bringst du mich jetzt um?«
»Das wirst dann schon sehen. Jedenfalls nicht mit Curare. Wahrscheinlich bist du geimpft dagegen.«
War ich nicht. Wäre aber keine schlechte Idee gewesen.
Aber jetzt nutzlos.
Ich spürte einen kurzen Einstich in der Schulter.
Immer noch die Knarre im Genick.
Sie sagte, als wäre sie eine Ärztin, die ihrem Patienten erklärt, was sie tut: »Das ist ein Muskelrelaxanz.«
»Wozu?«
»Entspannt. Damit ich sicher bin vor Überraschungen. Es ist so was wie Curare ohne den tödlichen Giftstoff. Verlangsamt die Bewegungen. Bewirkt eine Art Lähmung. Die Bewegungen kommen nur noch in Zeitlupe. Oder gar nicht mehr.«
»Und wozu?«
»Du hast mein Leben hingemacht mit deiner Schnüffelei. Ich hatte den perfekten Plan. Und alles lief nach Plan, und dann kommst du Saudepp daher … Und jetzt mach ich dein Leben kaputt. Weilst nicht hörst. Ich hab dir eine Chance gegeben.«

»Welche?«

»Die Katze. Ich hab dir geschrieben: Lass die Pfoten davon, sonst geht's dir wie der Katze.«

»… mit den abgeschnittenen Pfoten.«

»Genau. Und deshalb kommt jetzt noch eine zweite kleine Spritze, tut gar nicht weh.«

Ich spürte einen Stich in der anderen Schulter.

»Wozu?«

»Ein Blutverdünnungsmittel. Jetzt brauchst nur zwei und zwei zusammenzählen …«

»Du wirst doch nicht …«

Der Gedanke machte mich schwindlig. Meine Arme und Beine wurden schwer, viel schwerer als beim autogenen Training, ich konnte mich kaum mehr auf dem Stuhl halten.

Die Gesundbeterin sagte: »Ich bind dich fest, sonst fallst runter.«

Sehr aufmerksam, danke.

Sie hatte einen Arztkoffer dabei.

Vielleicht war sie in ihrem früheren Leben Ärztin gewesen, hatte eine Bekehrung erlebt und war Gesundbeterin geworden?

Sie fummelte an ihrem Arztkoffer, sagte mit tiefer Stimme: »Herrgottsakrament, ist das ein Gfrett … Schluss mit der Maskerade!«

Sie riss sich ihre Kutte vom Leib, die Perücke vom Kopf.

Ich hatte also doch recht gehabt:

Der Doktor.

Der Doktor und die Gesundbeterin waren ein und dieselbe Person.

Dr. Siegwart Semmelweis war die Mutter Teresa von Tal.

Meine Theorie war gerettet. Ein letzter Trost vor meinem Ableben.

Aber im Kasino waren sie nicht eine, sondern zwei Personen.

Wer war die zweite?

Ich sagte: »Sie?«

»Ja, ich … Haben Sie nicht gedacht, nach heut Abend … im Kasino.«

Ich fragte: »Wer war das denn im Kasino, die Gesundbeterin neben Ihnen?«

Er sagte: »Das ist jetzt unwichtig. Sie werden's nie mehr erfahren.«

Er kramte in seinem Arztkoffer.

Holte ein Seil hervor.

Band mich auf dem Stuhl fest.

Ich kam mir vor wie meine Mutter, wenn sie im Rollstuhl festgezurrt wird zum Spazierenfahren.

Wenigstens fallen konnte ich nicht mehr. Oberschenkelhalsbruch und so …

Der Doktor griff wieder in seine Zaubertasche.

Holte ein Messer hervor.

»Die Tatwaffe?«, fragte ich.

Denken konnte ich noch, reden ging auch noch, aber die Muskeln unterhalb des Halswirbels bewegten sich in der angekündigten Zeitlupe.

»Die Tatwaffe. Ja. Man hat sie nie gefunden. X Taucher waren im Einsatz am See. Aber sie konnten sie nicht finden. Suchten an der falschen Stelle.«

Er lachte.

Mir war das Lachen vergangen.

Er hatte offenbar mit seiner Tatwaffe noch was vor.

Ganz vorbei mit dem Lachen war es mir, als er ein kleines Beil aus seiner Tasche hob.

So was, wie die Metzger benützen, wenn sie Knochen durchhauen müssen.

Er lächelte, teuflisch, wahrscheinlich war er schon übergeschnappt, sagte: »Das ist für die Katzenpfoten …«

Er deutete auf meine gefesselten Hände.

Ich sagte: »Du sadistische Sau … erst spritzt mich lahm, denn verdünnst mein Blut …«

Er fuhr fort: »Dann schneid ich dir die Adern auf, dann hau ich dir die Pfoten ab, und dann lass ich dich verbluten.«

Mir wurde schwummrig.

Ich hatte zwei Strategien im Kopf, soweit ich außer Angst überhaupt noch was im Kopf hatte.

Erstens: Zeit gewinnen.

Zweitens: ihn zum Reden bringen.

Ich sagte: »Du hast also den Pfarrer erstochen.«

Er schaute mit Genuss auf sein Messer.

»Ja, mit dem da.«

»Während der Messe.«

Er nickte. Sagte: »War ganz einfach. Ich bin zur Seitentür bei der Sakristei rein. Stich. Raus. Keine zwei Sekunden.«

»Verkleidet als die Gesundbeterin.«

»Ja. Ich war die Gesundbeterin. Wie bist du denn dadrauf gekommen?«

Ich sagte: »Zuerst überhaupt nicht. Einen Anfangsverdacht hatte ich nach meinem ersten Besuch in ihrer Hütte. Ich bin nicht gleich drauf gekommen. Erst Tage später fiel es mir ein, dass mir was aufgefallen war.«

»Was?«

»Die Klobrille war aufgeklappt. Frauen hocken beim Brunzen. Die meisten Männer sind Stehbisler. Ludwig II. übrigens auch. Der aus der Nachbarschaft. Neuschwanstein. Die einzige Dame von Welt, von der ich gelesen hab, dass sie im Stehen geschifft hat, war die Oma von der Marie Bonaparte, der Freud-Schülerin, und die Oma hatte schon einen männlichen Vornamen: Prinzessin Pierre Bonaparte, aus der Napoleon-Sippe. Toughes Huhn … Und da vor der hochgeklappten Klobrille kam mir zum ersten Mal die Idee, ob die Gesundbeterin nicht ein Mannsbild ist. Die Prinzessin Pierre Bonaparte ist ja schon eine Weile tot.«

»Scheiße!«, fluchte er.

»Ja, die Kleinigkeiten sind's oft … Aber warum hast du den Pfarrer umgebracht? Ihr wart doch gute Freunde. Schach- und Sauffreunde …«

Er sagte, fast versonnen: »Es lief alles gut. Wir waren … ein … Paar.«

»Was für ein Paar?«

Seine Augen wurden wässrig.

Ein Rest von menschlich.

Er sagte: »… ein Paar halt …«

Ich sagte: »Ein Liebespaar?«

»Ja. Ein Liebespaar, schon als Studenten, wir studierten beide Medizin, bis er absprang und auf Theologie wechselte … Und später ein Geschäftspaar.«

Ich erinnerte mich an die Fotos, die ich aus seiner Ordination hatte mitgehen lassen, als er im Kemptener Krankenhaus lag und die Johanna kurz weg war und ich für eine halbe Stunde sturmfreie Bude hatte. Zwei Männer. Und jetzt, wo er es sagte, sah ich es vor meinem geistigen Auge: Urlaubsfotos von einem Liebespaar. Schwul.

Ich fragte: »Wart ihr auch ein Spielerpaar?«

»Nein, er war kein Spieler. Das interessierte ihn nicht. Er verstand nicht, warum man spielt. Außer Schach.«

»Warum?«

»Aus demselben Grund, wie man säuft.«

»Sucht?«

»Ja. Aber weil er mich abgöttisch liebte, hat er mir beim Spielen … geholfen.«

»Finanziell?«

»Ja. Er hatte ja genug Geld. Die Spenden flossen. Reichlich. Ich hatte Zugang zu dem Konto, ich konnte mich bedienen, und er hat es gedeckt.«

»Muss viel Geld gekostet haben, das Spielen.«

»Ja, sehr viel. Ich hatte eine Zeit lang eine Pechsträhne …«

»Und wenn man eine Pechsträhne hat, soll man aufhören. Weil man immer mehr verliert … Ist wissenschaftlich erwiesen.«

»Scheiß auf die Wissenschaft. Die Wissenschaftler ham keine Ahnung. Wenn man nimmer aufhören KANN!«

»Aber du hattest ja noch einen Beruf. Als Arzt verdient man nicht so schlecht. So einen neuen VW Amarok kann sich auch nicht jeder leisten.«

»Ja, schönes Auto, gell?«

»Super! Und außerdem hast du ja noch Nebenjobs gehabt. Gesundbeterin und Kommandant. Abtreibungsklinik, Drogenhandel, Dienstleistungsunternehmen. Alle Achtung!«

Er lächelte stolz.

»Ja, das war einträglicher als die Arztpraxis. Es wär alles so gut gelaufen. Aber dann …«

»Dann ging was schief.«

»Ja. Was ganz Deppertes. Hätt ich nie gedacht, dass mir das passiert. In meinem Alter …«

»Sechzig ist noch nicht so alt.«

Er schaute beleidigt. Korrigierte: »Fünfundfünfzig.«

»Man verliert beim Spielen in jedem Alter. Schicksal.«

»Es war nicht nur das Verlieren. Ich hab eine Frau kennengelernt … und …«

Er druckste herum wie ein Teenager, der beim Wichsen erwischt wird. Ich ergänzte: »Und dann hast dich verliebt … War wohl jung und rassig …«

»Ja, sie sah gut aus, und ich hatte schon jahrelang keine Frau mehr …«

Konnte ich verstehen.

»Aber deinen Freund, den Pfarrer, den hast du doch gehabt.«

»Ja, aber das ist was anderes. Es passiert öfter, dass man als Mann schwul wird, besonders in dem Alter, mit Anfang, Mitte fünfzig, aber es passiert auch umgekehrt. Dass man wieder auf eine Frau steht. Das ist mir passiert … Ich war schon immer bi.«

»Und sie hat dir schöne Augen gemacht …«

»Das auch. Sie sah gut aus, sie war rassig, aber was den Ausschlag gegeben hat: Sie hat auch gespielt. Das war unsere gemeinsame Leidenschaft. Das versteht nur ein Spieler. Miteinander im Kasino spielen, hoch spielen, riskant, das ist eine eigene Art von Erlebnis, schöner wie Sex.«

»Kommt auf den Sex an …«, kommentierte ich.

Er kam ins Schwärmen. Sagte: »Bei ihr hat beides gestimmt. Sex und Spiel.«

»Und dann ist der Pfarrer drauf gekommen, vermute ich.«

»Ja, er war so furchtbar eifersüchtig. Er hat mich erpresst. Sie oder ich, hat er gesagt. Dann hat er das Spendenkonto für Einzahlungen dichtgemacht, hat angefangen, Gelder abzuzweigen. Große Summen. Damit ich sie nicht mehr kriege. Wollte mich trockenlegen, finanziell. Und dann ist er durchgedreht und hat gesagt, er lässt alles in die Luft fliegen, geht zur Polizei, und ich sag zu ihm: ›Dann bist aber mit dran‹, und er sagt: ›Das ist mir auch wurscht.‹«

»Und das war sein Todesurteil.«

»Ja.«

»Und das Geld?«

»Wir hatten ein raffiniertes Kontensystem.«

»Stimmt. Da blickt kein Schwein durch.«

»Das war der Sinn. Jedenfalls haben wir weiter Zugang zu den Geldern gehabt, sie und ich.«

»Und habt abgeräumt!«

»Und wie!«

Er schwelgte in Wohlgefallen. Kam sich unheimlich toll vor.

Es entstand eine Pause im Gespräch. Der Doktor konzentrierte sich wie ein Chirurg auf die bevorstehende OP. Er legte meine Hände mit den Handschellen auf den Holztisch. Den schweren. Aus Makassar-Ebenholz. Sündhaft teuer. Ein Erinnerungsstück von meinem früheren Kompagnon.

»Ich muss sie fixieren, deine Pfoten«, sagte er in Medizinermanier. Dem Patienten alles erklären. »Damit ich besser operieren kann.«

Er fixierte meine Hände mit zwei Stahlklammern, die er um die Handgelenke legte. Holte einen Bosch-Akkuschrauber heraus, Holzschrauben, verschraubte mich fachkundig auf der Tischplatte.

Ich dachte, jetzt ist sowieso alles aus, sagte: »Schad um die schöne Tischplatte. Makassar-Ebenholz.«

Er lachte. »Passt. Massaker-Ebenholz. Kleine Kollateralschäden muss man bei dem Geschäft in Kauf nehmen.«

Meine Muskeln funktionierten kaum mehr, aber meine Schweißdrüsen umso besser.

Zeit gewinnen. Am Reden halten.

Ich fragte: »Wer war denn die Angebetete? Gibt's die überhaupt noch?«

Er, unwirsch: »Das geht dich einen Dreck an.«

»Und wann hast du rausgekriegt, dass ich auf der richtigen Spur bin?«

»Wie die Gesundbeterin wieder aufgetaucht ist. Du als Gesundbeterin. Das war eine Frechheit. Ich wollt sie verschwinden lassen, ich hab ihre Perücke und ihren BH in den See geworfen. Damit man glaubt, sie ist ersoffen. Sie passte nicht mehr in meine Pläne … Und wie du bei der Kreissparkasse spenden hast wollen … und in Tal und in Durach Konten aufgemacht hast …«

»Woher hast denn das gewusst?«

»Unwichtig.«

Er war vorsichtig. Wollte sich nicht in alle Karten schauen lassen. Immer noch nicht. Sagte: »Aber du musst dich nicht beschweren, ich hab dich vorgewarnt. Ein paarmal. Hättst deine Nas da rausgelassen, dann hätten wir keine OP jetzt.«

»Und deine erste Warnung war wohl bei der Kernspintomografie. Da hast du mich reingeschoben und das Licht ausgemacht. Ich wär fast an Herzkasper gestorben. Das warst doch du, oder? Hast mir ja selber die Überweisung geschrieben und sogar den Termin ausgemacht. Raffiniert!«

Er sagte mit Stolz in der Stimme: »Ja, das war ich …«

Aber neugierig war er auch. Gott sei Dank. Fragte: »Und wie bist du drauf gekommen, dass ich die Gesundbeterin bin?«

Ich sagte: »Eins kam zum andern. Wie gesagt: Angefangen hat es mit der Klobrille. Eine Gesundbeterin bieselt nicht im Stehen. Keine Frau schifft im Stehen. Ziemlich sicher war ich, als ich deine Abtreibungsklinik gesehen hab. Das hat zu sehr nach Arzt ausgesehen. Professionell. Noch sicherer, wie mir die Gesundbeterin eine Dosis Curare verpasst hat. Und ganz sicher war ich mir, wie dich der Mannfred von der Wehrsportgruppe verprügelt hat. Weil du ihn zwingen hast wollen, seine Oma für vierzigtausend Euro umzubringen, und du bist im Klinikum in Kempten gelandet … und vorzeitig abgehauen.«

»Dann warst du der englische Auftraggeber.«

»Ja, und nicht nur der. Ich war auch der Auftraggeber für die Emily Bär in Augsburg … Hat auch nicht hingehauen!«

Er erschrak, sagte: »Aber da war doch die Todesanzeige in der Zeitung.«

Ich sagte: »Man kann auch Todesanzeigen aufgeben ohne Tote.«

Er wurde blass. Zornig.

»Verdammt«, zischte er, nahm sein Messer zur Hand. »Diese Hurenhunde, diese jungen … Wenn man nicht alles selber macht …«

Ich sagte, so cool wie ich konnte: »Du hast mich beschissen. Du schuldest mir vierzigtausend Euro für die Maria Margreiter und dreißigtausend Euro für die Emily Bär, macht zusammen siebzigtausend Euro. Beide Morde habe ich bezahlt, beide leben noch.«

Er zuckte die Schultern.

»Du kannst sie ja abholen, die siebzigtausend Euro.«

»Wo?«

»Im Kasino in Lindau. Du hast mir ja eine Tüte voll Chips geklaut. Die braunen. Die teuren. Aber da wirst leider nimmer dazu kommen.«

Er lachte. Als hätte er einen Witz gemacht.

Ich sagte: »Sag mir noch eins: Wie bist du heut Abend hier reingekommen? Und wo hast du dich versteckt?«

Er, der Narzisst, selbstzufrieden, konnte sich ein weiteres Stück Selbstdarstellung nicht entgehen lassen.

»Eins nach dem anderen. Erstens: Hereingekommen in die Alm bin ich wie immer. Mit dem Schlüssel.«

»Woher hast du denn den Schlüssel?«

»Von deiner Nachbarin!«

Jetzt war ich wirklich geschockt, sagte: »Die Hur, die hat mich verraten?«

»Sei ihr nicht böse. Sie hatte keine Wahl. Ich hab sie um den Schlüssel gebeten.«

»Und sie hat ihn dir gegeben … weil du so ein freundliches Getue hast? Glaub ich nicht.«

»Stimmt, nicht ganz freiwillig. Sie war die letzten Jahre zweimal bei mir. In der Hütte, der gynäkologischen. Mit einem Kind. Unehelich. Im Bauch. Ich habe die DNA-Analysen der Embryos. Übrigens von allen Frauen, die ich behandelt habe. Man glaubt nicht, wie viele Seitensprünge die Weiber hier machen. Ich hab alle DNA-Analysen von den Seitensprüngen. Drum sind mir alle Frauen … sehr …«, er wiegte den Kopf, »gewogen. Ich kann von ihnen haben, was ich will.«

»Weil du sie bei ihren Männern verpfeifen kannst. Das ist Erpressung!«

»Egal, was es ist, es funktioniert. Und heut Abend, da hams dir wahrscheinlich im Spielkasino auf dem Klo ins Hirn geschissen. Der ganze Aufwand: Wehrsport, Notarzt … Ich hab alles schön beobachten können … von der Kapelle.«

»Der Marienkapelle – du bist in der Marienkapelle gehockt?«

»Ja, mein neuer Amarok ist ziemlich schnell … und dein alter Golf ziemlich langsam … und deine Einlage mit der Polizei am Straßenrand auf dem Weg von Lindau hierher hat mir genügend Vorsprung gegeben … Wie dann eure kriminalistische Untersuchung von Haus und Garten vorbei war und die Fahrzeugkolonnen abgezogen sind, hab ich eine Weile gewartet und bin dann ganz einfach ins Haus, und du warst so in deinen schönen Bericht vertieft … Hätt nicht besser laufen können.«

Ich dachte, allmählich geht uns der Gesprächsstoff aus. Ich spannte mich … merkte, wie die Lähmung aus meinen Muskeln zurückging.

Er merkte es leider auch. Sagte: »Das Relaxanz wird bald nachlassen. Bei dem Adrenalin, was du produzierst. Schwitzt ja wie die Sau! Und die Gerinnung stimmt auch.«

Er ritzte mich in mein linkes Handgelenk. Das Blut sprudelte fröhlich heraus wie das Heilwasser aus dem Gnadenbrünnele in Maria Rain.

Er war sehr zufrieden mit sich selbst. Total konzentriert, sagte er: »Erst die Pulsadern … und dann …« Er blickte auf sein Metzgerbeil.

Ich ruckelte an meiner Fixierung. Nutzlos.

Ich schaute auf das Kruzifix an der Wand, den Rosenkranz, der daneben hing, sagte in letzter Verzweiflung: »Halt!«

»Was ist jetzt?«

»Ein Vaterunser noch. Ein letztes. Ich bin religiös erzogen.«

War gelogen, aber in bestimmten Situationen werde ich leicht von selber ganz religiös.

Sagte laut, langsam: *»Vater unser im Himmel …«*

Er verdrehte die Augen, sagte: »Geht's nicht schneller?«

Ich sagte: »Da im Kühlschrank steht ein Obstwasser. Nimm einen Schluck, bis dahin bin ich fertig.«

Ich war sowieso fertig.

Er soff aus der Flasche.

»… denn dein ist das Reich und die Kraft und die Herrlichkeit …«

An der Tür bewegte sich was.

»… in Ewigkeit …«

»Iiiiiiiiiiihhhhhhhhiiiiiiihhhhh!«

Ein Schrei drang ein, wie der von Oskar in Grass' »Blechtrommel«, der Panzerglasfenster zersplittern lassen konnte.

Das Letzte, was ich dachte, war: Ich hab doch gar keine Panzerglasfenster!

Schlafanzug

Ich kam wieder zu mir.

Pfotenlos.

Im Himmel.

Nein, Hölle.

Woher ich diesen Optimismus nahm …

Sah vor meinem Gesicht einen Busen wogen.

Also doch im Himmel.

»Halt ruhig, ich hab's gleich.«

Sie schraubte die Fixierungsklammern auf.

Der Tisch aus Makassar-Ebenholz war versaut.

In die Bohrlöcher sickerte das Blut.

Sie kümmerte sich nicht darum.

Johanna.

Ich sagte: »Johanna, du? Träum ich?«

»Der Alptraum ist vorbei«, sagte sie, »wenigstens vorläufig.«

Ich hatte meine Pfoten noch. Bewegte meine Finger.

»Schau«, sagte ich, »meine Pfoten.«

»Ja, was denn sonst?«

»Abschneiden wollt er sie, die Drecksau.«

Johann sagte: »Dem schneid ich was ab, wenn ich den derwisch. Aber er ist abgehaut.«

Sie war fertig mit dem Schrauben.

Ich sagte: »Ich muss mal schnell duschen. Damit mein Kreislauf wieder in Schwung kommt.«

Das vielleicht auch.

Ich hatte mir in die Hose gepinkelt.

Vor Angst.

Brauchte sie aber nicht zu wissen.

Falls sie es nicht doch roch.

Ich kam vom Bad zurück.

Hatte noch immer meinen Zitterer.

»Ich bleib bei dir«, sagte Johanna, »keine Angst.«

»Danke ... Du hast mir mein Leben gerettet ... Wie bist du denn auf die Idee gekommen, hier raufzulaufen?«

»Ich hab so ein komisches Gefühl gehabt. Wie ich zum Fenster hinausgeschaut hab, hab ich gesehen, wie aus dem Doktor seinem Auto zwei Leute rausgesprungen sind. Er und ...«

»Die Gesundbeterin?«

»Ja. Und dann ist die Gesundbeterin wieder ins Auto, mit dem Arztkoffer, und abgefahren wie der Teufel. Richtung Alm. Und da hab ich mir gedacht, da stimmt was nicht, und hab Angst um dich gekriegt.«

»Gott sei Dank.«

»Außerdem hab ich noch was gesehen. Gestern Nachmittag schon, wie ich heimgekommen bin. Auf dem Schreibtisch vom Doktor sind zwei Flugtickets gelegen ...«

»Jetzt wird's ernst. Hast du unsere geholt?«

»Ja.«

»Und die anderen Sachen?«

»Ja, sind besorgt. Stehen bei mir zu Haus.«

Ich atmete tief durch, sagte: »Dann müssen wir schlafen. Morgen wird's turbulent!«

Sie lag schon unter der Decke.

Ich sagte: »Ich komm gleich. Zieh noch meinen Schlafanzug an.«

Sie lachte verlegen, sagte: »Brauchst nicht!«

Sie hob die Decke: »Komm!«

Sie hatte keinen Schlafanzug an.

Familienaufstellung

Der Airport Memmingen hatte Hochbetrieb.

Mindestens zwanzig Leute warteten in dem Schuppen.

Auf den Flug der Air Nayr nach Frankfurt.

Ich war mit Johanna in Dienstkleidung angereist. Schwarze Hose, schwarzes Sakko, schwarzes Kollarhemd, weißer Plastik-Kollar. Der traditionelle Priester-Hemdkragen. Für Katholiken, Anglikaner, Lutheraner. Aus meinem früheren Leben. Die Leute schauten komisch. Wahrscheinlich, weil Johanna auch in Schwarz gekleidet war. Mit einem weißen gestärkten Diakonissenhäubchen auf dem sittsam aufgesteckten Haar.

Ich sah ihn sofort. In der hintersten Ecke. Mit Sonnenbrille und Gamsbart am Hut. Nur die Lederhose fehlte zum vollkommenen Allgäuer.

»Ahhh, so ist das also …!«, entfuhr es mir.

Johanna sagte: »Wie ist das also?«

»Siehst da im Eck?«

»Ja, der Doktor.«

»Und neben ihm, kennst du die?«

»Das ist doch nicht die … das ist doch nicht die …«

Ich sagte: »Doch, das ist sie. Die Frau Leiterin der Kreissparkasse Tal. Die Lolita!«

»Lolita?«

»Die Frau Loible von der Kreissparkasse.«

»Die zwei …«

»Das Liebespaar von Tal. Auf dem Weg in die Flitterwochen.«

Die beiden taten so, als sähen sie uns nicht. Als sähen sie überhaupt niemanden.

Wir wandten uns in die andere Richtung.

Johanna tat einen unterdrückten Schrei, drehte sich um.

Ich schaute dahin, wo sie hingeschaut hatte, schrie nicht, weil mir der Schrei im Hals stecken blieb.

Der Pfarrer von Tal. Der kleine Inder. Dr. Ashutosh Gandhi. In Zivil. Ohne Kollar. Mit offenem Hemdkragen.

Johanna sagte: »Der! Der war die letzte Zeit so komisch. Aber er hat mir kein Wort gesagt, dass er wegfliegt.«

»Und mit wem!«

»Wer ist die junge Frau?«

Ich erkannte sie sofort. Sie lehnte angeschmiegt an ihn. Mit ihrem kleinen Drei-Monats-Bäuchlein. Er hielt schützend den Arm um sie gelegt. Zum Glück war sie noch kleiner als er.

Werdende Eltern. Glücklich. Man sah es. Und angespannt.

Ich schaute auf die Uhr.

Noch Zeit für ein Pläuschchen.

Bewegte mich durch die Halle auf das heilige Paar zu.

Sagte: »So ein Zufall, der Herr Kollege.«

Schüttelte ihm die Hand.

Schüttelte der jungen Frau die Hand. Vroni vom Geisenhof. Sie erkannte mich wieder. Trotz meines geistlichen Outfits. Erschrak. Lächelte.

Ich sagte zu ihm: »Viel Arbeit gehabt die letzte Zeit?«

»Ja, warum?«

»Die Schwielen an den Händen.«

»Vom Grabpflegen.«

»Ja, Schwerstarbeit. Mit Nachtschicht ... Und jetzt machst wohl einen Betriebsausflug in die Heimat ... mit der katholischen Landjugend.«

Er wurde hinter seiner Gesichtsbräune rot.

Sie wurde ohne Gesichtsbräune rot.

Die beiden traten noch ein paar Schritte zurück.

Er sagte, raunend: »Wir sind ein Paar.«

»Das hätte ich jetzt nicht gedacht!«

»Und fahren in meine Heimat. Indien.«

»Mehr Glück gibt's wohl nicht auf einem Haufen.«

»Und das ist noch nicht alles!«, sagte er und deutete auf eine große Reisetasche.

Die junge Frau sagte zu mir: »Ich bin Ihnen so dankbar. Sie haben mir neulich so geholfen. Wie ich zur Gesundbeterin wollte, und sie war nicht da. Sie haben mir dann die Adresse von der Doktorin Curie in Kempten gegeben. Ich bin aber nicht hingegangen.«

»Warum nicht?«

»Sie haben mir doch gesagt, ich soll den Rosenkranz beten. Den hab ich so lange gebetet, bis ich wusste, dass ich mein Kind behalten wollte.«

Tränen traten in ihre Augen.

Ich rieb mir meine Augen, sagte: »Kruzifix, es ist mir doch grad so ein Trumm ins Aug geflogen.«

Der Pfarrer schnäuzte sich.

Das Mädchen sagte: »Ich bitte Sie um Verzeihung.«

»Warum?«

»Ich hab Sie angelogen.«

Ich schaute wie ein Fragezeichen.

»Ich hab gesagt, ich bin schwanger von einer besoffenen Party der Landjugend … Das stimmt nicht. Ich bin schwanger von …«

»Von mir«, ergänzte der Pfarrer Dr. »Der schnell das Glück findet«-Gandhi.

Ich sagte: »Glückwunsch! Wenn das kein Prachtkind wird! Ein Allgäuinder … Aber das Tüpfelchen auf dem Glück ist wohl in der Reisetasche?«

Er öffnete den Reißverschluss. Mein Blick fiel auf eine Holzkiste von der Größe von zwei Schuhkartons mit einem Schachmuster drauf. Er sagte: »Das Vermächtnis von meinem Vorgänger.«

»Ein mobiles Schachspiel?«

Er lachte: »Noch besser!«

Ich fragte: »Was kann noch besser sein als ein mobiles Schachspiel?«

Er sagte nur ein Wort: »Geld.«

Nach einer kurzen Pause: »… und das verdanke ich auch dir, lieber Stiefbruder im Herrn!«

»Wieso?«

»Du hast gesagt: Keiner kann was mitnehmen. Das letzte Hemd hat keine Taschen.«

»Und? Stimmt doch.«

»Stimmt … Aber da hat's bei mir gefunkt! Man kann schon was mitnehmen. Das letzte Hemd hat keine Taschen, aber im Sarg ist genug Platz für ein mobiles Schachspiel!«

»Und wie kommt die Kiste in die Kiste?«

»Er hat vorgesorgt. Er hat wohl geahnt, dass ihm was zustößt.

Er hat seine Beerdigung schon vorsorglich arrangiert. Ich hab mit dem Bestatter geredet. Der hat gesagt: ›Sein innigster Wunsch war, dass sein geliebtes Schachspiel mit ihm in die Erde eingeht.‹«

»Ist ja grad wie in Indien. Da werden doch die geliebten Ehefrauen mit dem verstorbenen Mann verbrannt.«

Die Vroni vom Geisenhof schaute konsterniert.

Dr. Gandhi sagte: »Nicht in Neu-Delhi!«

Ich sagte zu der jungen Frau: »Glück gehabt!«

Er sagte: »Dann hab ich wie immer in der Nacht nicht schlafen können und Rosenkranz gebetet, und da kam mir die Erleuchtung. Er wollte es mitnehmen. Das Geld. Damit es kein anderer kriegt. Er hat es in das mobile Schachspiel hineingetan und das Schachspiel in den Sarg legen lassen. Vom Bestatter.«

»Wenn der andere«, ich deutete in Richtung Doktor, »das wüsste, tät er sich in den Arsch beißen.«

Ich schaute auf die Uhr. Die Zeit nahte. Sagte: »Gelobt sei der Rosenkranz. Guten Flug. Bis später vielleicht!«

Meiner Uhr nach konnte der Reichsparteitag starten.

Johanna und ich standen neben unseren Taschen. Es waren große Ärztekoffer. Sehr geräumig. Sehr praktisch. In mehrerer Hinsicht. Ich war dankbar, dass ich sie mit den Händen tragen konnte. Gestern Abend sah es eine Weile nicht mehr danach aus …

Der Zeiger der Flugplatzuhr rückte auf zehn.

Die Schwingtüren flogen auf.

Durch die Menge ging ein Ruck.

Sechs Paar Springerstiefel rückten ein.

Sechs Schädel, kahl rasiert.

Sechs Schwarzhemden.

666. Eine apokalyptische Zahl! Offenbarung 13,18. Eine Teufelszahl.

Die Wehrsportgruppe Allgäu in Mannschaftsstärke.

Der Führer: der fürsorgliche Enkel Mannfred Margreiter.

Ich ging auf ihn zu.

Er schlug die Hacken zusammen.

Ich nicht.

Ich streckte die Hand aus. In der anderen Hand trug ich mein Reisegepäck. Eine Arzttasche. Ich sah, dass Johanna sich schon in die richtige Richtung bewegte. Mit ihrer Arzttasche. Ich sagte zu Manni: »Grüaß di. Super Timing.«

»Wo ist er?«

Ich sagte: »Folge mir nach!«

Die Wehrsportgruppe im Schlepptau, ich kam mir vor wie der Leibarzt vom Führer, marschierte ich direkt quer durch die Halle auf den Doktor und seine Lolita-Flamme zu.

Sie erstarrten.

Er noch mehr als sie.

Es ging zu wie in einer Familienaufstellung nach Hellinger. Ich sagte zum Doktor: »Darf ich vorstellen: Wehrsportgruppe Allgäu.«

Er wurde käsweiß hinter seiner dunklen Sonnenbrille.

Zum Manni sagte ich: »Gruppenführer Margreiter: Darf ich vorstellen: der Kommandant!«

Mannfred, der Führer, erstarrte.

Aber nicht lange.

Er dachte.

Kurz.

Schrie dann: »Du Drecksau, du dreckige. Du! Du! Dich mach ich fertig.«

Stürmte auf den Doktor los, seine Kolonne mit ihm.

Eine wüste Prügelei begann.

Das Flughafenpersonal rannte in das Chaos, versuchte zu schlichten.

Die Wartenden schrien, versuchten zu schlichten.

Ein wildes Durcheinander.

Ich mittendrin.

Johanna mittendrin.

Johanna brachte sich mit ihrer Arzttasche in Sicherheit.

Ich ihr nach.

Ich stellte mein Reisegepäck auf den Boden, sagte zu Johanna: »Hab ein Auge drauf, ich bin gleich wieder da.«

Stürzte mich noch mal in den Brennpunkt der Schlägerei.

Die Wehrsportgruppe machte sich gerade daran, mit den Stiefeln auf den Doktor einzutreten. Er lag am Boden. Zappelte. Schrie. Blutete. Robbte zu seinem Arztkoffer. Kam nicht ran. Lolita Loible schlug wild und nutzlos auf die Wehrsportler ein.

Ich packte den Manni an der Schulter.

Herrschte ihn an: »Schluss damit jetzt. Rückzug.«

Mannfred schrie: »Rückzug!«

Er führte den Rückzug an.

Das Chaos legte sich langsam.

Der Doktor lag am Boden, seine Sparflamme kniete neben ihm.

Sanitäter kamen hereingestürmt.

Überblickten die Lage.

Klaubten den Doktor auf.

Er wurde auf eine Tragbahre geschnallt, draußen warteten ein Sanitätswagen und ein Notarztwagen. Mit Blaulicht.

Der Doktor und seine Begleitung wurden in den Sanitätswagen gehievt, einschließlich ihres Handgepäcks.

Ich nahm den Mannfred zur Seite, nahm aus meinem Gepäck einen Umschlag. Sagte: »Hier, deine Gage für die Vorstellung. Genauer gesagt: für die Vorstellungen. Die hier. Die in Augsburg bei meiner Mutter. Und die im Marienheim bei deiner Oma. Ein paar Geldscheine. Für dich. Und deine Oma. Damit kannst du sie noch ein paar Jährchen im Pflegeheim erhalten. Ohne Weihrauch. Ohne Dienstleistungen.«

Er konnte nicht sprechen. Siebzigtausend Euro in bar hätten mich auch sprachlos gemacht. Die Tränen liefen ihm runter. Er umarmte mich. Ich sagte: »So, und jetzt hau ab, damit ihr nicht erwischt werdet. Aber plötzlich! Avanti!«

Er wollte sich vor Rührung nicht bewegen.

»Oder soll ich dich in den Arsch treten?«

Er gab mir ein verheultes Lächeln, zog ab, die Wehrsportgruppe mit ihm.

Eine Lautsprecheransage brachte wieder Normalität in den Stall: »Die Fluggäste des Fluges nach Frankfurt werden gebeten …«

Ich atmete tief durch.

In dem Moment wurde mir klar, warum der Allgäu Airport laut der Pilotenvereinigung Cockpit zu den fünf unsichersten Flughäfen in Deutschland zählt.

Komm unter meine Decke

Zwei Stunden später saßen wir in einer Maschine von Qantas.

Johanna und ich.

Businessclass plus.

Nebeneinander.

Wunderbar geborgen und betüddelt von den australischen Stewardessen.

Krug Champagner in der Hand. Sie und ich.

Mein Handy läutete.

Gerade noch rechtzeitig, bevor es ausgeschaltet werden musste.

Ich schaute auf das Display.

Klinikum Kempten.

»Du, Vasthi? Was gibt's Neues?«

Ich hörte zu wie ein Haftelmacher.

Johanna schaute mich fragend an.

Ich beendete die Verbindung. Atmete tief durch. Schon wieder.

Zog mir mehr vom Champagner hinein. Die prickelnde Neuigkeit verdauen.

Johanna sagte: »Was ist los? Ist was passiert?«

»Ja, und was für ein Ding!«

»Sag halt endlich …«

»Die Dr. Vasthi Graf war's. Sie sagt, der Doktor von Tal ist bei ihnen eingeliefert worden in der Notaufnahme. Ich frag sie: ›Und wie geht's ihm?‹ Sie sagt: ›Schmerzen hat er auf jeden Fall keine mehr.‹ Ich frag sie: ›Habt ihr ihn so gut versorgt? Verdient hat er's ja nicht.‹ Sie sagte: ›Er ist tot.‹ Ich sag: ›Was tot, haben die ihn totgeschlagen?‹ ›Nein‹, sagt sie, ›er hat nur ein paar Abschürfungen und Prellungen und eine blutige Nase gehabt. Davon stirbt man nicht.‹ Ich frag: ›Ja, von was ist er dann gestorben?‹ Sie sagt: ›Das ist eine seltsame Geschichte. Sobald er wieder reden und schauen hat können, hat er sein Reisegepäck verlangt. Es war sein Arztkoffer. Er macht ihn auf, schaut hinein, schnappt nach Luft, verdreht die Augen und sackt weg. Tot. Schlaganfall und Herzinfarkt. Wir haben ihn nimmer zurückholen können. Aber was ich nicht versteh:

Was hat ihn so schockiert, dass er daran gestorben ist?‹ Ich sag: ›Hast hineingeschaut, was drin war im Koffer?‹ Sie sagt: ›Nur die letzten Ausgaben der Allgäuer Rundschau.‹ Ich sag: ›Das versteh ich auch nicht. So schlecht ist doch die Allgäuer Rundschau nicht, dass man davon tot umfallen muss.‹«

Johanna lachte. Obwohl sie erschüttert war.

Ich auch. Und erleichtert.

Unser Taschentausch-Manöver während der Schlägerei hatte hingehauen.

Das Flugzeug rollte auf das Rollfeld.

Die Stewardess fragte, ob sie unsere Taschen oben in den Stauraum über den Sitzen tun solle.

Ich sagte: »Nein danke. Wir schlafen gern drauf. Wunderbare Ruhekissen. Top Leder. Weiche Füllung.«

Ich streichelte über das Leder.

Dr. Siegwart Semmelweis hatte sehr schöne Arztkoffer gekauft. Für sich und seine Lolita. Johanna hatte genau dieselben besorgt. Die waren jetzt im Besitz des seligen Semmelweis und seiner hinterbliebenen Lolita. Mit viel Stoff zum Lesen drin. Allgäuer Rundschau.

Die Stewardess entschwebte wieder.

Ich sagte: »Jetzt ist Gelegenheit!«

Johanna öffnete einen Rucksack.

Ich öffnete die beiden Arztkoffer.

Seit der chaotischen Schlägerei waren es unsere Arztkoffer.

Der Anblick ließ mein Herz höherschlagen.

Bündel von Fünfhundert-Euro-Scheinen.

Ich legte die Bibeln aus dem Rucksack obenauf. Sagte zu Johanna: »Falls der Zoll hineinschaut. Ich bin sicher, einen Pfarrer mit Kollar und einem Koffer voll Bibeln lassen sie ohne Weiteres durch. Die haben nämlich noch Respekt vor der Religion, die Australier.«

Ich wusste es von früher, aus meiner aktiven Zeit dort. Sogar bei Rot durfte man über die Ampel, wenn man als Pfarrer im Dienst war. Auf dem Weg zur Beerdigung. Ich war oft auf dem Weg zur Beerdigung.

Ich sagte: »Außerdem ist das Geld heilig. Es gehört dem Allerhöchsten.«

»Wieso? Versteh ich nicht.«

Ich schaute ihr treuherzig in die Augen, sagte: »Wie ich in der Hütte von der Gesundbeterin gelegen bin und das Curare mich langsam ersticken hat lassen, hab ich mit dem Herrn einen Deal gemacht. Wenn er mich da rausholt, kriegt er die ganze Beute.«

»Die GANZE?«

Entsetzen in ihren Augen.

»Ja, die ganzen zehn Prozent. Fünfhunderttausend! Die kriegt er, wenn wir in Sydney landen. Gespendet.«

»Und der Rest?«, fragte sie.

»War nicht Teil vom Deal. Sind ja auch nur vier Millionen. Peanuts für den Allerhöchsten.«

Sie lachte.

Ich sagte: »Und die Bibeln sind ja auch noch für ihn!«

Wir schlossen die Arztkoffer wieder.

Stellten sie griffbereit neben die Sitze.

Mein Handy klingelte schon wieder.

Schon wieder Dr. Vasthi Graf am Telefon: »Wo steckst du eigentlich?«

Ich sagte: »Ich bin unterwegs.«

»Wohin?«

»Wennst es genau wissen willst, auf dem Weg nach Australien.«

»Wohl wieder einer von deinen Scherzen?«

»Ausnahmsweise nicht.«

»Was machst denn in Australien?«

Ich sagte mit einem Seufzer: »Das Heimweh hat mich gepackt.«

Sie wusste, dass ich lange Jahre in Australien gelebt und gearbeitet hatte. Sie wusste nicht, dass ich noch ein paar geschäftliche Dinge zu regeln hatte. Mit meiner Bank. Der ANZ. Australian and New Zealand Bank. In Sydney.

Sie wusste auch nicht, dass ich nicht allein nach Australien flog.

Sie musste ja nicht alles wissen.

War besser für sie.

Sie sagte: »Wann kommst dann wieder?«

»Wird schon ein paar Wochen dauern.«

Oder ein paar Jahre.

»Dann pfüad di! Und pass auf dich auf. Mit deinem Heimweh.«

Ich sagte: »Durst ist schlimmer als Heimweh.«

»Genau das mein ich!«

»No worries! Ich bring der Anna auch was mit!«

»Ich sag's ihr. Da wird sie sich freuen.«

Sie klang versöhnlich.

Johanna und ich stießen wieder mit unseren Sektgläsern an.

Ich sagte: »Bevor die das Telefonieren verbieten, muss ich geschwind noch eine SMS schreiben.«

Ich tippte ein: »Tut mir leid. Kann den Fall nicht lösen. Gebe ihn zurück. Verzichte auf Spesen. Gruß EB.«

Schickte die SMS an Georg Metzger, meinen geistlichen Auftraggeber vom Bistum.

Die Antwort kam postwendend: »Schweinerei. Sie können mich nicht einfach sitzen lassen auf dem Chaos. Was soll ich tun?«

Drückte auf Antwort.

»Empfehle Dienste von Privatdetektiv Phillip Marlein, Fürth. Guter Mann!«

Schaltete das Handy aus.

Atmete durch. Nun hatte ich auch noch eine gute Tat getan. Meinem Freund Phillip Marlein. Der hatte nämlich die Lösung von dem Fall. Wenigstens fast die ganze Lösung. Ich hatte sie ihm gemailt. Von meinem Laptop. Das Geständnis vom Dr. Semmelweis, der Gesundbeterin. Als er mit der Pistole hinter mir stand, schaltete ich den Laptop mit meinem angefangenen Bericht ab. Und den Aufnahmemodus ein. Unbemerkt vom Doktor. Er war zu sehr damit beschäftigt, mich zu entpfoten. Und diktierte sein eigenes Geständnis selber auf Band.

Johanna sagte: »Gott sei Dank hat das ein Ende. Die Scheißtelefoniererei!«

Wir schnallten uns an.

Die Qantas-Maschine heulte auf, der Schub drückte uns in unsere breiten Businessclass-plus-Sessel.

Dann erhoben wir uns.

In den Abendhimmel.

Erhebendes Gefühl.

Essen wurde serviert von der schicken Flugbegleiterin.

Abserviert.

Decken wurden gebracht. Für ein Nickerchen.

Die Flugbegleiterin fragte: »Everything allright, Reverend Father?«

Ich nickte wohltätig.

Sagte: »Everything allright, thank you … Just one little thing … some more of that marvellous champain you have here, if you don't mind.«

Sie kam zurück, ließ die ganze Flasche bei uns stehen, zog den Raumteilervorhang zu.

Johanna glühte.

Sagte: »Jetzt kannst endlich deinen Hundekragen runtertun. Sonst denk ich noch, ich bin beim Hochwürden beichten.«

»Tät nix schaden. Beichten. Hättst mir denn was zum Beichten?«

Sie kicherte.

»Ja, schon.«

»Und das wär?«

Sie rückte ganz nah an mich ran, flüsterte in mein Ohr.

Ich merkte, wie ich rot wurde, sagte: »Das geht doch nicht. Nicht hier. Wenn uns die Stewardess …«

»Jetzt sei halt nicht so verklemmt! Die ist doch dazu da, dass sie nix sieht. Für fünftausend Euro Fahrpreis pro Person kann man das doch verlangen!«

»Viertausendneunhundertfünfundsiebzig Euro.«

»Auch dafür kann man noch verlangen, dass sie wegschaut.«

Sie kicherte, rutschte auf meine Liege und schlüpfte unter meine Decke.

Babyschwimmen

Die ersten Schneeflocken fielen.

Der Schweiß rann mir in Strömen den nackten Körper hinab und bildete auf dem Steinboden eine Pfütze.

Als wäre ich nicht ganz dicht.

Ich blickte auf die Alpspitze.

Wenn man in der See-Sauna von Nesselwang sitzt, schaut man direkt auf die Alpspitze.

Das ABC. Das Alpspitz-Bade-Center.

Montag um zehn warten die Rentner auf Einlass. Ungeduldig. Rentner leiden notorisch unter Zeitnot und an Ungeduld.

Ich hatte meinen gewohnten Kleiderschrank im Erlebnisbad bekommen. Rentner leben von Gewohntem. Schrank Nummer zwei. Nummer eins war permanent geschlossen. Oder dem Bürgermeister vorbehalten. Keine Ahnung.

Dann war ich durchs Bad gelatscht. Die »Badelandschaft«. Mit künstlichen Strömungen, Wasserspielen, Inseln zum Sitzen, zartem Chloraroma.

Erfreute mich am Anblick der jungen Mütter, die Babyschwimmen machten: Sie saßen im warmen Wasser und passten auf, dass ihre Bamsen nicht ersoffen. Sie hatten fast alle ein kleines Tattoo auf ihrem rechten Schulterblatt. Die Muttis, nicht die Babys. War wohl Mode. Die Babys hatten knallorange Schwimmflügel. Erziehungszeit für Väter hatte sich wohl noch nicht rumgesprochen. War ja auch schwarzes Land. CSU.

Ich fragte den fremdenfreundlichen Bademeister: »Wie warm ist denn das Wasser?«

»Einunddreißig Grad hier im Erlebnisbereich. Da vorne ist noch ein Freiluftbecken mit fünfunddreißig Grad.«

Ich schaute nach dem Freiluftbecken: Dort tummelten sich Mamas und Babys, dazwischen grauhaarige Männer. Ganz am Anfang und ganz am Ende des Lebens schauen sich die Menschen gleich.

Fünfunddreißig Grad. Fast Körpertemperatur. Ich vermutete,

damit man die warmen Strömungen der Kindlein nicht merkte. Und wenn mal eine Mutti … Außerdem vermutete ich, dass das Einunddreißig-Grad-Becken nach dem Babyschwimmen immer um ein oder zwei Grad wärmer war. Aber ich traute mich nicht, meine Hypothese mit dem Bademeister, auch wenn er fremdenfreundlich war, zu besprechen.

Ich war froh, dass ich kein junger Vati mehr war, das lag Lichtjahre hinter mir.

Ich ließ auch die lärmende Halle hinter mir, tauchte durch eine Tür in die Saunalandschaft ein. An der Wand grüßte eine Sonne, deren Strahlen die Wohltaten der Saunalandschaft verstrahlten: Stressabbau, Aktivierung der Abwehrkräfte, Entschlackung, Entspannung, Lichttherapie, Vitalität, Stoffwechselaktivierung. Da muss man robust sein, wenn man das alles auf einmal aushalten will.

Auf der Tür zur Saunalandschaft hing ein blaues Schild mit weißer Schrift: »Kein Handy, keine Fotos erlaubt«. Klar, wer möchte schon ungefragt nackt im Netz stehen?

Der Raum kam mir vor wie der Zwischenraum zwischen dem Diesseits und dem Jenseits.

Voller Rentner.

Welcome back home.

Sagte ich zu mir selber.

Back to normal.

Montag früh um zehn.

Rentner-Sauna.

Jeden Montag.

Ich kam mir vor wie im Altersheim.

Alte Männer.

Die Mehrzahl fett.

Die Minderzahl nicht fett. Dafür faltig.

Sie stellten ihre Fett- und Faltenhalden aufreizend stolz zur Schau.

Es gab auch Frauen. Auch fett. Aber Frauen tragen ihr Fett anders als Männer. Weniger arrogant, weniger nervig. Männer tragen ihr Fett wie ein Bundesverdienstkreuz.

Die alten Männer brauchten eine Ewigkeit, bis sie ihr Handtuch auf die Holzplanken gelegt hatten.

Drehten sich in Zeitlupe dreimal um die eigene Achse.

Hievten sich dann dattrig die Holzbänke hinauf.

Ließen ihre überdimensionierten Eier baumeln.

Husteten.

Ich hoffte, dass sie die Schleimlawinen in sich halten konnten.

Die Sanduhr war schon halb durchgelaufen, bis sie endlich ruhig dahockten.

Dann hatten ein paar etwas vergessen.

Und das Ganze begann von vorn.

Leise rieselt der Schweiß.

Das Geschnaufe ging los. Das Kratzen. Sie fuhren sich mit den Händen stolz über ihre Wampen. Stöhnten. Kamen sie gleich oder später?

Ich zog meinen Bauch ein.

Er hatte sich in Australien vergrößert.

Sauna war gut.

Zum Abnehmen.

Wegen der Abschreckung.

Lieber faltig als fett.

Mein Stammplatz war schon besetzt.

Die Männer kannten sich.

Kein Wunder, es waren jeden Montag dieselben.

Sie redeten miteinander, aber nicht mit mir.

Sie schauten, als gäbe es mich nicht.

Sie kannten sich. Mich nicht.

Die vollschlanke Dame an der Kasse hatte mich bei meinem ersten Saunabesuch gefragt: »Haben Sie eine Besucherkarte?«

»Nein.«

»Sind Sie von hier?«

»Nein.«

»Dann müssen S' leider den vollen Preis zahlen.«

Besucher und Einheimische sind ermäßigt.

Nach der dritten Woche fragte sie nicht mehr.

Sie tippte den Preis für Einheimische ein.

Tat mir gut.

Nicht wegen der gesparten ein Euro fünfzig.

Sondern weil ich Einheimischer geworden war. Für sie. Ich mochte sie.

Back home.

In Australien gibt es keine Schneeflocken.

Außer in den Snowy Mountains. Höchster Berg: Mount Kosciuszko. Typisch australischer Name. Ein Pole namens Pawel Strzelecki hatte ihn entdeckt und erstbestiegen und ihn polnisch getauft, nach dem Volkshelden Tadeusz Kosciuszko. Gipfelhöhe: zweitausendzweihundertachtundzwanzig Meter. Immerhin: höher als der stolze Grünten mit seinen tausendsiebenhundertachtunddreißig Metern. Höher auch als die Alpspitze mit ihren spärlichen tausendfünfhundertfünfundsiebzig Metern. Aber es sind halt heimische Meter. Das macht den Unterschied.

Ich setzte mich mit Blick auf die Alpspitze. Als ich das letzte Mal hier war, schien die Sommersonne. Eine Handvoll Gleitschirmflieger umflog den Gipfel. Ich saß in der See-Sauna. Sie hat ihren Namen von einem winzigen künstlichen Badesee im Saunagarten und bietet den besten Ausblick.

Die Männer hatten sich endlich häuslich niedergelassen.

»In Tal drüben«, sagte einer, »da ist jetzt ja wieder ein neuer Pfarrer.«

Ein anderer: »Hoffentlich bleibt ihnen der länger. Vor zwei Jahr ist denen ihr Pfarrer gestorben. Vor ein paar Monat der nächste. Der erste hat sich aufgehängt, den nächsten hams erstochen.«

»Warum?«

»Weiß man nicht. Man hat auch net rausgefunden, wer ihn erstochen hat.«

»Dann ist so ein Ausländer gekommen. Ich glaub, aus Indien. Aber ich hab mir gleich denkt, dass der nicht lang bleibt. Der ist jetzt auch wieder weg.«

Ein Vierter: »Und der Doktor von Tal, der ist auch gestorben.«

»An was?«

»Man sagt, er hat sich kaputtgeschafft. Herzinfarkt.«

»Vielleicht war die Gesundbeterin schuld. Die hat ihm Konkurrenz gemacht. Aber die gibt's auch nimmer.«

»Warum nicht?«

»Weiß man nicht. Es heißt, sie ist ersoffen. Aber man hat nie eine Leiche gefunden. Einfach weg. In Luft aufgelöst. Oder in Wasser.«

»Es ist grad, als wär da ein Fluch drauf, auf Tal.«

»Ein Schmarrn. Ein Fluch. So was gibt's nicht. Alles Zufall. Da kommt jetzt ein Neuer, und dann läuft alles wieder normal.«

»Dass sich da überhaupt noch einer hingetraut hat …«

»Man hört ja, dass sie neu bauen wollten, Gemeindehaus, Pfarrhaus, Jugendzentrum … war alles schon geplant … aber man sagt, das Geld ist weg.«

»Ich hab gehört, die ham den ganzen Neubau abgeblasen … Es sind ja immer weniger Leut gekommen in die Kirch …«

»Und was ist dann mit dem Geld passiert?«

»Es heißt, man hat es für die Mission gegeben. In Indien und Australien …«

Mir kam ein Lacher aus.

Alle schauten auf mich. Ich verwandelte meinen Lacher schnell in einen Hustenanfall.

Sie schauten grantig.

Einer sagte: »Gut, dass ich nicht in Tal wohn. In Nesselwang passiert so was nicht. Da gibt's kein Fluch und kein Zufall.«

Das Gespräch ebbte ab. Sie schwitzten stöhnend vor sich hin.

Ich ging schweißtriefend ins Freie, unter die Dusche, schwamm ein paar Züge in dem eisigen Teich. Trocknete mich.

Legte mich in eine Ruheliege, Blick auf die Alpspitze. Siebzehn Liegen standen vor der Panorama-Glaswand. Zwei Schilder: »Liegen bitte nicht reservieren«. Ich hatte gerade noch zwei nicht reservierte gekapert, um Viertel nach zehn. Und sie reserviert.

Nun lag ich wie erschossen da und schwitzte nach.

Neben der Johanna.

Sie war inzwischen auch eingetroffen. Von ihrem Arzttermin.

Sie lag da, Hände auf ihrem Bäuchlein.

Strahlte wie das blühende Leben.

Ich sagte: »Das tut gut, mal wieder richtig schwitzen!«

Sie lachte.

»Als hätten wir in Australien nicht geschwitzt!«

»Ja schon, aber das hier ist anders. Schwitzen mit Schneeflocken …«

Ich schloss die Augen.

Wieder daheim. Wie im Himmel.

Johanna rutschte unruhig auf ihrer Liege umeinander.
Ich sagte: »Was ist denn los?«
Sie sagte: »Nix … außer …«
»Außer was?«
Sie nahm meine Hand, legte sie auf ihren Bauch, sagte: »Der Doktor sagt, es wird ein Mädchen!«
»Heilige Maria, Mutter Gottes!«
Gut, dass ich nachschwitzte. Die Tränen mischten sich unauffällig mit dem Schweiß.
Ich war entsetzt.
Ich wurde noch mal Vater!
Einer Tochter!
Es war nicht auszuhalten.
Es tat so weh.
Das Glück!
Der Schmerz meines Glückes wurde nur dadurch erträglich, dass ich mir vorstellte:
Binnen Jahresfrist
sitze ich
im Kreis der jungen Mütter
im Erlebnisbad
beim Babyschwimmen,
mit unserer Tochter auf dem Schoß,
die ins warme Wasser schifft.

Xaver Maria Gwaltinger
KRUZIFIX
Broschur, 208 Seiten
ISBN 978-3-95451-150-1

»Spannung mit dickem Ende.« Das schöne Allgäu

»Auch für Nordlichter ein wirkliches Lesevergnügen.« ekz

Xaver Maria Gwaltinger/Josef Rauch
SCHWARZE MADONNA
Broschur, 448 Seiten
ISBN 978-3-95451-442-7

»Der facettenreiche Aufbau der Geschichte, die plakative Sprache und das prägnante Satzbild halten den Leser gefangen. Die Faszination der Materie, die Rauch und Gwaltinger zunehmend gefesselt hat, überträgt sich mühelos auf den Leser. Die ›Schwarze Madonna‹ zeugt von einer gelungenen Zusammenarbeit ihrer Schöpfer.«
Fürther Nachrichten

www.emons-verlag.de